Eva Breunig

Wiener Verwicklungen

Roman

Über die Autorin

Eva Breunig ist Mathematiklehrerin und lebt mit ihrem Mann und ihren drei Kindern in Wien. Die Autorin hat sich insbesondere mit ihren zahlreichen Romanen einen Namen gemacht.

Eva Breunig

Wiener Verwicklungen

Roman

Gerth Medien

Für meine Eltern,
die in diesem Jahr goldene Hochzeit feiern –
und auch sonst ein Vorbild sind

2005 Gerth Medien GmbH, Asslar
Best.-Nr. 816 025
ISBN 3-86591-025-4
1. Auflage 2005
Umschlaggestaltung: Hanni Plato
Titelfotos: getting images, Peter Scholey
Satz: Typostudio Rücker, Linden
Druck und Verarbeitung: Ebner & Spiegel, Ulm
Printed in Germany

1. Kapitel

Wütend trat ich in die Pedale.

Was mich so besonders ärgerte, war, dass ich nicht mal genau wusste, auf wen ich eigentlich so wütend war. Auf Anja? Oder auf Dorit, weil sie mir diesen Floh ins Ohr gesetzt hatte? Oder auf Dirk? Oder vielleicht sogar auf mich selbst, weil ich nun doch Zweifel bekommen hatte? Und dabei hatte ich mir doch geschworen, keinen Pfifferling für Dorits neidisches Geschwätz zu geben, weil sie ja nur –

Ratsch!

Zadoing!

Aua. Irgendwie dröhnte es in meinem Kopf. Warum lag ich plötzlich bäuchlings auf dem Boden? Und warum taten mir alle Knochen so weh? Was machte ich hier eigentlich?

Ich stöhnte leise und rappelte mich auf. Vor meinen Augen tanzten weiße Punkte. Durch Zufall fand ich meine Brille, die aus irgendeinem Grund auch auf dem Boden lag. Zum Glück waren die Gläser noch ganz. In meinem Knie stach es, und meine Handflächen brannten. Hinter mir lag mein Fahrrad auf der Straße.

Ach so!

Du lieber Himmel, ich musste ja einen Salto mortale hingelegt haben, dass ein ausgewachsener Stuntman vor Neid ganz grün geworden wäre! Kopfüber über'n Lenker und dann mit doppelter Schraube graziös in den Rinnstein. Na bravo!

Mein nagelneuer blauer Rock, für dessen Ankauf mich meine Mutter extra bis nach Frankfurt geschleppt hatte, hing in originellen Kaskaden über meine blutigen Knie. Dass von meiner Strumpfhose nur noch bescheidene Überreste zwischen den Laufmaschen die Stellung hielten, war ja nicht weiter tragisch. Aber der Rock! Anscheinend war er in die Fahrradkette geraten, was mich über den Randstein katapultiert hatte. Nun trug der Rocksaum einen interessanten Fransenlook und ein Muster aus Ölflecken. Von den Knitterfalten ganz zu schweigen. Den konnte man nur noch wegschmeißen.

Ich setzte meine verschmierte Brille auf und zwang mich aufzustehen, obwohl ich vor Schreck am ganzen Körper zitterte. Dabei stellte ich fest, dass ich mir anscheinend nichts gebrochen hatte, und wischte unbeholfen an mir herum. Da es sich um feuchten und öligen Dreck handelte, nützte das leider gar nichts.

Warum konnte sich nicht einfach die Erde auftun und mich verschlingen? Warum konnte ich nicht wenigstens nach Hause gehen und den Rest dieses blöden Tages in meinem Bett verbringen, das ich am besten heute Morgen gar nicht erst verlassen hätte?

Es half nichts. Meine Mutter erwartete mich. Ächzend bückte ich mich nach dem Fahrrad und hob es auf. Wie nicht anders zu erwarten, hatte sich die Lenkung verbogen.

Was nun?

Dirk anrufen.

Schon suchte ich in meiner Handtasche nach dem Handy, da stockte ich.

Wenn ich Dirk jetzt anrief und ihn bat, mich nach Hause zu bringen, mein Fahrrad zu reparieren, meine Hand zu halten und mir Trost zuzusprechen, dann konnte ich ihn später ja nicht mehr gut zur Rede stellen. Zumindest würde meine eisige Strenge und mein durchbohrender Blick etwas lächerlich wirken, wenn er mich vorher als Häufchen Elend gesehen hatte.

Nein, so tief durfte ich nicht sinken. Jemand anderer musste das Häufchen Elend verarzten – denn verarztet werden musste ich. Und ein bisschen getröstet auch, wenn's ging. Aber wer …?

Ich hob den Blick und stellte fest, dass ich nicht weit von Sonjas Werkstatt entfernt war. Eigentlich hätte ich in meiner Mittagspause sowieso bei Sonja vorbeischauen wollen, wenn diese dumme Sache mit Frau Hausmanns Herztropfen nicht dazwischengekommen wäre. Meine Stimmung hob sich gleich ein bisschen. Unter diesen Umständen war ein Besuch bei Sonja ja geradezu unumgänglich!

Ich wuchtete mein verbogenes Rad auf den Bürgersteig und humpelte los.

2. Kapitel

Sonja war ja eigentlich nur meine Schneiderin, aber sie reagierte wie eine wahre Freundin. Zunächst gab sie gebührende Ausrufe wie: „Ach du lieber Himmel!“, „Was ist denn mit dir passiert?“ und „Du Ärmste!“ von sich, dann lieh sie mir ein paar Sachen zum Umziehen und stopfte die Überreste meiner eigenen Kleidung in die Waschmaschine, und schließlich rief sie sogar noch selbst in der Apotheke an und sagte Herrn Liebermann Bescheid, dass ich einen Unfall gehabt hätte und etwas später kommen würde. Selbst Dirk hätte es nicht besser machen können.

Während die Lumpen, die bis vor kurzem meine besten Sachen gewesen waren, im Schnellgang der Waschmaschine Karussell fuhren, versorgte Sonja mich mit heißem Tee und setzte sich dann wieder an ihre Nähmaschine.

„Jetzt erzähl doch, was passiert ist!“, forderte sie mich auf. „Ich hör immer gern eine gute Geschichte! Und ich kann sehr gut zuhören, während ich nähe.“

„Na ja, also, ob die Geschichte gut ist …?“, zweifelte ich.

„Klar! Deine Geschichten sind immer gut! Und du erzählst sie auch noch gut“, fand Sonja.

Welch tröstlicher Gedanke, dass andere meine Lebenskrisen wenigstens erheiternd fanden. „Also, eigentlich hat das Ganze schon am Morgen angefangen“, setzte ich an. Sonjas Kolleginnen rückten näher, um im Detail mitzukriegen, was für einen verpfuschten Tag ich wieder mal gehabt hatte. Nein, immer noch hatte. Es war ja erst Mittag… „Es war nämlich Montagmorgen, und das ist immer schon mal ein schlechter Start für einen Tag, finde ich."

Sonja und ihre Kolleginnen kicherten zustimmend.

„Außerdem hab ich verschlafen", zählte ich auf. „Die Zahnpasta war alle, meine dämlichen Haare glaubten wieder mal, sie wären zu einer Karriere als Stacheldraht berufen und ließen sich nicht bürsten, und auf meinem letzten Stück Brot war eine Speisemotte niedergekommen und hatte ein paar fette kleine Larven zur Welt gebracht."

„Uäääh!", machten die drei Schneiderinnen im Chor.

„Großherzig, wie ich nun mal bin, habe ich auf mein Frühstück verzichtet und den Würmlein das Brot überlassen", erzählte ich weiter und schlürfte einen Schluck Tee. „Allerdings bin ich dann noch schnell zur Biomüll-Tonne gerast, um die lieben Tierchen davon abzuhalten, in meiner Speisekammer eine Dynastie zu gründen. Und weil ich sowieso schon spät dran war, nahm ich das Fahrrad – obwohl ich meine besten Kleider anhatte."

„Warum hast du die angezogen?", wunderte sich Sonja.

„Weil meine Mutter heute Nachmittag wieder einen ihrer berühmten Empfänge gibt und ziemlich sauer sein wird, wenn ich nicht standesgemäß gekleidet bin." Ich konnte nicht umhin, die Augen gequält zum Himmel zu verdrehen. Dass der neue Rock ruiniert war, daran würde auch Sonjas Waschmaschine nichts ändern können. Aber egal, was ich stattdessen anziehen mochte – ich würde mir eine abfällige Bemerkung meiner Mutter über meine unmögliche Erscheinung anhören müssen. Falls ich es überhaupt schaffen sollte, zwischendurch nach Hause zu fahren, um mich umzuziehen. Ansonsten konnte ich ebenso gut auch nackt aufkreuzen – das würde kaum noch einen Unterschied machen.

„Was denn für ein Empfang?"

„Na ja, so eine Stehparty mit Sekt und Lachsbrötchen eben – mit allen wichtigen Leuten wie dem Bürgermeister, dem Pastor und dem Botschafter. Normalerweise muss ich dort nichts weiter tun als süß auszusehen und nichts allzu

Peinliches anzustellen – aber wie's aussieht, hab ich das jetzt schon verbockt. Und dabei fängt die Party in vier Stunden erst an." Ich betrachtete bekümmert den Inhalt meiner Tasse, als ob ich aus dem Teeblätter-Bodensatz die Zukunft lesen könnte.

„Aber nein, das kriegen wir schon wieder hin!", beruhigte mich Sonja. „Was wird denn gefeiert?"

„Der Hochzeitstag meiner Mutter."

Die Schneiderkolleginnen blickten überrascht auf und tauschten fragende Blicke aus.

„Deine Mutter heiratet?", staunte Sonja.

„Nein, nein! Sie feiert nicht ihre Hochzeit, sondern ihren Hochzeitstag!" Ich rechnete schnell nach. „Ungefähr den 28. oder 29."

„Was? Wieso? Ich dachte, deine Mutter ist verwitwet?" Jetzt war Sonja völlig verwirrt. War ja auch verständlich.

„Hm, ja. Schon sehr lange sogar. Aber das hindert sie nicht daran, jedes Jahr ihren Hochzeitstag zu feiern. Irgendwie braucht sie das, verstehst du?"

Sonja nickte halbherzig. Offenbar kapierte sie es überhaupt nicht. Genau wie ich, übrigens. Also wechselte sie schnell das Thema. „Und was hat dich denn nun zu mir geführt? Wolltest du dein Kleid anprobieren?"

„Nein. Äh, ja, das auch, aber eigentlich war ich bei ... äh, bei einer Kundin von uns."

„Einer Kundin?"

„Ja, äh ... die hatte was bei uns gekauft. Tropfen für ihr schwaches Herz. Aber ... äh ... ich musste nachsehen, welche Chargennummer drauf war, weil ... äh ... die Firma eine Lieferung zurückgezogen hat."

Ich merkte, wie mir heiß wurde. Sicher lag das nur an dem warmen Pullover, den Sonja mir geliehen hatte. Oder vielleicht auch daran, dass ich eine wahnsinnig schlechte Lügnerin war? Aber die Wahrheit konnte ich einfach nicht erzählen. Niemandem. Sonst war ich womöglich meinen Job los!

Tatsache war jedoch, dass Frau Hausmann kurz vor der

Mittagspause zu mir in die Apotheke gekommen war, als gerade ziemlich viel los war, und ihr Rezept auf den Ladentisch legte. Fast gleichzeitig betrat auch Frau Hansemann den Laden und wollte Hustentropfen für ihren kleinen Sohn (oder war es doch umgekehrt?). Beide Rezepte waren auch noch von Dr. Berger ausgestellt, der – wie alle Ärzte – eine grauenhafte Handschrift hat. Hausmann, Hansemann, Herztropfen, Hustentropfen – wer sollte da den Überblick behalten? Und das, nachdem einem ein paar eklige Maden das Frühstück weggefressen hatten?

Kurz und schlecht, als wir endlich die Tür hinter den letzten Kunden abschlossen, um Mittagspause zu machen, wollte ich noch schnell die Rezepte ordnen – und da fiel mir erst auf, wie ähnlich diese beiden Rezepte waren. Und plötzlich war ich mir nicht mehr sicher, wem ich nun welche Tropfen gegeben hatte! Mir brach der kalte Schweiß aus. Wenn die herzkranke Frau Hausmann die Kinder-Hustentropfen nahm, würde ihr das wahrscheinlich wenig schaden (wenngleich es auch nicht gegen ihre Beschwerden helfen würde), aber was, wenn Frau Hansemann ihrem kleinen Jungen nichts ahnend die Herztropfen einflößte? Ich wusste noch nicht einmal, wie klein genau der Junge war! Nicht auszudenken, was alles passieren konnte, ganz abgesehen davon, dass ich natürlich meinen Job in Herrn Liebermanns Apotheke los sein würde – oder jeden anderen Job in jeder Apotheke der Welt. Aber das nur nebenbei.

Ich entschloss mich spontan, meine Mittagspause doch nicht mit Herrn Liebermann und den Spaghetti seiner Frau zu verbringen, sondern einen kleinen Ausflug zu machen. Das Wetter – vorfrühlingshafter Nieselregen – verlockte gerade so dazu. Herr Liebermann wunderte sich bei mir schon lange über gar nichts mehr. Er schaute mir nur kopfschüttelnd nach, als ich wie von Furien gehetzt durch hoch aufspritzende Pfützen davonradelte. Wahrscheinlich dachte er, ich wollte etwas Sport treiben, um vor meiner Hochzeit noch schnell ein bisschen abzunehmen oder so. Männer haben ja manchmal solche Ideen…

Hinter der übernächsten Ecke hielt ich an. Mir war gerade der Gedanke durch den Kopf geschossen, dass ich wohl besser die richtigen Medikamente dabeihaben sollte, wenn ich die Damen schon zu Hause besuchte. Ich raste zur Apotheke zurück, die Herr Liebermann natürlich sorgfältig zugesperrt hatte, verlor ein paar wertvolle Minuten, steckte die beiden Medikamente ein und flitzte in Richtung des Hansemann'schen Domizils davon.

Unsere schöne Stadt Moosheim ist nicht besonders groß, und Herrn Liebermanns Apotheke liegt ziemlich zentral. Mit dem Fahrrad konnte ich in zwanzig Minuten an jeder beliebigen Adresse sein. Jetzt war ich doch ganz froh, dass ich morgens so in Eile gewesen war, weil ich sonst das Rad wahrscheinlich gar nicht mitgenommen hätte. Da mir die Panik im Nacken saß, schaffte ich es sogar in einer Viertelstunde zu Frau Hansemanns Haus.

Es war ein Reihenhäuschen mit einem kleinen Garten, in dem schon ein paar Primeln einen Vorstoß aus dem dunklen Vorjahresgras wagten. Ein knallgelbes Plastik-Rutschauto stand verlassen im Nieselregen. Ich stürzte zur Tür und läutete etwas heftiger, als ich vorgehabt hatte.

Frau Hansemann erschien ein wenig abgehetzt und mit einer karierten Schürze bekleidet im Türrahmen. „Ja, bitte?" Im Hintergrund hörte ich das Gequake eines Zeichentrickfilms und das Husten eines Kindes.

Schlagartig, wenn auch ein bisschen spät, wurde mir bewusst, dass ich irgendeine Erklärung für meinen Auftritt brauchte. „Ich ... äh, ich bin Victoria Dofinsky ... aus der Schwanen-Apotheke ... Sie haben vorhin etwas bei uns gekauft."

„Ja?" Sie beäugte mich misstrauisch und war offenbar nicht sicher, ob ich ihr gleich einen Staubsauger, eine Lawinenversicherung oder die Mitgliedschaft bei einer dubiosen Sekte aufschwatzen wollte.

„Nun ... äh ..." Endlich hatte ich einen Geistesblitz. „Die Firma hat gerade angerufen, dass eine Lieferung nicht in Ordnung war und ... äh ... zurückgenommen wird", log ich in meiner Bedrängnis. „Haben Sie Ihrem Sohn die … äh … Tropfen schon gegeben?"

„Nein, da stand drauf : ‚Nach dem Essen'", sagte sie.

Dem Himmel sei Dank! „Kann ich mal die Chargennummer sehen?", fragte ich möglichst locker.

Frau Hansemann ging ins Haus und kam gleich darauf mit einer kleinen Schachtel zurück. „Hier, bitte."

Mir fiel ein Stein vom Herzen. Sie hatte tatsächlich die Hustentropfen. Die ganze Aufregung umsonst! Meine Gesichtsfarbe wechselte von blass zu rot und wieder zurück. Hoffentlich führte Frau Hansemann das auf meine schnelle Fahrradfahrt zurück und nicht auf meinen inneren Aufruhr! Ich tat so, als betrachtete ich fachmännisch den Aufdruck auf der Lasche.

„Diese Packung ist in Ordnung", befand ich schließlich und gab sie ihr zurück. „Ich wollte nur sichergehen. Alles Gute! Und gute Besserung für Ihren Sohn!"

„Danke!", murmelte sie, während ich beschwingt zu meinem Fahrrad eilte. Hurra! Wenn Frau Hansemann die Hustentropfen hatte, dann musste Frau Hausmann wohl die Herztropfen haben, und somit war ja alles gut. Das Leben war schön, die Blumen blühten und ich würde bald heiraten.

An diesem Punkt der Geschichte setzte ich meine Erzählung für Sonja und ihre Kolleginnen fort. Der Teil, den niemand wissen durfte, war vorbei. „Ich hatte einen Wolfshunger. Morgens Maden auf dem Brot, mittags eine Radtour statt Spaghetti!" Ich schlürfte einen Schluck Tee, die erste Nahrung, die ich heute bekam. Manche mochten ja der Ansicht sein, dass mein Hintern ein paar Pfund weniger vertragen könnte, aber übertreiben musste man es nun auch wieder nicht. Außerdem hatte Dirk, der Gute, gesagt, dass er all das Runde an mir niedlich fand.

Dirk!

Auf dem Rückweg von Frau Hansemann stellte ich fest, dass ich mich ganz in der Nähe von Dirks Büro befand. Zwei Straßen weiter lag das Bistro, in dem er mittags eine

Kleinigkeit zu essen pflegte. Normalerweise fand ich den Weg zu weit, um in der Mittagspause hierher zu kommen, aber wenn ich nun schon da war, konnte ich Dirk ja mal überraschen.

Ich stellte mein Rad vor dem Lokal ab und trat ein. In der warmen, dunstigen Wirtshausluft beschlugen meine Brillengläser, und ich sah erst mal gar nichts. Ich blieb an der Tür stehen, weil ich Dirk zuerst sehen wollte, bevor er mich sah. Als meine Brille wieder klar war, spähte ich umher.

Er saß weiter hinten im Lokal, mit dem Rücken zu mir. Und neben ihm saß Anja.

3. Kapitel

Mir stockte der Atem. Meine Füße fühlten sich an wie festgewachsen, und mein Magen, der gerade noch großen Hunger ans Gehirn gefunkt hatte, verwandelte sich in einen Eisklumpen.

Dirk und Anja hatten mich nicht bemerkt. Sie waren in ein Gespräch vertieft. Worüber, das konnte ich nicht hören, aber anscheinend ging es um was Ernstes. Na, wenigstens hatten sie keinen Spaß miteinander! Das wäre ja noch schöner! Da saß mein Bräutigam – zwei Monate vor der Hochzeit – heimlich mit einer meiner ältesten Freundinnen zusammen?

Ich hätte die beiden sofort zur Rede stellen sollen, aber so etwas liegt mir nicht. Öffentliche Szenen unter dem Beifall der halben Stadt, nein, also ehrlich! Ich machte kehrt und floh hinaus in den Regen. Plötzlich kamen mir Dorits Worte in den Sinn. *Bist du dir sicher, dass Dirk der Richtige ist? Glaubst du, dass Dirk treu sein kann? Seid ihr beide bereit für so eine enge Bindung?*

Ich hatte mich in den letzten Wochen zunehmend geärgert, wenn sie versucht hatte, mir Dirk, die Hochzeit und überhaupt die Ehe madig zu machen. Aus ihr sprach doch nur der Neid, weil sie selbst noch keinen Mann hatte! Dachte ich. Aber jetzt war ich plötzlich nicht mehr sicher. Wusste Dorit etwas, was ich nicht wusste, und versuchte schon die ganze Zeit, es mir zu sagen?

Anja. Wieso ausgerechnet Anja? Dirk liebte doch mich, Vicki Dofinsky mit dem runden Sommersprossengesicht, der verschmierten Brille und den widerborstigen Drahtlocken – nicht solche dürren Klappergestelle mit Schlafzimmerblick und langen glatten Haaren!

„Anja ist doch überhaupt nicht sein Typ", erklärte ich den drei Schneiderinnen. „Wahrscheinlich hat er bloß ein Seelsorge-Gespräch mit ihr geführt. Als zukünftiger Pastor muss er das doch üben, oder?"

Ich merkte, dass Sonja und ihre beiden Kolleginnen aufgehört hatten zu nähen und mich mit offenem Mund anstarrten. Ich biss mir auf die Zunge, aber es war zu spät. Ich hatte mich wieder mal so von meinen Gefühlen hinreißen lassen, dass ich doch tatsächlich die ganze Geschichte brühwarm erzählt hatte! Und dabei wusste ich ja, dass Tratsch und Klatsch sich in einer Kleinstadt mit Überlichtgeschwindigkeit ausbreiten konnten! Morgen würde die ganze Region wissen, dass ich meinen Verlobten mit einer anderen überrascht hatte. *Bravo, Vicki! Erst denken, dann reden.* Tja. Zu spät.

„Na ja, und dann dachte ich, das Ganze ist sicher total harmlos", schwächte ich hastig ab, „und wollte zur Apotheke zurückfahren. Aber dann passierte mir dieser kleine ... Unfall." Ich grinste, um die Situation aufzulockern.

Sonja und die beiden anderen klappten ihre Münder wieder zu.

„Sicher steckt gar nichts dahinter", murmelte Sonja.

„Vielleicht denken sich die beiden eine Überraschung für eure Hochzeit aus", schlug ihre rothaarige Schneiderkollegin hoffnungsvoll vor.

„Genau", sagte die andere, die unter ihren schwarz gefärbten Haaren leichenblass aussah. „Eine Überraschung!"

„Das wird's sein", stimmte ich erleichtert zu. *Sicher habe ich nur überreagiert, weil heute schon so viel schief gegangen ist.*

„Möchtest du dein Kleid anprobieren?", fragte Sonja unvermittelt. „Die Waschmaschine müsste jetzt fertig sein, aber bis deine Sachen aus dem Trockner kommen, könntest du kurz reinschlüpfen. Dann kann ich gleich die Taille fertig machen."

„Oh ja, gern!" Meine Stimmung hob sich. Das Anprobieren meines Brautkleides fand ich jedes Mal herrlich!

*

Ich drehte meinen Kopf so weit, wie es ohne ernsthafte Verletzungsgefahr möglich war, und schielte über die Schulter in den großen Spiegel. Das Kleid war einfach wunderschön. Ein Traum aus weißer Seide hüllte mich ein und verwandelte mich in eine Märchenprinzessin. Der blütenbestickte Ausschnitt zauberte ein entzückendes Dekolletee. In der Taille war das Kleid eng, aber nicht so eng, dass ich wie eine Wurst in der Pelle ausgesehen hätte, und darunter wallten üppige Falten bis zu den Knöcheln und versteckten freundlich mein etwas zu rundes Gesäß. Ich hätte mich ja gern ein bisschen gedreht und in den Hüften gewiegt, aber Sonja hatte mir jede kleinste Bewegung verboten. Sonst würde sie mir unweigerlich eine Stecknadel ins Fleisch rammen, hatte sie angedroht. Also stand ich stocksteif, mit angehaltenem Atem, während Sonja an meiner Taille rumstichelte, und bewunderte mich.

Eigentlich war Weiß ja sonst nicht so meine Farbe. Bei meinem rosigen Teint wäre etwas Creme- oder Champagnerfarbenes vielleicht vorteilhafter gewesen. Oder Türkis natürlich. Aber das kam überhaupt nicht in Frage. Weiß, blütenweiß musste es sein! Heutzutage war es für ein Mädchen – selbst in christlichen Kreisen – gar nicht so einfach, jungfräulich zu bleiben. Ehrlich! Aber ich würde bestimmt nicht so dumm sein, irgendwelche Zweifel an meiner Jungfräulichkeit aufkommen zu lassen, indem ich bei meiner Hochzeit etwas anderes als Weiß trug. Klatsch gab es sowieso immer genug! (Und manchmal fiel ich sogar selbst darauf rein.)

Ich atmete vorsichtig aus.

„Nicht bewegen!“, schrie Sonja und piekste mich in den Bauch.

„Tschuldigung“, murmelte ich folgsam und stellte das Atmen wieder ein.

Ein Kranz aus Myrte. Jawohl. Myrtenzweige, das Symbol der Reinheit! Das musste dann doch wohl jeder kapieren. Ich versuchte, mir ein Kränzchen aus weißen Blüten auf meinem Kopf vorzustellen. Meine Haare – tja, da musste ich wohl noch irgendwas machen. Ich hob vorsichtig einen Arm und zupfte an meiner Frisur herum. Der Drahtverhau auf meinem Kopf, den mein Friseur so nett „Naturlocken“ nannte, hatte sich heute Morgen überhaupt nicht bändigen lassen. Aber für meine Hochzeit würde ich diese Haare unterkriegen – und wenn es bedeutete, dass ich sie weichspülen und bügeln musste! Schließlich wollte ich doch nicht, dass meine Enkelkinder später mal Lachkrämpfe bekamen, wenn sie Omas Hochzeitsfotos anschauten!

„Nicht wackeln!“, zischte Sonja durch den linken Mundwinkel, während sie mehrere Stecknadeln zwischen ihren fest aufeinandergepressten Lippen festhielt.

Meine Nackenmuskeln begannen sich zu verkrampfen. Schweren Herzens drehte ich den Kopf nach vorne, wodurch leider der Spiegel mit meinem zauberhaften Ebenbild aus meinem Gesichtsfeld verschwand. Na gut, dann stellte ich mir eben Dirk vor. Dirk, der einen hellgrauen Anzug mit Weste trägt und unter seinem blonden Scheitel genauso brav aussieht, wie er ist. Ich vervollständigte das Bild mit einer silbernen Krawatte und einem Blumensträußchen am Revers. Auch einem Myrtenzweig. Sicher, wieso nicht? Nein, ich *hatte* keine Zweifel an seiner Treue! Nein, ich glaubte *nicht* an Klatsch und dumme Gerüchte! *Auch nicht, wenn die Bestätigung für das Gerücht im Bistro sitzt und Händchen hält?* Grr! *Sie HABEN keine Händchen gehalten!*

Die Rothaarige steckte den Kopf zur Tür herein. „Deine Klamotten sind jetzt trocken!", meldete sie.

Ich schälte mich vorsichtig aus meinem stecknadelgespickten Schneewittchenkleid und streifte Sonjas Pullover über. „Wow, die sind ja gebügelt!", staunte ich, als ich die Überreste meiner Kleidung sah. „Wo bekommt man Wäschetrockner, die das können?"

Die Rothaarige kicherte. „Ich hab schnell drübergebügelt. Das Eisen war sowieso gerade heiß."

Ich war überwältigt von so viel Hilfsbereitschaft. Trotzdem ließ sich die Tatsache nicht verleugnen, dass mein Rock jetzt zwar glatt und sauber, aber immer noch zerrissen war, und das nicht gerade unauffällig!

„So kann ich nicht gehen. Ich muss nach Hause und was anderes anziehen. Meine Mutter wird mich öffentlich vierteilen", seufzte ich.

„Darf ich?", fragte Sonja.

„Darfst du was? Mich vierteilen und meiner Mutter die Arbeit abnehmen?"

„Quatsch! Den Rock flicken!"

„Den kann man nicht flicken, der ist richtig zerfetzt, da fehlt sogar ein Stück!"

„Ja, aber ich könnte das zerrissene Stück abschneiden. Es würde dem Rock nicht schaden, wenn er ein bisschen kürzer wäre. Diese Länge trägt doch heutzutage eh kein Mensch mehr."

„Keiner unter siebzig", bekräftigte die Blasse.

„Na gut." Schlimmer konnte es ja sowieso nicht mehr werden.

Oder doch?

Sonja verstand ihr Handwerk. Zehn Minuten später war ich stolze Besitzerin eines kniefreien, weiten blauen Rocks. Wäre das Ding halbwegs eng gewesen und hätte ich eine elegante Strumpfhose dazu getragen, dann hätte es ja ganz passabel gewirkt. Aber so? Ich sah aus wie Klein-Alice in ihrem kecken, wegstehenden kurzen Röckchen auf dem Weg ins Wunderland. Der Anblick meiner nackten, zerschrammten Knie verstärkte noch den Eindruck, dass es sich hier um ein Outfit für den ersten Kindergartentag handelte. Fehlte nur noch ein Köfferchen mit Mickymaus-Aufdruck fürs Pausenbrot. Und dabei erinnerte ich mich äußerst ungern an meinen ersten Kindergartentag. Der war nämlich schrecklich gewesen! Sobald die anderen Kinder hörten, dass ich „Dofinsky" hieß, hatte ich meinen Spitznamen weg: „Doofi". So was wird man schwer wieder los. Im Gegenteil, später in der Schule wurde sogar „Doofi Katastrophi" draus, ein Spitzname, der mich heute noch verfolgte – besonders an Tagen wie heute.

„Hübsch", bemerkte die blasse Kollegin lahm, nachdem alle drei mich und mein Kindergartenröckchen eingehend gemustert hatten.

„Bringt deine Beine zur Geltung", stellte die Rothaarige wertneutral fest.

„Zumindest kann sich nichts mehr in der Fahrradkette verfangen", brachte Sonja es auf den Punkt.

Ich nickte.

Meine Mutter würde tot umfallen. Oder mich enterben.

Wahrscheinlich sogar beides.

4. Kapitel

Herr Liebermann verlor kein Wort über mein Outfit oder über die Tatsache, dass ich viel zu spät aus der Mittagspause zurückgekehrt war. Stattdessen erging er sich in Selbstvorwürfen, weil er vergessen hatte, mittags den Laden abzuschließen. Ich brachte es nicht über mich, ihm zu gestehen, dass ich das gewesen war, als ich zurückkam, um die Medikamente zu holen. So viele Missgeschicke an einem einzigen Tag waren sogar für mich zu viel! (Und Mutters Empfang stand ja noch bevor.) Also beruhigte ich ihn, dass es bestimmt nicht am Alter lag – ich war viel jünger als er und vergaß viel öfter was.

Um mein schlechtes Gewissen zu beruhigen, blieb ich dafür bis zum Ladenschluss da. Das bedeutete zwar, dass ich zum Empfang zu spät kommen würde, aber vielleicht konnte ich mich unauffällig hineinschleichen und in der Menge untertauchen, bevor meine Mutter mich näher betrachten konnte.

Mutters Empfang fand in ihrem „Stadtpalais" statt, wie sie es nannte. Also, wenn man der Ansicht war, dass Moosheim eine Stadt war, dann war Mutters Wohnung ein Palais und ihre Party ein Empfang. Ich für mein Teil hielt Moosheim für ein großes Dorf und die Party für ein Stehbüfett, aber das hätte ich nie zu sagen gewagt.

Als ich kam, war schon alles da, was in unserer Stadt Rang und Namen hatte: der Bürgermeister samt Gemahlin, unser Pastor, mehrere Ärzte und Schuldirektoren, der Herr Botschafter und natürlich Onkel Frank, Mutters Bruder. Als Erben und Geschäftsführer der bedeutendsten Fabrik in der Gegend (für Papier aller Art) mussten Mutter und Onkel Frank auf ihre „gesellschaftliche Stellung" achten.

Großmutter saß in ihrem Rollstuhl in der Nähe des Büfetts und unterhielt sich mit einem älteren Herrn aus der Gemeinde.

„Ich wundere mich, dass Ihre Tochter den Hochzeitstag immer noch feiert – nach all den Jahren!", sagte der alte Mann.

„Mich freut es", erklärte Großmutter streng. „Die Ehe ist heilig!"

„Wirklich ein Jammer, dass die arme Nora schon so früh Witwe geworden ist!", seufzte er und schüttelte bedauernd den Kopf.

„Besser verwitwet als geschieden", bemerkte Großmutter spitz und warf einen missbilligenden Blick auf den Herrn Botschafter, der gerade zusammen mit meiner Mutter auf uns zukam. Jeder wusste, wie sehr meine Großmutter Scheidungen verabscheute. Der arme Botschafter war vor zehn Jahren von seiner Frau verlassen worden, aber er würde es niemals wagen, meine Mutter zu heiraten. Zumindest nicht, so lange meine Großmutter lebte!

Der Anblick von Lachsbrötchen und Shrimpscocktail brachte mir in Erinnerung, dass ich den ganzen Tag noch nichts gegessen hatte, weil immer was dazwischengekommen war. Hungrig stopfte ich mir ein, zwei Brote in den Mund und lud mir drei weitere auf den Teller. Das war ein taktischer Fehler, denn in diesem Augenblick trat Mutter auf mich zu, lächelte mit gespielter Verzweiflung und tadelte mich in jenem mild-herablassenden Ton, den ich so hasste:

„Victoria, schling doch nicht so! Hast du in letzter Zeit mal in den Spiegel gesehen? Wie du wieder aussiehst! Was ist denn aus dem hübschen Rock geworden, den ich dir eigens gekauft habe? So etwas solltest du tragen, das kaschiert! Ach", sie wandte sich an den Botschafter, „ich wünschte, sie würde sich wenigstens vorteilhaft kleiden! Na ja. Was werde ich froh sein, wenn das Kind nur erst verheiratet ist ...!"

Damit entschwebte sie, um irgendeinen Ehrengast zu begrüßen. Der Botschafter, den ich bei weniger offiziellen Anlässen „Onkel Rudi" nannte, drehte sich noch rasch um und blinzelte mir versöhnlich zu. Ich stand da, den Mund voller Lachs, und konnte nicht mal etwas erwidern. Das war doch wieder typisch! Mit ein, zwei Sätzen schaffte sie es, mich treffsicher zu vernichten! Grimmig starrte ich ihr nach. Sie hatte leicht reden! Sie war auch in ihrem Alter noch gertenschlank (um nicht zu sagen knochig); ihr Haar, das im Gegensatz zu meinem völlig glatt war, lag wie eine graue Kappe ordentlich an ihrem Kopf, und in ihrem dunkelblauen Kostüm sah sie wie immer hochelegant aus.

Ich kämpfte meine Tränen mit Hilfe von zwei Spargelbrötchen nieder. *Doofi, Doofi, Doofi Katastrophi!*, kicherte eine Stimme in meinem Kopf. Ach, nahm dieser schreckliche Tag denn gar kein Ende?

Ich verkrümelte mich in das Zimmer, das früher meines gewesen war. Es war abgedunkelt, denn hier fand die obligate Filmvorführung statt. Gezeigt wurde ein uralter Super-8-Film, den meine Mutter vor Jahren auf Video kopieren lassen hatte. Er zeigte ... nun ja, er zeigte die letzten Minuten im Leben meines Vaters. Eigentlich war das ja ein makabres Thema für einen Film, aber ich hatte ihn schon so oft gesehen, dass es mir gar nicht mehr auffiel.

Zwei oder drei Leute in meinem Alter saßen davor und schauten zu. Ich setzte mich hinter sie, mampfte noch ein Brötchen und wollte am liebsten unsichtbar sein.

Auf dem Bildschirm hüpfte meine Mutter, jung und schön, in einem rotgetupften Badeanzug am Strand von Lignano umher. Ihr Mund öffnete sich zu Lachen und Rufen, aber die Aufnahme hatte keinen Ton, also tat sie es stumm. Sie musste ungefähr so alt sein wie ich jetzt. Wie jedes Mal fragte ich mich, ob sie den Film nur deswegen so gern zeigte, weil sie in ihrer jugendlichen Schönheit zu sehen war. Jetzt kam mein Vater ins Bild: ein schlanker, drahtiger junger Mann, dem seine üppig gekrausten Locken – der Mode der Siebzigerjahre entsprechend – bis über die Schultern hingen. Wenigstens wusste ich, woher ich meine Drahtlocken hatte! Von wem ich jedoch die Anlage zur Pummeligkeit geerbt haben mochte, blieb weiter unklar.

Das Bild wackelte und schwankte, denn jetzt fuhren sie mit einem Boot aufs Meer hinaus, obwohl im Hintergrund dunkle Sturmwolken über dem Land aufzogen. Mein Vater lachte übermütig (ohne Ton) und hielt seinen Ehering dicht vor die Kamera. Als Nächstes sah man ihn, wie er in einem eleganten Hechtsprung aus dem Boot hüpfte. Das Bild verwischte, denn das Boot wackelte und Mutter, die die Kamera hielt, musste erst ihr Gleichgewicht wiederfinden. Dann tauchte Vaters Kopf im Meer auf, er schüttelte funkelnde Wassertropfen aus seinen Haaren und schwamm zum Boot zurück. So ging das eine ganze Weile. Die Sprünge wurden immer kühner, immer übermütiger, bis schließlich dieser eine Kopfsprung kam …

Jetzt hatte ich den Film schon so oft gesehen, und immer noch hoffte ich völlig widersinnig, es würde nicht geschehen: Vater hechtet ins Wasser, Wackeln, das Bild beruhigt sich, es zeigt die leere Wasserfläche … Mein Vater taucht nicht auf. Mutter schwenkt mit der Kamera herum, aber nirgends erscheint der lockige Kopf. Die ersten Wellen, Vorgeschmack des dräuenden Sturms, werfen das Boot hoch. Ein schneller Schwenk, dann sieht man nur noch die Ruderbank von unten. Mutter hat die Kamera unter die Bank gelegt und vergessen, sie abzuschalten. Ende des Films.

Danach ruderte sie an Land und holte Hilfe, doch mein Vater tauchte nie wieder auf. Der kurz darauf einsetzende Sturm musste seine Leiche aufs offene Meer getrieben haben.

Ich knabberte nachdenklich an den letzten Petersilienstämmchen, während der Film in einer Endlosschleife von vorne losging. Als meine Mutter aus diesem Horror-Urlaub nach Hause kam, stellte sie fest, dass sie schwanger war. Mit mir. Mein Vater war gestorben, ohne jemals erfahren zu haben, dass er mein Vater war. Eigentlich war das traurig. Ein Tag wie der heutige war sowieso wie geschaffen dafür, um in Selbstmitleid zu versinken, doch bevor ich so weit war, kam Dorit herein.

„Vicki! Da bist du ja! Wir suchen dich im ganzen Haus!“

Ich hatte keine Lust, mit ihr zu reden. Ich hatte mich dazu durchgerungen, dem Anja-Vorfall von heute Mittag keine Bedeutung zuzumessen, aber Dorit schaffte es in letzter Zeit häufig, mich in Bezug auf Dirk zu verunsichern. Und ich wollte nicht, dass irgendein dummes Gerede zwischen ihm und mir stand!

„Lass mich!“, maulte ich, aber sie zog mich am Ärmel.

„Dirk möchte dir etwas sagen“, sagte sie sanft. Irrte ich mich im Halbdunkel, oder schaute sie mich dabei mitleidig an? Sofort krochen wieder Zweifel in mir hoch, aber ich unterdrückte sie. Dorit war bloß neidisch, und damit Schluss! Trotzdem ging ich mit ihr.

Hoheitsvoll schritt ich zwischen Mutters Gästen einher und versuchte so zu tun, als ob kurze Kindergartenröckchen zu aufgeschürften Knien der letzte Schrei aus Paris wären. Nur um meine Mutter machte ich vorsichtshalber einen Bogen.

Dirk wartete in der Küche zwischen den Kuchen, Cremes und Puddings auf mich. Er sah unbehaglich drein. Dorit nickte ihm (aufmunternd? befehlend?) zu und verschwand diskret.

„Ich ... ähem ... ich muss mit dir reden", hüstelte Dirk.

5. Kapitel

„Hat es etwas mit dem zu tun, was ich heute Mittag im ‚La Cantina' beobachtet habe?", platzte ich neckend heraus. Oh, hups! Das hatte ich doch für mich behalten wollen ...?

„Was, du weißt davon?", fragte Dirk überrascht.

„Wovon?"

„Dass ... dass Anja schwanger ist." Er sah mich forschend an.

„Oh!" Na, das waren aber wirklich überraschende Neuigkeiten! Und ich hatte noch nicht einmal gewusst, dass sie einen Freund hatte! Aber da konnte man es wieder sehen: Selbst ein frommes, christliches Mädchen wie Anja schaffte es nicht, sich für ihre Hochzeit einen Myrtenzweig zu verdienen! Kein Wunder, dass Dirk sie so ernst beseelsorgt hatte! Das war ja auch wirklich ein Hammer. Hoffentlich wusste Dirk jetzt wenigstens zu schätzen, was er an mir hatte!

„Und? Was sagst du?" Er sah mich scheu, fast ängstlich an. Das war ja rührend, wie sehr er sich darum sorgte, ob ich meine Freundin jetzt verachten würde!

„Na ja“, stotterte ich und versuchte einen Anflug von Schadenfreude zu unterdrücken. „So was passiert schließlich schon mal, ... wenn man nicht standhaft bleiben kann ...“

Dirk seufzte. „Und ... du nimmst es so locker?“, fragte er skeptisch.

Ich zog großzügig die Schultern hoch. „Wer ohne Sünde ist, der werfe den ersten Stein“, zitierte ich. Das musste den angehenden Pastor doch beeindrucken!

Er schüttelte den Kopf. „Ich hätte nicht gedacht, dass du es so leicht nimmst. Macht es dir denn wirklich nichts aus?“

Jetzt wurde es mir aber langsam zu dumm! Anja war wohl eine meiner ältesten Freundinnen, aber so an den Lebensnerv ging mir ihr Schicksal nun auch wieder nicht, dass ich mich jetzt stundenlang darüber aufregen müsste!

„Nein, es macht mir nichts aus!“, stellte ich klar und schnappte mir ein Butter-Eclair vom Tablett. „Von mir aus kann sie Kinder kriegen, von wem sie will!“ Ich biss in die cremige Köstlichkeit und setzte grinsend hinzu: „So lange es nicht von dir ist, natürlich.“

Dirks Gesicht nahm urplötzlich die Farbe eines alten Radiergummis an. Er stolperte zwei Schritte zurück und krachte gegen die Mikrowelle.

„Aber es *ist* von mir“, flüsterte er mit blutleeren Lippen. „Ich dachte, du wüsstest das!“

✳

Ich muss einen Blackout gehabt haben. Jedenfalls fand ich mich irgendwann in meinem Zimmer wieder, wo ich unkontrolliert in mich hineinschluchzte. Die Puddingspuren auf meiner Kleidung legten den Schluss nahe, dass ich Dirk in der Küche mit den Desserts beworfen hatte. Dorit und Monika saßen links und rechts von mir und redeten irgendwie tröstend auf mich ein, und auf dem Fernsehschirm sprang mein Vater stumm lachend in den Tod, wieder und wieder.

Wie kann Dirk ein Kind haben?!

Schluchz!

Wieso konnte er nicht keusch bleiben? Wo ICH mir doch solche Mühe gegeben habe?!

Schnief! Hicks!

Mein Weinen ging in Schluckauf über, was nicht mehr ganz so dramatisch und erhaben wirkte.

„Je-jetzt kann er bei unserer Hochzeit ke-kein Myrtenzweiglein tragen!“, heulte ich, von Schluckauf unterbrochen.

„Was?“, fragte Dorit.

„Kein My-myrtenzweiglein!“, wiederholte ich. „Weweil er nicht mehr Jungf-frau ist!“

„Vicki“, sagte Dorit eindringlich und drückte meine Schulter, „du willst Dirk doch nicht ernsthaft immer noch heiraten?“

Ich starrte sie aus wässrigen Augen an und versuchte zu verstehen, was sie eben gesagt hatte.

„Er muss doch jetzt wohl Anja heiraten!“, piepste Monika an meiner anderen Schulter.

„Aber ... aber er hat ...“, stotterte ich verwirrt. Ein Wirbelsturm schien mich zu erfassen und rasend im Kreis zu drehen. Mir wurde schwindlig.

Ich soll Dirk nicht heiraten?

Dirk will Anja heiraten?

Aber das war unmöglich! Dirk nicht zu heiraten war vollkommen undenkbar! Seit drei Jahren stand fest, dass Dirk und ich heiraten würden – mein ganzes Leben stand auf diesem Fundament! Das konnte er doch nicht ... das durfte er doch nicht ...

*

Es war so still.

Das Zimmer war noch immer dunkel. Auch der Fernseher war jetzt schwarz. Der Geist meines Vaters hatte aufgehört, über den Bildschirm zu springen. Ich war ganz allein im Zimmer.

Ich lag im Bett und war zugedeckt. Komisch, ich trug sogar einen Schlafanzug. Dabei wohnte ich doch längst nicht mehr hier, bei meiner Mutter, in meinem Zimmer. Mein Kopf tat weh. In allen Knochen spürte ich ein Ziehen. Mein Hals fühlte sich heiß und trocken an. Ich brauchte ein Glas Wasser. Leise schlüpfte ich aus dem Bett. Sofort wurde mir so schwindlig, dass ich mich wieder hinsetzen musste. Was war nur los mit mir? Ich stöhnte.

„Vicki? Bist du wach?"

Ich zuckte erschrocken zusammen. Wie aus dem Boden geschossen stand plötzlich meine Mutter neben mir.

„Wa... was ist eigentlich los?", stammelte ich schwach.

„Deine Hochzeit ist geplatzt", erklärte sie gnadenlos, „daraufhin hast du ein Nervenfieber bekommen. Geht's dir besser?"

„Nervenfieber?" Ich griff mir an die Stirn. Sie fühlte sich heiß an. Ach, und das Ziehen in den Knochen! „Ich hab die Grippe!", begriff ich.

„Wie auch immer. Du hast jedenfalls plötzlich hohes Fieber bekommen und bist umgekippt. Zum Glück waren Dr. Berger und Dr. Mühlbach auf meinem Empfang, die haben dich gleich versorgt."

„Oh. Wie spät ist es?"

„Sieben Uhr."

„Ist der Empfang schon vorbei?"

„Schätzchen, es ist sieben Uhr *morgens*! Der Empfang war gestern! Jetzt leg dich wieder hin. Du sollst im Bett bleiben. Möchtest du was trinken?"

Ich hatte tatsächlich die Grippe. Das war auch kein Wunder – als Angestellte einer Apotheke hat man ja andauernd mit Kranken zu tun. Das Fieber warf mich für mehrere Tage aufs Krankenlager und ersparte mir so die Demütigung, unter Leute zu gehen. Wenn ich ab und zu aus meinem Dämmerschlaf erwachte, dachte ich nach. Über die seltsamen Andeutungen, die bedeutungsschweren Bemerkungen, die merkwürdigen Blicke, die ich in der letzten Zeit manchmal beobachtet hatte. Hatte alle Welt (vielleicht mit Ausnahme meiner Mutter) von der Dirk-Anja-Liaison gewusst, nur ich nicht? War Dorit die Einzige gewesen, die versucht hatte, mir etwas zu sagen? Wem konnte ich denn überhaupt noch vertrauen? An diesem Punkt meiner Überlegungen übermannte mich dann gewöhnlich die Verzweiflung, und ich weinte mich wieder in den Schlaf.

Ab dem vierten Tag durfte ich ausgewählten Besuch empfangen. Die Erste, die meine Mutter reinließ, war Dorit.

Gute Wahl!

Dorit brachte Nougatpralinen mit, fühlte sich sichtlich unbehaglich und wusste nicht, wie sie anfangen sollte. Diese Verlegenheit nahm ich ihr ab.

„Wie lange geht das schon mit Dirk und Anja?“, platzte ich heraus.

„Äh, ich weiß nicht genau ...“

„Aber du hast doch was von den beiden gewusst, oder?“

„Hm, na ja ... ich wusste, dass Dirk mit anderen ausgeht ... Dass es schon so weit war, wusste ich allerdings nicht.“ Sie setzte sich auf einen Besucherstuhl am Fußende des Bettes.

„Du hast ihm nie getraut, stimmt's?“

„Ich, äh ... kein Kommentar.“ Dorit war die älteste Tochter unseres Pastors, und sie gab sich immer so schreckliche Mühe, alles richtig zu machen. „Über-ein-Gemeindemitglied-schlecht-Reden“ war wahrscheinlich eines jener „No-no“s, die ihr Vater ihr bei Todesstrafe verboten hatte.

„Ich verstehe das einfach nicht“, jammerte ich. „Was soll ich denn jetzt machen? Die Einladungen sind doch schon verschickt!“

„Was für Einladungen?“

„Na, die für die Hochzeit!“ Schon war ich wieder den Tränen nahe.

„Aber bis dahin sind es doch noch zwei Monate. Du hast genug Zeit, um es allen zu erklären.“

„Was denn?! Soll ich 200 Leute anrufen und allen erklären, dass mein Bräutigam es vorgezogen hat, eine andere zu schwängern?!“

„Na ja …" Dorit war anscheinend auch ein bisschen überfragt. So was passierte ja schließlich nicht alle Tage. Und wenn, dann auch nur mir. „Du könntest einen Brief kopieren oder drucken lassen, und –"

Ich ließ sie nicht ausreden. „Ach ja? Vielleicht so: ‚Liebe Gäste, bitte streichen Sie auf der Hochzeitseinladung den Namen der Braut durch und ersetzen Sie ihn durch ‚Anja Hirtler'. Vergessen Sie nicht die Geschenkeliste bei der Firma Brunner. Vielen Dank!' Das wäre doch mal lustig, oder?"

Dorit presste die Lippen zusammen und schwieg.

„Ach Dorit, was soll ich denn jetzt machen?", heulte ich los. „Ich … ich meine … ohne Dirk …?"

„Du wirst dein Leben ohne ihn leben", versuchte sie mich zu trösten. Aber sie hatte keine Ahnung. Es gab kein Leben ohne Dirk. Alles was ich plante, all meine Vorstellungen von meinem zukünftigen Leben gruppierten sich um ihn. Ohne ihn platzte alles wie eine Seifenblase, und zurück blieb … leerer Raum. Ein Vakuum. Ich schluchzte haltlos in mein Taschentuch.

Dorit schob ihre Bedenken in Bezug auf eine Grippe-Ansteckung beiseite und setzte sich neben mich aufs Bett. Sie legte tröstend ihren Arm um mich. „Gott hat einen Plan für dein Leben", redete sie mir zu. „Er weiß schon, wie's weitergehen soll, auch wenn du es noch nicht weißt. Vielleicht solltest du jetzt besonders darauf hören, was Jesus von dir will."

Da erwischte sie mich aber auf dem falschen Fuß! „Warum sollte ich?", heulte ich wild. „Wo es Jesus doch offensichtlich völlig egal ist, was *ich* von *ihm* will?!"

„Vicki!" Ein entsetzter Unterton war in dieser Ermahnung zu hören.

„Na, ist doch wahr!", schimpfte ich. „Was ist denn das für ein ‚Plan', bitte sehr? Zwei Monate vor der Hochzeit haut mein Bräutigam ab! Und was, wenn Anja nicht schwanger geworden wäre? Hätte Dirk dann überhaupt jemals den Mut gefunden, mir was zu sagen? Hätte er mich aus lauter Feigheit geheiratet und Anja so nebenher laufen lassen? Oder hätte er auf die Frage des Pastors vorm Traualtar geantwortet: ‚Äh, ich hab's mir eigentlich anders überlegt'?! So oder so ist es einfach eine sagenhafte Demütigung, die Gott mir da zumutet, findest du nicht? Und dann soll ich ihm noch vertrauen?!"

„Es war Dirks freie Entscheidung, sich mit Anja einzulassen", murmelte Dorit. „Das kannst du Gott nicht in die Schuhe schieben."

„Er hätte es aber verhindern können, oder?", giftete ich zurück. „Jetzt sieht die Sache nämlich so aus: Die zwei, die schwach geworden sind, sind das strahlende Brautpaar und werden mit Glückwünschen und Geschenken überhäuft. Und die dumme Vicki, die brav ihre Tugend und Jungfräulichkeit verteidigt hat, bleibt sitzen und wird von allen ausgelacht. O ja, *das* stärkt jetzt echt mein Gottvertrauen!"

„Niemand lacht dich aus", widersprach sie lahm. Ich glaube, sie musste selbst eingestehen, dass das Ganze eine ziemlich schiefe Optik hatte. Trotzdem unternahm sie tapfer einen letzten Versuch: „Wenn Gott eine Tür schließt, öffnet er woanders ein Fenster. Du musst nur Vertrauen haben!" Vielleicht war sie als Pastorentochter genetisch dazu veranlagt, so was zu sagen, und konnte gar nicht anders?

„Komm, wir teilen uns die Pralinen", seufzte ich resigniert und riss die Packung auf. Selbst wenn Gott meines Vertrauens nicht mehr würdig war – Schokolade war es allemal!

6. Kapitel

Am Sonntag besuchte mich Johanna, die Tochter des Herrn Botschafters. Vielleicht ließ Mutter sie deswegen zu mir, weil sie quasi zur Familie gehörte. Denn wenn der Botschafter den Mut gehabt hätte, meine Mutter zu heiraten (den er aber nicht hatte, weil meine Großmutter ihn hasste), wäre Johanna ja sozusagen meine Stiefschwester gewesen. Vielleicht ließ Mutter sie aber auch deshalb rein, weil sie gerade auf Urlaub gewesen war, als die ganze Sache passierte, und daher sicher nicht darin verwickelt war.

„Oh Vicki, du Arme!“, schrie Johanna, kaum dass sie halb zur Tür herein war, und schleuderte eine neue Schachtel Nougatpralinen auf mein Bett. „Ich hab's gerade gehört! Das ist ja unglaublich! Wie konnte das passieren?“

Das hätte ich auch gern gewusst. Aber da hätte ich wahrscheinlich Dirk selbst fragen müssen, und es kam selbstverständlich nicht in Frage, dass ich jemals wieder mit dem Typen sprach!

„Hast du denn nichts davon gewusst?“, forschte ich. „Oder geahnt?“

„Nicht die Bohne, Ehrenwort!“ Johanna hob ihre leeren Handflächen zum Zeichen ihrer Ahnungslosigkeit.

Na, dann sind wir wenigstens schon zwei.

„Aber ich war ja auch die letzten sechs Wochen weg“, führte sie ins Treffen. Bingo! Diese Ausrede hatte ich nicht. Ich war einfach nur doof.

„Ach, übrigens, ich muss dir was erzählen. Das bringt dich bestimmt auf andere Gedanken!“, sprudelte sie hervor.

Kann ich mir nicht vorstellen. Ich habe die ganze Woche an nichts anderes gedacht als an Dirk und seinen Verrat, warum sollte sich das plötzlich ändern?

„Wie du weißt, war ich wieder mal in Wien, alte Freundinnen besuchen“, erzählte sie. Ich wusste, dass sie einige Zeit mit dem Botschafter in Wien gelebt hatte. „Und was glaubst du, wo ich war?“

„Im Heimatmuseum?“, riet ich. Nicht, dass es mich interessiert hätte.

„Mensch, Vicki!“, rief sie ungeduldig. „Dein Vater stammt doch aus Wien! Deine Mutter hat doch sogar dort gewohnt! Na?“ Sie sah mich an wie ein Quizmaster, der dem Kandidaten einen entscheidenden Hinweis gegeben hat.

Dabei hatte ich das natürlich längst gewusst. Aber warum hätte ich mich für den Herkunftsort meines nie gekannten Vaters in irgendeiner fernen Provinz interessieren sollen?

„Und weißt du auch, wo sie gewohnt haben?“, fragte Johanna enthusiastisch weiter.

„Keine Ahnung.“ Da ich im Unterschied zu Johanna noch nie in Wien gewesen war, bedeutete mir dort eine Adresse so viel wie die andere. Und was scherte es mich, in welcher Gasse meine Mutter vor meiner Geburt mal ein paar Monate lang gelebt hatte? In Wien gab es bestimmt Tausende von Gassen!

„In der Sonnenfelsgasse, in einem ganz uralten, winzigen Haus!“, schwärmte Johanna. „Ich war dort. Ist in der Innenstadt. Und stell dir vor – ich habe einfach geläutet und gefragt, ob da früher eine Familie Dofinsky gewohnt hat!“

„Und?“, fragte ich, mäßig interessiert. Ich hatte gerade meine zukünftige Familie verloren, was brauchte ich eine vergangene?

„Die Frau, die dort wohnt, ist eine geborene Dofinsky!“, jubelte Johanna. „Sie ist mit einem Rechtsanwalt verheiratet, heißt jetzt Soran und hat drei Kinder. Ist das nicht voll der Wahnsinn? Du hast eine Tante!“

„Echt irre“, murmelte ich matt. *Bis vor kurzem hatte ich einen Verlobten. Jetzt habe ich neuerdings eine Tante. Toller Tausch.*

„Mensch, Vicki!“, rief Johanna, die mein trübsinniges Gesicht sah. „Dirk war doch nicht der einzige Typ auf Erden! Lass ihn sausen, den blöden Lackaffen! Der hat dich doch gar nicht verdient!“

Zumindest damit hatte sie Recht.

Ich riss die Pralinen auf.

*

Meine Schonfrist ging dem Ende zu. Es ließ sich nicht leugnen, dass ich (zumindest körperlich) wieder gesund wurde. Über kurz oder lang würde es sich nicht mehr verhindern lassen, dass ich wieder zur Arbeit ging. Dabei hätte ich mich am liebsten unter der Bettdecke verkrochen und wäre bis an mein Lebensende nie wieder rausgekommen. Aber davon konnte man vermutlich nicht leben. Und bis ich mal Mutters Papierfabrik erben würde, konnten noch 30 Jahre vergehen!

Dorit und Monika, die Chefinnen des Brautjungfern-Komitees, drängten mich, die Sache offiziell zu machen und die Hochzeit abzusagen. Ich zierte mich. Wenn ich nur lange genug wartete und den Kopf in den Sand steckte – vielleicht war es dann gar nicht wahr? Die Dinge wurden so erschreckend real, wenn man sie auf Büttenpapier drucken ließ ... Schließlich überzeugten mich die beiden aber, dass ich was tun musste, bevor Dirk es tat. Denn das hätte ja noch viel blöder ausgeschaut.

Wir tüftelten einen prächtigen Text aus: „Auf Grund von Umständen, die sich meinem Einfluss entziehen, muss ich meine Hochzeit mit Dirk Hoppe leider absagen. Ich bitte um Ihr/Euer Verständnis. Victoria Dofinsky". Das war in jeder Hinsicht genial: das Wort „Umstände" deutete an, was passiert war, und das mit „Einfluss entziehen" machte klar, dass ich rein gar nichts dafür konnte. Und da nur meine Unterschrift drunter war, sah es so aus, als ob ich Dirk sitzen gelassen hätte und nicht umgekehrt. Schadensbegrenzung nennt man das wohl.

Ich ließ hübsche Kärtchen mit Büttenrand drucken, in der gleichen Schrift wie die Hochzeitseinladungen, damit jeder gleich wusste, wo das dazupasste. Meine beiden Oberbrautjungfern hatten zum Glück eine Adressenliste, sodass wir jedem, der eine Einladung bekommen hatte, auch eine Absage schicken konnten.

Als Monika die fertigen Briefe zur Post brachte, fühlte ich mich zum Sterben. Mein Leben war vorbei.

*

Obwohl ich innerlich tot war, musste der äußere Rest wieder arbeiten gehen. Als ich zum ersten Mal nach meiner Grippe wieder in der Apotheke erschien, gab sich Herr Liebermann alle Mühe, seinem Namen gerecht zu werden. Er behandelte mich, als ob ich immer noch krank wäre, oder irgendwie zerbrechlich, und schonte und verhätschelte mich nach Kräften. Die Worte „Dirk“ oder „Hochzeit“ nahm er nicht in den Mund – dabei hätte ich gerade mit ihm vielleicht darüber reden können. Ich hatte ja nie einen Vater gehabt, und ohne es recht zu merken, hatte ich in den letzten Jahren meinen lieben alten Chef adoptiert. Aber er vermied das Thema taktvoll, und ich brachte es nicht über mich, davon anzufangen.

Unsere Kunden kannten solche Hemmungen nicht. Ich merkte bald, dass ich anscheinend das Tagesgespräch von Moosheim war! Die Herren schenkten mir väterlich-mitleidige Blicke, während die Damen mir unverhohlen Trostworte und Lebensweisheiten (oder was sie dafür hielten) zukommen ließen. So in der Größenordnung von „Andere Mütter haben auch schöne Söhne“, „Jung gefreit, bald bereut“ und „Sie haben was Besseres verdient“. Die jüngeren unter den Damen fragten auch schon mal ganz ungeniert: „Stimmt es, dass seine Neue schwanger ist?“ Mit einem Wort – mein erster Arbeitstag war ein einziger Spießrutenlauf!

Als ich am Abend dann auch noch wie gewohnt zur Probe des Kirchenchores ging, verstummten die Gespräche plötzlich, als ich den Raum betrat. Verlegenes Schweigen breitete sich aus, durch ein paar „unverfängliche“ Bemerkungen aufgelockert. Am liebsten hätte ich sofort kehrtgemacht! Wie würde das erst am Sonntag sein?

Mir wurde schlagartig klar, dass ich niemals wieder zur Kirche gehen konnte. Dirk würde doch wahrscheinlich da sein, Hand in Hand mit seiner neuen Braut und Mutter seines Kindes! Und dann ich, mit meiner Leibwache von Exbrautjungfern, die mich beschützen zu müssen glaubten und dadurch alles noch schlimmer machten? Unmöglich!

Irgendwie überstand ich die restliche Arbeitswoche, indem ich wie mit Scheuklappen nur das tat, was mein Beruf verlangte, und alle Bemerkungen privater Natur zu überhören versuchte. Es schien, als ob meine Mutter die Zeit meiner Krankheit genutzt und eine regelrechte Imagekampagne durchgeführt hatte. Jedenfalls waren Dirks schmählicher Verrat und meine Bedauernswürdigkeit in aller Munde. Ich verwünschte meine Mutter. Warum konnte sie mein Leben nicht einfach mir überlassen?!

In einem Anfall von geistiger Umnachtung beschloss ich, den Stier bei den Hörnern zu packen und am Sonntag zum Gottesdienst zu gehen. Hocherhobenen Hauptes, jawohl! Auf Gott war ich ja eigentlich sauer – seinetwegen ging ich bestimmt nicht hin! –, aber ich wollte den Leuten zeigen, dass ich mich nicht unterkriegen ließ. Auch eine Doofi Katastrophi hat ihren Stolz! Und ich hatte mir ja schließlich nichts vorzuwerfen.

Ein bisschen mulmig war mir schon. Dorit hatte mich abgeholt, und ich klammerte mich Halt suchend an ihren Arm. Wie befürchtet drehten sich die Köpfe nach mir um und die Gespräche verebbten, als wir den Gemeindesaal betraten. Dorit grüßte tapfer nach allen Seiten, und ich tat es ihr nach, so gut es ging. Dabei scannte ich panisch den Raum nach Dirk oder Anja. Diesen beiden öffentlich gegenüberzutreten hätte ich nicht durchgestanden.

Bei der Anschlagtafel für die Bekanntmachungen hatte sich eine Menschentraube gebildet. Gab es dort etwas Interessantes zu lesen? Meine Mutter würde doch nicht … am Ende …? Ich zog Dorit mit mir. Die Menschenmenge öffnete sich vor uns zu einem Spalier, und wir drangen ungehindert bis zur Tafel vor.

Da hing, auf pastellrosa marmoriertem Papier (aus unserer Fabrik!), eine Hochzeitsanzeige von Anja und Dirk.

Ich ergriff die Flucht.

*

In den nächsten Tagen wünschte ich mir, ich könnte tief verschleiert gehen. Mit so einem praktischen, blickdichten Tschador, der nur ein winziges Fenster für die Augen hätte und mich unkenntlich, ja unsichtbar machen würde. Schade, dass diese Mode sich unter Christen nicht so recht durchsetzen wollte! Ob ich wohl zum Islam übertreten sollte? Mit Gott war ich ohnehin gerade fertig, da war es wohl egal, auf welche Art ich ihn ignorierte …

Frau Liebermann lud mich wieder zum Essen ein. Das tat sie so durchschnittlich einmal in der Woche, weil Liebermanns gleich über der Apotheke wohnten und es sich daher anbot. Es gab Nudelauflauf mit Salat, aber ich hatte nicht viel Appetit. Irgendwie war er mir in letzter Zeit vergangen.

„Hast du's ihr gesagt?", fragte Frau Liebermann in der Küche ihren Mann. Sie dachte wohl, ich könnte sie nicht hören, aber ich war noch lange nicht so schwerhörig wie die beiden alten Leutchen. Ich spitzte alarmiert die Ohren. Hatte er mir *was* gesagt?

„Ach komm, Viola, das ist doch nicht wichtig", beschwichtigte er seine Frau. „Außerdem war sie krank! Sie hat am selben Abend hohes Fieber bekommen, das muss ihr doch schon in den Knochen gesteckt haben!"

Aha, es ging um irgendetwas, das an diesem „schwarzen Montag" passiert war.

„Trotzdem!", fand Frau Liebermann und kam mit dem Essen herein. „Du kannst das nicht einfach auf sich beruhen lassen!" Sie häufte mir ungefähr achtmal so viele Nudeln auf den Teller, wie ich unter äußerster Überwindung essen konnte, und wandte sich an mich: „An dem Tag, an dem Sie krank wurden, hat sich leider ein unangenehmer Vorfall ereignet."

Ach ja? Mein Bräutigam hat mich sitzen gelassen – das fand ich allerdings etwas „unangenehm"! Sonst noch was?

„Frau Hausmann kam am nächsten Tag zu uns", fuhr Frau Liebermann fort. Ich spürte ein bekanntes Gefühl von kalter Mulmigkeit im Magen. *Bitte nicht! Nicht auch das noch!*

„Komm, Viola, lass doch!", versuchte Herr Liebermann zu vermitteln.

„Sie wollte Tropfen für ihr Herz haben", sprach Viola erbarmungslos weiter, „aber Sie haben ihr aus irgendeinem Grund Kinder-Hustentropfen gegeben. Können Sie das erklären?"

„Sie war krank, das sage ich dir doch!", verteidigte mich der gute alte Herr Liebermann.

„Ich, ... äh ...", stotterte ich. Ich hätte schon eine Erklärung gehabt, aber die war wahrscheinlich nicht besonders gut. Warum hatte ich es bloß bei meinem Besuch bei Frau Hansemann bewenden lassen?! Hätte ich doch bei Frau Hausmann auch nachgefragt, statt in irgendwelchen zwielichtigen Bistros zu spionieren ...

„Ihr Privatleben kann so chaotisch sein wie es will", stellte Frau Liebermann fest und reichte mir liebenswürdig den Salat. „Aber für die Arbeit in einer Apotheke ist größte Gewissenhaftigkeit lebensnotwendig! Verstehen wir uns?"

Doofi Katastrophi nickte demütig in ihre Nudeln und kämpfte mit den Tränen.

Ich musste hier weg. Weg aus dieser Stadt, aus diesem Land, am besten weg von diesem Kontinent.

Gab es eigentlich auch eine Fremdenlegion für Frauen?

7. Kapitel

Leise ratternd glitt der Intercity durch die hereinbrechende Nacht. Das rhythmische „Racka-tacka" hatte etwas wohlig Einschläferndes an sich. Und das Beste war: jedes „Racka-tacka" brachte mich weiter weg von Moosheim, der Stätte meiner mannigfachen Demütigungen.

Kurz nach meiner kleinen, peinlichen Unterredung mit Frau Liebermann geschah etwas, das das Fass meiner Erniedrigung endgültig zum Überlaufen brachte: Anja betrat die Schwanen-Apotheke. Anja leibhaftig. Herr Liebermann erfasste die Situation sofort und überließ mir Herrn Baiersdorf, den er gerade in Arbeit hatte, um Anja zu bedienen. Besser gesagt, damit nicht ich Anja bedienen musste! Ich biss mir auf die Lippen und konzentrierte mich so sehr auf Herrn Baiersdorfs Wünsche, dass es fast schon wehtat. Ich durfte mir schließlich keinen Fehler mehr leisten! Leider wollte er nichts Aufwändigeres als Vitamin-Brausetabletten mit Orangengeschmack. Unser Winter-Verkaufshit. Nicht einmal ich hätte dabei etwas falsch machen können! Und als er dann draußen war, konnte ich nicht umhin, Anjas Wünsche mitzukriegen: Vitamine für eine gesunde Schwangerschaft!! Da kam diese Frau doch tatsächlich in *meine* Apotheke und kaufte Schwangerschaftsvitamine! Mir blieb die Spucke weg über so viel Unverfrorenheit! Herrn Liebermann übrigens auch.

Als ich mich an den Schubladen mit den Sportsalben zu schaffen machte und versuchte, äußerst beschäftigt auszusehen, beugte er sich über den Ladentisch und flüsterte Anja zu: „Vielleicht wäre es besser, wenn Sie in der nächsten Zeit lieber in der Mohren-Apotheke kaufen könnten!"

„Warum?", wunderte sich Anja in normaler Lautstärke. „Ich habe Zeit meines Lebens hier eingekauft, warum sollte ich ausgerechnet jetzt damit aufhören?" Sie schenkte Herrn Liebermann ein charmantes Lächeln. „Sie werden doch nicht Ihre beste Kundschaft vergraulen wollen, oder?"

Meiner Ansicht nach wäre jetzt ein beherztes „Doch!" angebracht gewesen. Oder er hätte ihre verdammten Schwangerschaftsvitamine „versehentlich" mit Arsen verwechseln können. Aber das war wahrscheinlich zu viel verlangt von dem lieben alten Mann. Er hatte sich ohnehin schon mehr für mich eingesetzt, als man vernünftigerweise erwarten durfte. Jedenfalls gab er mit einem untertänigen „Ganz wie Sie wünschen!" klein bei und berechnete nicht einmal einen Unverschämtheits-Zuschlag oder eine Gemeinheits-Gebühr.

Aber mir reichte es. Wohin ich auch kam, tuschelten die Leute über mich und verstummten betreten, sobald sie mich erkannten. Frau Liebermann machte mir Vorwürfe (und das zu Recht), und Anja brüskierte mich mit Absicht. Was passieren würde, wenn ich Dirk begegnen sollte – und das war ja wohl früher oder später unausweichlich! –, das wollte ich mir lieber gar nicht erst vorstellen. Wie viel Demütigung kann ein Herz ertragen, selbst wenn es – wie meines – an mancherlei Katastrophen gewöhnt ist?

Aus, Ende, Schluss! Und nun saß ich im Zug und entfernte mich mit jedem „Racka-tacka" mehr vom Ort meiner Niederlagen.

„*Wenn Gott eine Tür schließt, öffnet er woanders ein Fenster.*" In meinem Fall war es mehr ein Scheunentor, das er mir vor der Nase zugeschlagen hatte, und das Fenster, das er stattdessen öffnete, war eine ziemlich kümmerliche kleine Luke. Aber was soll's – man nimmt, was man kriegt.

Eine Tante in Wien.

Warum nicht.

*

Das Klingeln meines Handys riss mich aus einem unruhigen Schlaf, der von Fahrkartenkontrollen und hell erleuchteten Bahnhöfen unterbrochen gewesen war.

„Hallo?", murmelte ich schläfrig.

„Hallo, Victoria", stieß eine gehetzt wirkende Stimme hervor. „Hier ist die Tante Gabi. Ich fürchte, ich schaffe es nicht rechtzeitig zum Bahnhof. Wir haben wieder einmal einen, äh, familiären Notfall. Setz dich derweil irgendwo rein und trink einen Kaffee, ich bin so bald wie möglich da!"

„Ja, ja, okay", lallte ich überrumpelt. Sie betonte „Kaffee" auf dem „ee", das klang irgendwie niedlich. Und was sonst? Ach ja, sie wollte später kommen. Wo war ich überhaupt? Ich richtete mich auf, rieb mir das steif gewordene Genick und starrte durch das Zugfenster in einen trüben Morgen hinaus.

„Ist es noch weit bis Wien?“, fragte ich den älteren Herrn, der mir gegenübersaß.

Er machte eine einladende Bewegung Richtung Fenster und deutete auf die vorbeiziehenden Häuser. „Bittä. Ist alläs Wien da draußen!“

„Dann kommen wir bald an?“ Hektisch begann ich nach meinen diversen Gepäckstücken Ausschau zu halten. Wie viele hatte ich doch gleich gehabt?

„Wenn Sie meinän Wästbahnhof“, meinte er bedauernd, „muss ich Ihnän leidär mitteilän, dass wir sind dort gewäsen vor fünf Minuten!“

„Was?“ Ich starrte ihn entgeistert an. „Wollen Sie sagen, ich habe den Westbahnhof verschlafen?“ Na, das fing ja gut an! Anscheinend hatte ich zwar die Enttäuschungen der jüngsten Vergangenheit in Moosheim zurückgelassen, aber Doofi Katastrophi mitgebracht!

„Leidär ich habä nicht gewusst, wo Sie wollän aussteigän!“, zuckte er entschuldigend die Achseln.

„Aber ... ich muss doch ...“ Mein Blick irrte umher. „Gibt's hier eine Notbremse?“

„Nicht!“ Er hielt mich am Arm zurück. „Ist sähr teuer, Notbrämse! Liebär Sie fahrän nach Hegyeshalom, dauert nicht langä!“

Ich sank in meinen Sitz zurück. Natürlich hatte er Recht. Das Ziehen der Notbremse würde vermutlich meine gesamten Ersparnisse kosten, von denen ich im nächsten halben Jahr zu leben gedachte. Also musste ich wohl oder übel zu diesem unaussprechlichen Ort fahren und dort umsteigen.

Ich rief Tante Gabi an. „Hier ist Vicki. Auf Grund ... äh ... geänderter Umstände werde ich erst gegen Mittag in Wien sein, also beeil dich nicht allzu sehr.“

„Erst zu Mittag? Puuuh!“ Sie stieß einen Seufzer aus. „Großartig! Das rettet mein Leben. Du ahnst ja nicht, was hier wieder los ist! Aber bis Mittag hab ich hier bestimmt alles unter Kontrolle. Danke! Bis dann, babaa!“

Verblüfft starrte ich mein Handy an. Sie hatte mir allen Ernstes dafür *gedankt,* dass ich meine Station verschlafen hatte und jetzt eine Rundreise durch die unaussprechlichsten Dörfer Österreich-Ungarns unternahm?! Diese Frau war mir sympathisch. Wirklich, mit der würde ich mich super verstehen! Eine echte Dofinsky. Spontan, chaotisch, liebenswert!

Obwohl sie zusätzlich manchmal ein wenig verwirrt zu sein schien. Ich hatte natürlich mit ihr telefoniert, bevor ich sie mit meinem Besuch überfiel, und dieses Gespräch war streckenweise ein wenig … na ja, befremdlich gewesen.

„Guten Tag, mein Name ist Victoria Dofinsky und ich rufe aus Moosheim an", hatte ich gesagt, oder so ähnlich. „Sie kennen mich nicht, aber ich bin die Tochter Ihres verstorbenen Bruders."

„Meines verstorbenen was?", hatte sie gestaunt, als ob sie keine Ahnung hätte, von wem ich sprach. Das fand ich seltsam. Okay, es war lange her, aber sollte man sich nicht auch nach ungefähr 28 Jahren noch an seinen Bruder erinnern?

„Walter Dofinsky", half ich nach. „Er war mit Nora Eckart verheiratet, meiner Mutter!"

„Er … äh, es gibt ein Kind aus dieser Verbindung?", fragte sie ungläubig. Na was, hielt sie mich jetzt vielleicht für eine Erbschleicherin?! In dem Fall würde ich doch wohl eher behaupten, ich wäre die Tochter von Bill Gates und nicht von Walter Dofinsky, oder?

„Er starb, bevor meine Mutter von der Schwangerschaft wusste", erklärte ich. „Und nach seinem Tod hat meine Mutter anscheinend keinen Kontakt mehr mit Ihrer Familie gehabt."

„Aha", machte sie leicht begriffsstutzig. „Ja … wenn das so ist …"

„Ich habe eine Geburtsurkunde", versicherte ich. „Ich kann es beweisen!"

„Ja … nein, ich glaube Ihnen ja …" stotterte sie. Danach erholte sie sich aber und redete ganz normal mit mir, und als die Ereignisse sich überschlugen und ich ganz schnell aus Moosheim raus musste, wurde Tante Gabi – wie ich sie mittlerweile nannte – mein Rettungsanker.

Tja, und nun saß ich im falschen Zug und fuhr nach Heggy-Sheggy oder wie das Kaff nun hieß.

*

Einige Stunden später kamen meine drei Koffer, mein Rucksack, meine Handtasche und ich dann doch noch im Wiener Westbahnhof an. Ich ergatterte einen Kofferkuli, häufte meine Habseligkeiten darauf und schob die schwankende Last den Bahnsteig entlang in Richtung Bahnhofshalle.

Tante Gabi hatte mir gesagt, ich würde sie an einem Buggy samt Kleinkind erkennen. Allerdings schienen an diesem Tag ausschließlich Mütter mit Kleinkindern unterwegs zu sein. Trotzdem erkannte ich sie gleich, als ich sie sah. Sie war etwa Mitte 40, klein und – soweit man das unter ihrem Lodenmantel erkennen konnte – etwas pummelig – und sie hatte das Dofinsky'sche Drahthaar, das ihr zerzaust vom Kopf wegstand.

„Tante Gabi?“, fragte ich sicherheitshalber. Dann sah ich das Schild mit der Aufschrift „Dofinsky“, das – auf dem Kopf stehend – im Schoß des schlafenden Kleinkindes lag.

„Victoria!“ Sie umarmte mich stürmisch, obwohl sie mich doch noch nie gesehen hatte. „Meiner Seel', wir sind ja alle so aufgeregt!“, sprudelte sie hervor, während sie mich unauffällig musterte und dabei mit einer Hand den Buggy und mit der anderen Hand den Kofferkuli zu schieben versuchte. „Wir haben ja alle nicht gewusst, dass es dich gibt – das war vielleicht eine Überraschung! Wir sind alle schon so gespannt auf dich!“ Ich nahm ihr den Kofferkuli ab. Sie redete pausenlos. „Ich hab ja nicht geahnt, dass ich eine Nichte hab! Nein, so was! – Bist du nicht sehr müde? Du bist die ganze Nacht gefahren, gell? Bestimmt willst du dich erst einmal ausruhen!“

Sie verstaute mein Gepäck sowie den Buggy und das schlafende Kind in einem geräumigen blauen Van. Wir hatten ausgemacht, dass ich erst mal ein paar Tage bei ihnen wohnen konnte. Dann konnte ich mich in Ruhe nach einer Wohnung und hoffentlich auch nach einem Job umsehen.

Auf dem Weg zu Tante Gabis Wohnung kam ich mir immer mehr vor wie das letzte Landei aus dem Hinterwald. In der Zeit, die man brauchte, um vom Bahnhof in die Wiener Innenstadt zu fahren, hätte man ganz Moosheim zu Fuß durchqueren können! Allerdings wäre es auch in Wien vielleicht ohne Auto schneller gegangen. Jedenfalls war die Stadt viel größer, als ich gedacht hatte. Nach der Lektüre mehrerer Reiseführer hatte ich mir eine Ansammlung von Kirchen, Schlössern, kaiserlichen Palais und historischen Kaffeehäusern auf engstem Raum vorgestellt. Stattdessen bekam ich erst mal H&M, McDonald's und einen gigantischen Stau zu sehen. Das hätte ich in Frankfurt auch haben können!

Nach längerem Leiden bogen wir in eine mehrspurige Straße ein, die ich für eine Stadtautobahn hielt. Das war aber wohl ein Irrtum, denn alle paar Meter gab es eine Ampel.

„Das ist die Ringstraße", erklärte meine Tante. Jetzt ging es plötzlich Schlag auf Schlag: „Links siehst du das natur- und das kunsthistorische Museum und das Denkmal der Maria Theresia. Rechts kommt das Burgtor" – sie deutete auf ein paar große Torbögen – „dahinter ist die Burg, die siehst du jetzt nicht, aber da geh ich noch mit dir hin. Da vorne ist das Parlament" – wir fuhren an einem Gebäude vorbei, das an einen griechischen Tempel erinnerte – „dann links das Rathaus, rechts das Burgtheater. Neben dem Rathaus, das ist die Universität, da hinten siehst du die Votivkirche, und jetzt kommen wir gleich zur Börse."

Ich kam gar nicht nach mit Schauen. Die Reiseführer hatten doch recht mit der Ansammlung historischer Gebäude auf engstem Raum! Und dabei hatte ich noch kein einziges Kaffeehaus gesehen!

Wir bogen in ein stilles Gässchen ab, das so aussah, als ob man es für einen Kostümfilm gebaut hätte. „Graf Bobby auf Freiersfüßen" oder so. Kein Haus schien jünger als 200 Jahre zu sein, aber alle waren tadellos gepflegt und elegant.

Ich hoffte, dass Tante Gabi in einem davon wohnte, aber wir wanden uns noch tiefer in die verwinkelten Gassen. Manchmal ging es nicht weiter, weil die Straße plötzlich in eine Treppe mündete, manchmal musste man kleine Parks umrunden. Tante Gabi kannte die Strecke natürlich im Schlaf.

„Da vorne an der Ecke, da musst du nach rechts schauen, dann kannst du kurz den Stephansdom sehen."

Ich drehte schnell den Kopf und erhaschte tatsächlich einen kurzen Blick auf Wiens Wahrzeichen, den gotischen Dom mit seinem einzelnen Turm. Schon bogen wir wieder ab, und nach einigen weiteren Ecken waren wir da.

8. Kapitel

Das war also das Haus, in dem meine Eltern miteinander gelebt hatten. Johannas Beschreibung, „winzig und uralt", war nicht übertrieben. Es lag etwas zurückgebaut in einer kurzen Gasse und war drei Etagen hoch. Ich betrat es voller Ehrfurcht. Hier wandelte ich auf den Spuren meines verstorbenen Vaters!

Im Treppenhaus roch es durchdringend nach jahrhundertealtem Kellergewölbe und nach gerösteten Zwiebeln. Ich sah mich nach einem Lift um, aber es gab keinen. Also wuchteten wir die Koffer, den Rucksack und das schlafende Kind mit vereinten Kräften in den zweiten Stock. Als Tante Gabi die Tür aufschloss, zoomte sofort ein kläffendes weißes Fellbündel heraus und sprang an ihr hoch.

„Ja, ja, Filou, ist ja gut! Aus! Pscht! Wirst du still sein? Aus! Platz!"

Das Fellknäuel kümmerte sich nicht im Geringsten um ihre Befehle, sondern wandte sich mir zu und beschnupperte mich misstrauisch.

„Filou heißt er?“ Ich beugte mich runter und streichelte das Tier. „Na, du? Ich bin Vicki! Ja, du bist ein ganz braver Hund! Guter Filou!“ Er wedelte freudig mit seinem kurzen Schwanz.

Tante Gabi schob inzwischen unsere gesamte Fracht in die Wohnung und rief: „Julian? Warst du noch nicht mit dem Filou Gassi?“

Keine Antwort.

„Ju-li-an?!“

Das Baby, das an ihrer Schulter geschlafen hatte, wurde wach und begann zu greinen. Gabi tätschelte ihm beruhigend den Rücken (was keinen Unterschied machte) und redete mit sich selbst. „Ich möcht’ nur wissen, wo der Kerl sich wieder rumtreibt! Halb drei, er müsste doch längst da sein! Ja, Tommilein, ich mach’ dir gleich was zu essen. Vicki, komm, ich zeig’ dir dein Zimmer!“

Unter dem Geheule des Babys, das dringend etwas essen wollte, und dem Gewinsel des Hundes, der dringend das Gegenteil wollte, zeigte sie mir hastig die Wohnung. Sie war groß, weitläufig und nicht sehr aufgeräumt. Gut so – da würden sie an mich auch keine allzu hohen Ansprüche stellen! Das Zimmer, das ich bewohnen durfte, lag straßenseitig. Es war nicht groß, aber hell, und enthielt ein Bett, einen Tisch und einen Schrank.

„Eigentlich ist es Tommis Zimmer“, erläuterte sie und deutete auf das Baby, das sich langsam zum Verzweiflungsgebrüll steigerte. „Aber er schläft eh noch bei uns im Elternbett. Hach, wo bleibt nur der Julian? Wenn man ihn einmal dringend braucht …! Soll ich jetzt zuerst mit dem Hund gehen oder Essen machen?“

„Ich kann doch mit dem Hund rausgehen!“, bot ich an, wobei ich schon Mühe hatte, Tommis Gekreische zu übertönen.

„Oh, das wäre wundervoll!“ Ihr Gesicht erhellte sich, als ob ich einen genialen und völlig unerwarteten Geistesblitz gehabt hätte. „Das wäre wirklich eine große Hilfe!“ Sie befestigte mit einer Hand eine Leine an Filous Halsband, während sie mit der anderen das Baby möglichst weit von ihrem Ohr wegzuhalten versuchte. „Geh einfach einmal um den Block. Du findest doch wieder her? Wenn du zurückkommst, ist das Essen fertig!"

„Das ist toll. Bis gleich!" Die letzten Worte musste ich ihr schon aus dem Treppenhaus zurufen, denn Filou war zwar klein, aber er wusste genau, was er wollte, und zog mich an der Leine hinter sich her.

Beim Haustor wandte er sich nach rechts und flitzte zielstrebig auf einen Baum zu, der mitten auf dem Bürgersteig stand und mit einem schmiedeeisernen Gitter eingezäunt war. Dort erleichterte er sich.

Ich sah mich um. Ich stand in einer belebten Geschäftsstraße. An ihrem linken Ende erkannte ich in der dünnen Frühlingssonne die Silhouette des spitz zulaufenden Stephansturmes. Ausgezeichnet, da hatte ich ja etwas, an dem ich mich orientieren konnte! Jetzt, wo Filou seinem Drang nachgegeben hatte und nicht mehr an der Leine zerrte, konnte ich in Ruhe eine Runde spazieren gehen. Ich wollte meiner Tante Gelegenheit geben, die Lautstärke des Babys zu reduzieren. Nicht dass ich etwas gegen Babys hatte – im Gegenteil, ich fand sie süß und hätte selbst gern ein paar gehabt ... *uups! Das war jetzt der falsche Gedanke!* Ich hatte mir doch vorgenommen, nicht an Dinge zu denken, die auch nur entfernt mit Familien, Hochzeiten oder Männern namens Dirk zu tun hatten! Ich war nach Wien gekommen, um nach meinen Wurzeln zu suchen und einen neuen Anfang zu finden ... oder so ähnlich.

Filou wusste offenbar genau, wohin er gehen wollte, und ich trottete ihm einfach nach. Es war gar nicht so leicht, seine Vergangenheit hinter sich zu lassen. Jetzt war ich hier, in einer fremden Stadt, unter lauter fremden Leuten – würde mir das helfen, meine Enttäuschung zu überwinden? Vor sich selbst konnte man nicht davonlaufen, und hier hatte ich nicht mal meine Freundinnen! Vielleicht war das Ganze eine riesige Schnapsidee gewesen, ein typischer spontaner Doofi-Katastrophi-Entschluss? Meine Mutter war ja strikt dagegen gewesen, dass ich nach Wien fuhr, um Vaters Familie kennen zu lernen. Eine Riesendummheit sei das, und man müsse sich den Problemen stellen, und wozu die alten Geschichten aufrühren – was vorbei sei, sei vorbei. Ich wusste nicht genau, ob sie damit meine lange Verlobungszeit oder ihre kurze Ehe meinte, aber ihr Widerstand bestärkte mich noch in meinem Entschluss. Tja, und hier war ich nun.

Augenblick mal. Wo genau war ich eigentlich?

Ganz in Gedanken versunken war ich einfach Filou gefolgt und hatte nicht auf den Weg geachtet. Bei unserem überstürzten Aufbruch hatte ich auch meine Handtasche zurückgelassen, so dass ich weder Geld noch einen Ausweis, geschweige denn ein Handy bei mir hatte.

Kein Zweifel. Doofi Katastrophi war treu an meiner Seite.

Was nun? Filou war meine einzige Chance, aber er schien gerade nicht den Wunsch zu verspüren, nach Hause zu gehen. Ich drehte mich im Kreis, in der Hoffnung, den Stephansturm zu sehen. Allerdings dämmerte mir, dass der von allen Seiten ungefähr gleich aussah und daher als Orientierungshilfe nicht sonderlich geeignet war. Außerdem war er sowieso weg. Stand bloß ein großes Haus davor, oder war ich schon so weit gegangen, dass ich ihn nicht mehr sehen konnte? Ich wusste es nicht.

Ich befand mich in einer breiten, belebten Fußgängerzone. Vor mir erhob sich ein Denkmal, auf dem allerlei Figuren auf steinernen Wolken saßen und von golden bemalten Strahlen gekrönt waren. Gegenüber hockte ein Straßenmusikant im Schneidersitz auf dem kalten Pflaster und fiepte „Yesterday“ auf einer Blockflöte. Ein schwarzer Hund in einer Strickjacke und einer Haarspange über den Augen harrte geduldig neben ihm aus. Anscheinend ein Freund von Filou. Die beiden begrüßten sich nach Hundeart und beschnüffelten einander. Ich richtete mich auf einen längeren Aufenthalt ein. Mein Magen knurrte. Bei Gabi verkochte das Essen auf dem Herd, und ich verhungerte hier! Zu blöd aber auch!

Ein Stück weiter ließ ein Puppenspieler vor einem Schaufenster voller Porzellangeschirr eine Marionette mit großem Mund eine Arie aus „Rigoletto“ interpretieren. Ich betrachtete Herrenmode, Parfums und Bücher. Die Menschen strömten vorbei. Yuppies telefonierten eilig im Gehen, Schulkinder teilten eine Tüte Zuckerzeug, alte Leute genossen die ersten Sonnenstrahlen. Zwei junge Punker in Schwarz, mit Nieten und Ketten behängt, unterhielten sich ernsthaft. Ich musste zugeben, hier war schon mehr los als in Moosheim! Immerhin, einen Punker gab es bei uns auch. Dirks Bruder hatte mal so eine Phase – *nein! Nicht schon wieder!* Ich *wollte* nicht an Dirk denken!

Filou riss plötzlich an der Leine und hoppelte zielstrebig auf die beiden Punker zu. Das war mir nicht gar so recht. Warum freundete er sich nicht lieber mit der weißgelockten alten Dame an, die dort auf der Bank saß? Ich zog heftig an meinem Ende der Leine, aber Filou kläffte hysterisch. Die beiden schauten schon her.

Ich musterte sie verstohlen. Der eine war kahlgeschoren, der andere trug eine Irokesenfrisur mit hohen, spitz zulaufenden Haarstacheln, die unten rot und oben blau gefärbt waren. Unter der offenen Lederjacke des Kahlen war die Aufschrift auf seinem T-Shirt, „Bad Religion“, zu erkennen. Der Irokese trug ein Hundehalsband. Beide waren ganz in Schwarz gekleidet. Ihre breiten Gürtel waren mit Nieten, Schnallen und Ketten geschmückt. Derbe Stiefel vervollständigten das Bild. Huh, denen wollte ich nicht im Dunkeln begegnen!

Jetzt fasste der Irokese Filou ins Auge und kam mit drohender Miene näher.

„Ruhig“, murmelte ich und versuchte Filou fortzuziehen. „Braver Hund! Still jetzt! Komm! Bei Fuß!“

Jetzt stand der Junge vor mir. Er stemmte drohend die Fäuste in die Seiten und musterte mich finster von oben bis unten. Ich hatte das unerquickliche Gefühl, als überlegte er, wie er mich am besten zerteilen könnte, um mich zu braten, oder sonst was. Filou sprang laut kläffend an seinen Beinen hoch. Was musste das Vieh aber auch für irregeleitete Vorlieben haben!

„Was machen Sie denn mit dem Hund?“, knurrte der Junge. Sein Kumpel baute sich hinter ihm auf, wie um ihm Rückendeckung zu geben.

„Äh … wir gehen spazieren“, stotterte ich wahrheitsgemäß. Die beiden Typen waren, aus der Nähe betrachtet, blutjung, fast noch Kinder. Das hieß aber nicht, dass man sich weniger fürchten musste. Gerade Jugendliche konnten ja manchmal sehr unberechenbar sein …

„Das ist Diebstahl!“, fauchte der Irokese. „Geben Sie mir sofort den Hund, oder…!“ Er ballte drohend die Faust. Ich blickte mich panisch aus den Augenwinkeln um. Gab es in Wien eigentlich auch Polizisten? Das war nicht Diebstahl, sondern offener Raub!

„… oder ich rufe die Polizei!“, vollendete der Punker seinen Satz.

„Hä?“ In diesem Augenblick muss ich selten dämlich ausgeschaut haben. War nicht *ich* hier das Opfer, und wäre es nicht *mein* Job, die Polizei zu rufen? Ich konnte mir nicht vorstellen, dass das in Wien so viel anders war als bei uns!

„Na los, das ist *mein* Hund, geben Sie mir die Leine!“, verlangte er noch einmal. Die beiden rückten näher. Sein Hund? War das ein Trick? Oder was wurde hier gespielt?

„D-das ist der Hund meiner Tante“, stotterte ich verunsichert.

„Quatsch! Das ist mein Hund, das seh ich doch! Stimmt's, Filou? Komm her, komm zum Herrli! So is's brav!“ Filou ließ sich folgsam auf den abgetretenen Springerstiefeln des Jungen nieder.

„Sehen Sie?“, fragte der Punker herausfordernd.

„Aber … wieso? Filou gehört wirklich meiner Tante – Gabi Soran!“, versicherte ich überrumpelt.

Der Kahlgeschorene, der sich im Hintergrund gehalten hatte, knurrte verächtlich. „Hey, Juli, seit wann hat deine Mutter eine Nichte?“

Mutter? Nichte?

Der Irokese schlug sich mit der Hand vor die Stirn. „Ah, du bist die Tussi aus Deutschland!“, rief er aus. „Ich mein’ natürlich, die Cousine Victoria!“

„Hä?“ Ich glotzte die beiden schrägen Vögel begriffsstutzig an.

„Ich bin der Julian – dein Cousin“, erklärte der Irokese. „Falls du die Victoria bist.“

Das war mein Cousin? Der Sohn der adretten Tante Gabi und ihres honorigen Rechtsanwalts-Gemahls? Ein Punker mit Hundehalsband??

„Äh, freut mich“, brachte ich schwach hervor. „Hi.“

Wenigstens würde er den Weg nach Hause finden.

9. Kapitel

Tommi hatte zu brüllen aufgehört, als Julian, Filou und ich nach Hause kamen. Zufrieden saß er in seinem Hochstühlchen und beschäftigte sich damit, Nudelsuppe mit einem kleinen Plastiklöffel aufs Tischtuch zu schaufeln. Hoffentlich hatte er noch etwas übrig gelassen! Ich hatte einen Bärenhunger. Schließlich war ich heute schon in Ungarn gewesen – ohne Frühstück!

Tante Gabi fuhrwerkte etwas abgehetzt in der Küche rum. Das Dofinsky’sche Drahthaar stand wirr um ihren Kopf.

„Didi, sag hallo!“, rief sie quer durch die Wohnung. Jetzt erst merkte ich, dass ein ungefähr 12-jähriges Mädchen in einem schreiend bunten Ringelpulli am fertig gedeckten Esstisch saß und in ein Buch vertieft war.

„Hallo“, sagte das Mädchen, ohne aufzusehen. Ich schloss daraus, dass sie Didi war.

„Kann ich was helfen?“, fragte ich, da keines der Kinder Anstalten dazu machte.

„Nein, nein, alles fertig. Ich hab dir zu Ehren einen Tafelspitz mit Semmelkren gemacht, und Serviettenknödel dazu!“ Sie lächelte stolz und trug die Schüsseln ins Esszimmer.

Ich hatte jetzt genau null Komma null Ahnung, was es zum Essen geben würde – ebenso gut hätte sie es mir auf Chinesisch sagen können. Was ich jedoch für eine fernöstliche Spezialität gehalten hatte, entpuppte sich ganz bodenständig als gekochtes Fleisch mit Klößen und einem Brei aus Meerrettich und pürierten Brötchen. Angeblich war das die Leibspeise des Kaisers gewesen. In mir keimte der Verdacht, dass Österreich in mancher Hinsicht anders war, als ich es mir vorgestellt hatte. Erstens war es offenbar nur nach außen hin eine Republik – in Wirklichkeit schaute die Monarchie hinter jeder Ecke hervor. Und zweitens war es ein bloßes Gerücht, dass Österreicher und Deutsche eine gemeinsame Sprache hätten. Das merkte man ja schon an den Namen dieses Essens. Und mit dem Wortschatz, den Tante Gabi an diesem Nachmittag benutzte (allerdings redete sie ziemlich viel), hätte ich die ersten drei Seiten eines deutsch-österreichischen Wörterbuches füllen können – sofern ich sie verstanden hätte.

Wir saßen mehr oder weniger allein beim Essen. Julian hatte seinen Anschiss wegen Zu-spät-Kommens und Hund-nicht-Ausführens mit unbewegtem Gesicht entgegengenommen und sich dann mit einem Teller voller Kaiser-Leibgericht in sein Zimmer verkrochen, aus dem jetzt eine dumpfe Bumbum-Musik dröhnte. Didi saß zwar am Tisch und aß Klöße mit Meerrettichbrei (sie war seit zwei Wochen strikte Vegetarierin, wie ich erfahren hatte), aber geistig war sie weit weg in irgendeiner Fantasiewelt ihres Buches. Und Tommi strahlte uns an und bekleckerte sich und uns freundschaftlich mit Nudelsuppe, aber zur Konversation trug er nur wenig bei. Höchstens so was wie „Mam-bl“ und „Gugga“, und das war wohl nicht österreichisch, sondern nur babyisch.

Tante Gabi schwärmte mir in einem pausenlosen Redestrom von den Sehenswürdigkeiten vor, zu denen sie mich schleppen wollte, und von den tollen Ausflügen, die wir unternehmen würden, sobald es etwas wärmer würde. „... und vor allem musst du so bald wie möglich die ganze Familie kennen lernen", meinte sie enthusiastisch. „Und den Herrn Hofrat. Das ist ein alter Freund unserer Familie. Der is' schon ganz narrisch nach dir!"

„Du meinst, er ist begierig darauf, mich zu treffen?", versuchte ich eine Übersetzung.

„Begierig ist gar kein Ausdruck! Seit du das erste Mal angerufen hast, redet er schon davon, dass wir dich einladen und kennen lernen sollen. Übrigens kommt er heut' Abend noch vorbei, das war ihm nicht auszureden."

Gegen sechs erschien tatsächlich ein ungefähr 50-jähriger, großer schlanker Herr in einem dunklen Anzug mit Weste. Sein leicht ergrautes Haar war sorgfältig gescheitelt und seine Schuhe spiegelblank geputzt. So viel strahlende Eleganz wirkte fast unpassend vor dem Hintergrund der Dofinsky'schen Unordnung. Filou begrüßte den Ankömmling stürmisch. Als ich ihm die Hand geben wollte (dem Besucher, nicht Filou), beugte er sich unvermittelt darüber und deutete einen Handkuss an. Einen Handkuss!!! Mir, Vicki Dofinsky!!! Und ich hatte tatsächlich geglaubt, die Handküsser wären ungefähr im Biedermeier ausgestorben!

„Herzlich willkommen, liebes Fräulein Victoria!", sprach die Erscheinung in würdevollem Burgtheaterdeutsch.

Tante Gabi wetzte aus irgendeiner Ecke ihrer weitläufigen Wohnung herbei, drückte der Lichtgestalt das verdreckte Baby in den eleganten Arm und stellte ihn mir vor: „Vicki, das ist mein Mann. Du solltest ihn Onkel Leo nennen."

Ach, das war gar nicht der ominöse Herr Hofrat. Ich hatte mich ohnehin schon gewundert, wieso der Hausfreund einen Wohnungsschlüssel besaß. Das war also der Vater des stachelhaarigen, nietenbesetzten Hundevernachlässigers und der geistig entrückten kleinen Vegetarierin.

Hätte man ihm gar nicht angesehen! Tommi, der zwar ein wenig verschmiert, aber wenigstens einigermaßen normal bekleidet war, passte noch am besten zu ihm. Obwohl der vielleicht schon eher ein Enkelkind sein könnte ...

Ich begrüßte meinen neuen Onkel zurückhaltend. Er wirkte so elegant, so geordnet, so ... äh ... kontrolliert, er hatte so gar nichts von der chaotischen Dofinsky'schen Spontaneität! (Wie denn auch – er war ja nur angeheiratet!) Ob ich mit dem warm werden konnte?

Didi tauchte aus ihrem Buch auf und warf sich ihrem Vater an den Hals. Die Seidenkrawatte überstand diese Attacke unbeschadet. In das ganze Hallo, Gebell und Begrüßungsgerede hinein schrillte die Türglocke. Filou sprang hysterisch kläffend gegen die Tür, als müsse er jemanden befreien, der dahinter eingekerkert war. Tante Gabi öffnete. Herein kam ein älterer, weißhaariger Mann, dessen hellgrauer Anzug über einem beachtlichen Kugelbauch spannte.

Die Kugel warf einen schnellen Blick in die Runde und segelte dann mit ausgebreiteten Armen auf mich zu. „Da is es ja, das Bupperl aus Deutschland!", rief er aus und umarmte mich. Ich war völlig überrumpelt. „Das is also die Dochter vom Walter?" Er hielt mich auf Armeslänge von sich weg und begutachtete mich. „A herzig's Madel, gratuliere! Na, so a Freud! Meiner Seel'!" Er schob mich ins Wohnzimmer. „I war ja völlig berblex, wie i das g'hört hab, dass der Walter a Dochter hat ... Komm, setz dich her da, Schatzerl, lass dich anschaun!" Er drückte mich auf einen Stuhl und setzte sich gegenüber.

Der elegante Onkel Leo nahm ebenfalls am Tisch Platz und ließ Tommi auf den Boden gleiten. Das gab Didi die Möglichkeit, sich schnell auf den Schoß ihres Vaters zu setzen, obwohl sie dafür eigentlich schon ein bisschen groß war. Wie würden die Bügelfalten das verkraften?

„Vicki, das ist ein Freund der Familie, Hofrat Dr. Rieger", stellte Tante Gabi hastig vor.

„Aber geh! Deine Dante is viel zu förmlich – sagst einfach ‚Hofrat' zu mir, gell, Schatzerl?", wehrte der Kugelbauch leutselig ab. „G'hörst ja zur Familie, nedwahr?"

Ich begann zu realisieren, dass die Sache mit der gemeinsamen Sprache ein noch viel größerer Irrtum war, als ich noch vor zehn Minuten gedacht hatte. Dieser Hofrat eröffnete mir jedenfalls ganz neue Dimensionen. Wenn ich nicht ab und zu ein deutsches Wort herausgehört hätte, hätte ich wahrscheinlich geglaubt, er spräche Tschechisch oder so was.

„Gabi, bringst uns ein bisserl was zum Drinken?" Er lehnte sich behaglich zurück. Unter seinem offenen Sakko blitzten gestreifte Hosenträger hervor. „Und du, Bupperl, erzähl amal was! Wir wissen ja rein gar nix von dir!"

„Ja, Fräulein Vicki", stimmte Onkel Leo über Didis Haare hinweg zu. Im Gegensatz zu diesem wildfremden Hofrat schien er Probleme damit zu haben, mich einfach zu duzen oder „Pupperl" und „Schatzerl" zu nennen. „Erzählen S… erzähl doch etwas über dich und deine Pläne!"

Tante Gabi brachte ein paar Gläser und eine Flasche Rotwein, und bald war eine Art Konversation im Gange, auch wenn sie – aus meiner Warte betrachtet – mehrsprachig geführt wurde. Das Durcheinander mit Baby, Kind und Hund war für mich ganz ungewohnt. Meine Familie hatte bis vor kurzem ausschließlich aus einer einzelnen Mutter bestanden, noch dazu einer ziemlich reservierten. An hohen Feiertagen gab's eine verknöcherte Großmutter dazu, aber das war nichts gegen den Trubel, den die hier jeden Tag zu haben schienen!

Ich merkte, dass ich mich richtig wohl zu fühlen begann. Wenn es mir jetzt noch gelänge, die Sprache der Eingeborenen zu verstehen, könnte ich es hier eine Zeit lang gut aushalten!

„So, so, in einer Apodheke hast' gearbeitet?" Der Herr Hofrat verfolgte mit schief geneigtem Kopf meine Lebensgeschichte, während „Dante Gabi" ihm die Reste des mittäglichen „Dafelspitzes" auftischte.

„Ja, aber ich hatte … äh … plötzlich das Bedürfnis, mal

etwas mehr von der Welt zu sehen", erklärte ich, ohne auf die Gründe für die Plötzlichkeit dieses Bedürfnisses näher einzugehen. „Darum habe ich gekündigt. Ich hoffe sehr, dass ich hier vielleicht einen Job finden kann … und eine Wohnung … denn ich würde ganz gern ein paar Monate bleiben. Vielleicht auch ein Jahr."

„No, da wer'ma schaun, was sich machen lasst!", verkündete der Herr Hofrat und band sich eine riesige Serviette wie ein Babylätzchen um den Hals und über Brust und Bauch. „Das wär' doch g'lacht, wenn sich für so ein düchtiges, fesches Madel nicht ein Bosten finden tät'!" Er lachte freundlich und kleckerte etwas scharfe Soße auf seinen vorstehenden Kugelbauch. Gut, dass er das Lätzchen hatte!

Etwas später lag ich zum ersten Mal in meinem Bett in Tommis Kinderzimmer und wickelte mich behaglich in das dicke Federbett, das man hierzulande „Tuchent" nannte. Diese turbulente neue Familie samt Hausfreund könnte mir gefallen, ja, wirklich.

Und das Beste war: Ich hatte mindestens vier Stunden lang nicht an Dirk denken müssen.

10. Kapitel

Gegen Morgen ließ die dirkvertreibende Wirkung meiner neuen Familie leider etwas nach. Ich wälzte mich unruhig herum und träumte wirres Zeug, in dem neben Dirk auch noch rosa marmorierte Hochzeitseinladungen und diverse Bräute auftraten, von denen mindestens eine überflüssig war …

Ich war richtig erleichtert, als von draußen ein dumpfes Gepolter und dann Geschrei ertönte und mich aus meinen Albträumen weckte.

Die Tatsache, dass ich die überflüssige, sitzen gebliebene

Braut war, blieb zwar leider bestehen, aber immerhin konnte man im Wachzustand zumindest etwas Trost und Ablenkung finden. In Form eines anständigen Frühstücks, zum Beispiel. Ich setzte meine Brille auf und taumelte gähnend zur Tür, als neuerliches Geschrei von draußen mir schlagartig zu Bewusstsein brachte, dass ich ja hier nicht alleine war! Und den Anblick meines Luxuskörpers im zerknitterten Pyjama konnte man fremden Leuten nun wirklich nicht zumuten, schon gar nicht auf nüchternen Magen. Von der Dofinsky'schen Morgen-„Frisur" ganz zu schweigen.

Ich machte kehrt und kippte den Inhalt meiner Koffer (die ich gestern nicht mehr ausgepackt hatte) aufs Bett. Tatsächlich fand ich eine Bürste und einen Morgenmantel, mit deren Hilfe ich mich verschönern beziehungsweise wenigstens verhüllen konnte. Derart ausgerüstet wagte ich es, mein Zimmer zu verlassen.

Das Geschrei kam nicht von einem Angriff der Außerirdischen (obwohl es auf den ersten Blick so aussah), sondern daher, dass Didi über ihr kleines Brüderchen gestolpert war und der Inhalt ihres Schulrucksackes sich in die ganze Küche ergossen hatte. Didi schimpfte wie ein Rohrspatz, während sie ihre Sachen zusammensammelte, Tommi plärrte, Julian saß mit mürrischer Miene am Tisch und fauchte Didi an, und Tante Gabi hetzte hin und her und versuchte es allen recht zu machen. Von Onkel Leo war nichts zu sehen. Entweder war er schon gegangen oder er schlief noch. Dass dies (nämlich Schlafen) bei all dem Krach möglich war, zeigte sich an Filou – der lag zusammengerollt auf seiner Decke und schnarchte ungerührt. Vermutlich war er an gepflegtes Tohuwabohu gewöhnt.

„Oh, Vicki, du bist schon auf?", begrüßte mich Tante Gabi. „Wir haben dich doch nicht geweckt – oder? Willst du was frühstücken? Magst ein Kipferl und einen Kaffee?" Sie betonte „Kaffee" wieder auf dem „ee".

„Ja, danke, aber mach dir keine Umstände, ich kann mir selber –"

„Nix da! Du bist der Gast!“, schnitt sie mir das Wort ab und drückte mich neben Julian auf einen Küchenstuhl. „Zumindest am ersten Tag“, fügte sie noch hinzu.

Ich zuckte die Schultern und blieb gehorsam sitzen.

Didi hatte ihre verstreuten Schulsachen zusammengerafft. Jetzt saß sie am Tisch und versenkte sich sofort wieder in ein Buch. Julian schaufelte schweigend irgendwelche künstlich aussehenden Schokoladen-Erbsen in sich hinein, die in einer Schüssel voll Milch schwammen. Seine Punkerfrisur war frisch gestärkt, an den Spitzen kunstvoll zusammengedreht und rot-blau eingesprayt. Er trug Hosen in rotem Schottenkaro und ein absichtlich zerrissenes schwarzes T-Shirt, das stellenweise nur von Sicherheitsnadeln zusammengehalten wurde. Die Risse gewährten Einblicke auf schmale Streifen von pickeliger Knabenhaut über knochiger Hühnerbrust. Sehr luftig! Und dabei sah das Wetter schon wieder nach Schnee aus …

Ich fragte mich im Stillen, wie lange er wohl jeden Morgen für sein Outfit und Styling brauchen mochte. Allein für die Frisur musste er sicher eine halbe Stunde früher aufstehen! Ich traute mich aber nicht zu fragen. Da mir das Schweigen unbehaglich wurde und Didi hinter ihrem Buch unansprechbar war, entschied ich mich schließlich für unverfänglichen Smalltalk.

„In welche Klasse gehst du denn?“ *O verflixt – das war jetzt so ’ne typische doofe Erwachsenenfrage!*

„In die Fünfte“, grunzte er.

„Wie?“, staunte ich. „Oh, äh – entschuldige … ich dachte, du bist mindestens sechzehn …“ *In die Fünfte??? Wie ein Elfjähriger sah er nun aber wirklich nicht aus! So frühreif … oder so oft sitzen geblieben …?*

Der Anflug eines geschmeichelten Lächelns huschte über sein Gesicht. „Ich werd’ erst im Oktober sechzehn“, gab er zu.

„Er geht in die fünfte Klasse *Gymnasium*“, warf Gabi erklärend ein und stellte einen Becher Kaffee vor mich hin. „Das ist das neunte Schuljahr.“

„Ach so!“ *Ja, den Neuntklässler glaubt man ihm eher!* „Und in was für ein Gymnasium gehst du?“

„Schottenbastei“, kam es wieder einsilbig.

Mein Blick glitt unwillkürlich zu seinen karierten Hosen. *Schottenbastei?* War es möglich, dass es hier eine schottische Schule gab, die Karohosen als Schuluniform vorschrieb? Gehörte vielleicht gar die Frisur auch dazu? Nach einem knappen Tag in Wien war ich schon bereit, die Wiener für verrückt genug zu halten, dass ihnen so etwas zuzutrauen war.

„Kannst du nicht ordentlich antworten?“, zischte Gabi. „Die Vicki fragt doch nicht, wo deine Schule steht, sondern was für ein Schultyp das ist!“

„Realgymnasium“, brummte Julian. Er löffelte die letzten Schoko-Erbsen aus der Milch und trank den Rest aus der Schüssel. Dann rülpste er demonstrativ, was ihm ein empörtes „Julian!“ seitens seiner Mutter eintrug, und stapfte betont lässig aus der Küche. Gleich darauf fiel die Eingangstür ins Schloss.

„Ja, ja, die Pubertät!“, seufzte Gabi genervt und stellte einen Teller vor mich hin, auf dem ein Hörnchen lag. „Didi, mach weiter, du kommst zu spät!“

Didi erhob sich und schlurfte, ihren Schulrucksack hinter sich herziehend, hinaus, ohne die Nase aus dem Buch zu nehmen. (Kein Wunder, dass sie häufig über niedrige Gegenstände stolperte! Besonders, wenn diese auch noch ihren Standort wechselten, wie zum Beispiel Hunde oder kleine Brüder.)

„Sie scheint eine ziemliche Leseratte zu sein“, bemerkte ich, als auch Didi gegangen war.

„Das kann man wohl sagen!“ Gabi rollte die Augen. „Manchmal frage ich mich, ob sie überhaupt einen Bezug zur Realität hat!“

Sie strich sich erschöpft durch ihr wirres Haar und setzte sich zu mir. Endlich kam auch sie zum Frühstücken. Sie griff sich die Packung mit den Schoko-Erbsen und tat sich der Einfachheit halber gleich welche in Julians Schüssel, die dieser natürlich nicht weggeräumt hatte. Tommi hatte es sich inzwischen unterm Tisch gemütlich gemacht und lutschte an einem Stück Brot, mit dem er zuvor den Boden gefegt hatte.

„Was hast du denn heute vor?", wechselte Gabi das Thema und biss krachend in den Schoko-Knusper-Fraß.

„Ich möchte mich zuerst nach einem Job umsehen. Und dann nach einer Wohnung. Hast du eine Idee, wo ich am besten anfangen soll?"

„Darfst du bei uns überhaupt offiziell arbeiten?", sinnierte sie. „Ah ja, du bist ja aus der EU. Na ja, vielleicht fragst du beim Arbeitsamt? Oder du gehst einfach zum Stephansplatz und kaufst dir eine Zeitung, die heißt ‚Bazar', da sind lauter Kleinanzeigen drin. Jobs, Wohnungen, Möbel – alles. Da kannst du – au!" Sie schrie plötzlich auf und fuhr mit der Hand an ihre Backe. „Ennchullige!" Hastig sprang sie auf und stürzte ins Bad, wo sie seltsame Geräusche von sich gab.

Ich folgte ihr, blieb aber vor der Badezimmertür draußen stehen. „Tante Gabi? Geht's dir gut?"

„Ja ja, allech bechtench!", nuschelte sie. „Ech icht nur ..." Sie erschien in der Tür und hielt mir irgendwas Kleines zwischen Daumen und Zeigefinger hin. „Mir icht eine Plombe rauchgefallen! Dach icht aber tchu blöd!"

Der Sinn dieser kryptischen Worte erschloss sich mir mehr aus ihren Gesten. Anscheinend hatte eine ihrer Plomben den Verzehr von Knusper-Krach-Schoko-Erbsen nicht verkraftet und war ausgebrochen. Jetzt erschien mir das Kleine in ihrer Hand auf einmal gar nicht mehr so klein. Für eine Plombe war es sogar ziemlich monströs. Die arme Tante musste jetzt ein Loch im Kiefer haben, in das man eine Eiche pflanzen könnte ...

„Du musst sofort zum Zahnarzt gehen!", stellte ich fest.

„Ja, aber wach mach ich mit dem Tommi?"

„Ich könnte auf ihn aufpassen", platzte ich unbedacht heraus.

„Mench, Vicki, dach würdecht du wirklich tun?" Der

Blick, mit dem sie mich bedachte, war derartig glückselig, dass ich nun keinen Rückzieher mehr machen konnte. Also schluckte ich tapfer und bekräftigte:

„Klar, das ist doch kein Problem! Wir werden sicher gut miteinander auskommen!"

„Du bicht ein Engel!", beteuerte Tante Gabi.

Irgendwo hinter mir hörte ich Doofi Katastrophi kichern ...

11. Kapitel

Als Gabi davongeeilt war, briet ich mir erst mal zwei Spiegeleier – zur Stärkung. Ein Vormittag mit Hund und Kind würde sich schon überstehen lassen, redete ich mir ein, und so ein Zahnarztbesuch konnte ja schließlich nicht den ganzen Tag dauern.

Ich zog mich an und steckte das Handy ein, damit ich es nicht erst lange suchen musste, wenn Gabi anrief, um mir den neuesten Stand der Dinge zu berichten. Dann überlegte ich, wie ich den Tag nutzen konnte. Aufs Arbeitsamt zu gehen war mit den beiden kleinen Anhängseln wahrscheinlich zu kompliziert. Außerdem wollte ich mir den Weg dorthin erst noch genau erklären lassen. Tante Gabi hatte mir zwar einen Stadtplan dagelassen, aber sicher war sicher. Überhaupt hatte der Stadtplan die Form eines dicken Buches, das wirkte nicht sehr vertrauenerweckend! In Moosheim kam man mit einem zweimal gefalteten Blatt Papier aus ...

Aber bis zum Stephansplatz zu gehen, um mir die Kleinanzeigen-Zeitung zu kaufen, das dürfte sogar ich hinkriegen. Bei der Gelegenheit konnte Filou gleich seinen Geschäften nachgehen. Und Tommi würde etwas Frischluft auch nicht schaden. Auch wenn es kühl war und Schneeflocken nieselte. (Von wegen sonniger Süden und so!)

Es dauerte eine Weile, bis ich unter Tommis Sachen so etwas wie einen Schneeanzug gefunden hatte. Er schien zu begreifen, dass wir spazieren gehen wollten, und ließ seine Füße bereitwillig in die Hosenbeine stecken. Gerade als ich mich mit den Ärmeln abmühte (Tommis Fingerchen verkeilten sich innen), schrillte das Handy in meiner Hosentasche. Ich hob ab in der Hoffnung, Tante Gabi würde mir mitteilen, dass sie jetzt nach Hause kommen wollte, aber es war Dorit.

Die treue Seele! Sie erkundigte sich eingehend, ob ich eine angenehme Reise gehabt und wie die Familie meiner Tante mich aufgenommen hatte. In Moosheim gab es natürlich seit vorgestern nichts Neues. Oder doch, nach einigem Zögern und Herumdrucksen rückte Dorit damit raus: Meine Mutter hatte angefangen, jedem zu erzählen, dass ich durchgeknallt sei. Natürlich benutzte sie nicht dieses Wort – es klang mehr nach „Nervenfieber“ und „Schock wegen der gelösten Verlobung“ und so, aber anscheinend versuchte sie das Gerücht auszustreuen, ich wäre nicht mehr ganz dicht.

„Sie meint, dass du jetzt, nachdem deine Hochzeit geplatzt ist, panisch auf der Suche nach einer ‚männlichen Bezugsperson‘ bist“, berichtete Dorit mit vor Empörung zitternder Stimme. „Sie hat sogar gesagt …“

„Ja? Was?“ Interessiert drückte ich das Handy fester ans Ohr.

„Dass … dass es sie nicht wundern würde, wenn du dir plötzlich irgendwelche … äh … Wahnvorstellungen einreden würdest“, vollendete Dorit den Satz.

„Waaas?! Was soll das denn heißen?“

„Ja, ich weiß, es klingt total verrückt! Aber sie meinte, eine neue Freundschaft oder Verlobung kommt nach diesem schrecklichen Schock für dich sicher nicht so schnell in Frage, und –“

„Erstaunlich“, platzte ich heraus. „Das ist bestimmt das erste Mal seit meinem zweiten Lebensjahr, dass meine Mutter meine Gefühlslage richtig einschätzt!“

„Ja, ja, aber warte, was jetzt kommt! Sie meinte ... also, es ist echt absurd! ... Sie meinte, dass du dir zusammenphantasieren könntest, dass dein Vater gar nicht tot ist ..."

„Hää?"

„Na ja, wo du schon in Wien bist, seiner Heimatstadt, und weil du eben eine männliche Bezugsperson suchst, aber ein Boyfriend nicht in Frage kommt ..." Sie verstummte ratlos.

Ich schüttelte betroffen den Kopf. Wie's aussah, musste ich nicht nur für ein Jahr in Wien bleiben, sondern für den Rest meines Lebens! Nach Moosheim konnte ich jedenfalls nie wieder einen Fuß setzen! Warum tat meine Mutter mir so was an?

„Ich glaub, ich spinne", murmelte ich. „Oder spinnt *sie*? Hör mal, Dorit, kannst du bitte allen erzählen, dass du mit mir telefoniert hast und dass ich völlig bei Sinnen und Herr meines Verstandes bin? Ich weiß wirklich nicht ..."

Ich unterbrach mich, weil plötzlich schrilles Geschrei von ferne an mein Ohr drang. Schlagartig fiel mir auf, dass meine aktuelle „männliche Bezugsperson", der kleine Tommi, nicht mehr in Sichtweite war. Ich hatte keine Ahnung, was für Gefahren in einer weitläufigen Altbauwohnung auf ein kleines Kind warteten! „Ich muss Schluss machen!", sagte ich hastig. „Ich ruf dich an!" Schnell sprang ich auf, stopfte das Handy in die Hosentasche und rief: „Tommi! Wo bist du?"

Ich brauchte sowieso nur dem Geschrei nachzugehen. Die Wohnungstür stand einen Spalt breit offen – das Kinderstühlchen daneben verriet mir, wie Tommi es geschafft hatte, an die Klinke zu gelangen –, und das Geräusch kam aus dem Treppenhaus. Ich stürzte hinaus. Da lag Tommi bäuchlings kopfunter auf den Stufen und plärrte. Ich eilte hin und hob ihn hoch. Da auf den ersten Blick weder Blut noch Beulen zu sehen waren, konnte es aber nicht so schlimm sein. Ich setzte mich auf die Stufen, nahm ihn auf den Schoß und wiegte ihn hin und her, wobei ich ihn streichelte und beruhigend auf ihn einredete. Er kuschelte sich aufseufzend an mich und wischte seine Rotznase an meinem Pullover ab.

Anscheinend war er durch das Anziehen des Schneeanzuges auf Spazierengehen eingestellt gewesen, und als ich zu telefonieren begann, hatte er sich schon mal alleine auf den Weg gemacht. Er hatte ein Paar Springerstiefel von Julian angezogen – er trug sie jeweils am falschen Fuß, und sie reichten ihm wie Fischerstiefel bis an den Bauch – und war natürlich gleich an der ersten Stufe über die viel zu großen Schuhe gestolpert. Dann lag er kopfunter auf der Treppe und konnte sich nicht mehr selbst aus dieser Lage befreien.

„Ist ja gut, kleiner Tommi, ist ja gut!“, murmelte ich und streifte die Stiefel, die mindestens Größe 43 hatten, von seinen Füßen. Er beruhigte sich zum Glück schnell. „Komm, jetzt suchen wir deine richtigen Schuhe, und dann –“

Klapp.

Das Geräusch war gar nicht laut, aber das Blut in meinen Adern gefror sofort zu Eis. Ich musste mich gar nicht erst umdrehen, um zu wissen, was passiert war.

Die Wohnungstür war ins Schloss gefallen.

*

Da saß ich nun in Strümpfen und ohne Jacke auf der steinernen Treppe, und all meine Besitztümer einschließlich der Wohnungsschlüssel, die Gabi mir dagelassen hatte, befanden sich hinter dieser verschlossenen Tür. Doofi Katastrophi in Hochform! Zu allem Überfluss begann jetzt auch noch Filou von drinnen hysterisch zu bellen.

Ich rüttelte am Türknauf, doch von außen ging die Tür nicht auf. Einen kurzen Augenblick lang überlegte ich, ob ich Filou dazu überreden könnte, innen auf die Klinke zu springen. Doch ich verwarf den Gedanken. Selbst ein ausgebildeter Zirkushund hätte sich bei diesem Kunststück das Genick gebrochen!

Was jetzt?

Beten?

Bis vor ein paar Wochen hätte ich es damit versucht. Aber ich war ja mit Gott fertig. Nein, ich würde die Situation selbst in den Griff kriegen. Gott sollte schon sehen, dass ich ohne ihn zurechtkam!

Das einzige Hilfsmittel, das ich bei mir hatte, war mein Handy. Sollte ich Gabi anrufen? Besser nicht. Die Arme saß in einem weit entfernten Stadtteil mit aufgerissenem Mund in einem Zahnarztstuhl fest und konnte weder telefonieren noch mir helfen. Sie würde sich höchstens Sorgen machen – dabei war ein Besuch beim Zahnarzt sowieso schon schlimm genug.

Wer könnte mir die Wohnungstür öffnen? Schlüsseldienst? Zur Not. Aber das kostete Geld. Fiel mir nichts Besseres ein? Vielleicht hatten die Nachbarn Schlüssel? Aber welche? Es gab mindestens 15 Wohnungen im Haus, sollte ich bei allen läuten? Und wer war am hellen Vormittag denn schon zu Hause? Didi und Julian! Die hatten bestimmt Schlüssel. Aber die waren beide in der Schule. Halt! Ich wusste, in welcher Schule Julian war! Er hatte es mir beim Frühstück gesagt – irgendwas, das mit Schottenkaros zu tun hatte! Schottenstraße? Schottenplatz? Hoffentlich war das in der Nähe!

Entschlossen hob ich Julians Stiefel auf und zog sie an. Sie waren mir um ungefähr fünf Nummern zu groß, aber in Socken konnte ich ja wohl kaum auf die Straße gehen! Ich ließ Filous verzweifeltes Gebell hinter mir und trat auf die Straße. Leider musste ich Tommi tragen, da er ohne Schuhe nicht gehen konnte und der Buggy natürlich in der Wohnung war. Zum Glück hatte er wenigstens seinen Schneeanzug an! Ich fröstelte ohne Jacke und drückte Tommis warmen kleinen Körper fest an mich.

Ich ging Richtung Stephansplatz. Zum ersten Mal konnte ich den Dom jetzt so richtig aus der Nähe sehen. Sein einzelner Turm ragte majestätisch in den grauen Himmel. Da er anscheinend gerade renoviert wurde, war er eingerüstet und auf dem Baugerüst war hoch oben ein großes

Werbeplakat angebracht. Eigentlich fand ich es ja unpassend, auf einer Kirche Werbung zu machen, aber da ich mit Gott böse war, war mir das egal. „Nur Einer versteht ihre Sorgen besser als wir. Städtische Versicherung“, stand da. Fast hätte ich das sogar witzig gefunden! Aber ich hatte schließlich andere Sorgen. Sorgen, die weder die Städtische Versicherung noch sonst einer mir abnahm!

„Entschuldigung“, wandte ich mich an eine ältere Frau, die es nicht allzu eilig zu haben schien. „Gibt es hier eine Schule, die irgendwie mit ‚Schotten‘ heißt?“

„Mei, das arme Butzerl!“, rief die Frau. „Ohne Hauberl, bei dem Wetter! Was san denn Se füra Mutta!“

„Wie bitte?“

„Hauberl!“, wiederholte sie lauter, als ob ich schwerhörig wäre, und nicht bloß fremdsprachig. Dabei zeigte sie auf Tommis nackten Kopf und deutete mit den Händen eine Mütze an.

„Ach so ... Ja, äh, das ist ein Versehen – wir können nicht mehr in die Wohnung rein, und deshalb –“

„Obdachlos?!“ Ihre Augen weiteten sich vor Schreck und Mitleid. „Marantjosef, hat Ihr Mann Sie ’leicht gar g’schlagen? Jessas, Sie Arme! War’n’S schon beim Frauenhaus? Oder bei der Caritas? Naa, am besten erst die Bolezei. Warten’S ... Wo is’ denn da eine ... Ah ja, in der U-Bahn!“

Sie war in ihrer Hilfsbereitschaft nicht zu bremsen, und da mir eine Kommunikation mit ihr nicht möglich war, musste ich mich wohl oder übel zu einer Polizeiwachstelle bringen lassen. Zum Glück lag sie nur wenige Schritte entfernt unterirdisch in der U-Bahn-Station am Stephansplatz. Ich dankte meiner vermeintlichen Retterin, um sie loszuwerden, und wandte mich mit meiner Frage an eine Polizistin. Zum Glück verstand diese Frau etwas Deutsch, sonst hätte ich mein Anliegen nur noch auf Englisch erklären können.

„Eine Schule mit ‚Schotten‘? Ich glaub’, da gibt’s mehrere. Schottengymnasium? Schottenbastei?“

„Schottenbastei!“, fiel es mir wieder ein.

Die Polizistin beschrieb mir den Weg. Es war tatsächlich nicht weit. Ich schöpfte Hoffnung und schlurfte los (eine elegantere Gangart ließen Julians Riesenschuhe nicht zu) und erreichte mein Ziel in einer Viertelstunde. Unterwegs erhielt ich einen Anruf von Gabi, die mit leicht gequälter Nuschelstimme mitteilte, dass sie eine Wurzelbehandlung bekommen sollte und daher etwas länger brauchen würde.

Unter den gegebenen Umständen war mir das nur recht.

Die Schulsekretärin ließ Julian mitten in der Stunde aus der Klasse rufen. Er erschien mit grimmiger Miene – wahrscheinlich dachte er, er sollte für irgendwas bestraft werden, und dabei wusste er nicht einmal, was er ausgefressen haben könnte! Als er mich in meinem etwas merkwürdigen Outfit sah, traten Erleichterung und Erstaunen in sein Gesicht.

„Tante Vicki! Was machst denn du hier? Und warum hast du meine Schuhe an?"

„Psst!" Ich nahm ihn beiseite. Schließlich musste ich die demütigende Geschichte meiner jüngsten Missgeschicke nicht vor den neugierigen Ohren einer möglicherweise klatschsüchtigen Schulsekretärin ausbreiten!

„Ich hab mich aus der Wohnung ausgesperrt!", flüsterte ich. „Kannst du mir deinen Schlüssel leihen? Und außerdem bin ich deine Cousine, nicht deine Tante!"

Er zog einen Schlüsselbund, der mit einer langen Stahlkette am Gürtel befestigt war, aus der Hosentasche und löste zwei Schlüssel ab. „Ich weiß", flüsterte er zurück. „Aber eine Cousine ... also, äh ... weißt du, Cousinen sind normalerweise ..." Er drückte sich um ein Wort herum.

„Jünger?", half ich aus.

Er nickte. „Und ... ähem – cooler." Er gab mir die beiden Schlüssel und nahm Tommi auf den Arm, damit ich die Hände frei hatte. „Es wäre mir recht, wenn wir bei ‚Tante' bleiben könnten."

„Okay! Und mir wäre es recht, wenn dieser kleine Vorfall hier nie stattgefunden hat – du verstehst?"

„Klar." Er grinste verschwörerisch. „Du bist nie hier gewesen, Tante Vicki!" Er küsste seinen kleinen Bruder auf den flaumigen, hauberl-losen Kopf – eine Geste, die in ihrer Zartheit gar nicht zu seinem wilden Punker-Image passen wollte – und gab ihn mir zurück. „Brauchst du sonst noch was?“ Er beugte sich zu mir und flüsterte erklärend: „Der Geschichtelehrer prüft grad Wiederholung, aber in fünf Minuten wird er hoffentlich fertig sein!“

„Oh – oh ja!“, antwortete ich verstehend. „Du musst mir unbedingt ganz genau erklären, wie man zum Schloss Schönbrunn kommt. Aber ganz ausführlich!“

„Mach ich doch gern!“, grinste er. „Frau Moser, haben Sie einen Stadtplan? Meine Tante hat einen Notfall!“

12. Kapitel

Mehrere Anrufe und viele Stunden später kam Gabi erschöpft und mit einer geschwollenen Backe vom Zahnarzt zurück. Ihre Aussprache war ein wenig besser geworden, weil sie nicht mehr um ein abgrundtiefes Loch im Zahn herumnuscheln musste, aber dafür war die rechte Gesichtshälfte jetzt betäubt und gefühllos.

Ich war inzwischen heil mit Tommi zu Hause angekommen, nachdem wir uns nur zwei Mal verlaufen hatten. Dann hatte ich die stinkende Bescherung beseitigt, die der arme Filou mittlerweile in seiner Verzweiflung im Topf des großen Gummibaums zu verscharren versucht hatte, und ging zur Sicherheit noch mal mit ihm raus. Diesmal rüstete ich mich mit Jacke, passenden Schuhen, Babyhäubchen, Handtasche, Geld, Handy, zwei Paar Wohnungsschlüsseln, Buggy und Stadtplan überkomplett aus. Doofi Katastrophi hatte keine Chance! Ohne weitere Zwischenfälle erwarb ich die ‚Bazar‘-Kleinanzeigen und ein Sortiment diverser Tiefkühlpizzen. Ich war rechtzeitig zu Hause, bevor Didi und der schlüssellose Julian kamen.

Und dann geschah noch ein weiteres Wunder: Didi sprach zum ersten Mal mit mir! „Ist die Mama nicht da?“, fragte sie.

„Sie musste zum Zahnarzt.“

„Gibt’s dann nichts zu essen?“

„Doch, Pizza. Du musst nur sagen, welche du willst.“

„Cool. Gibt’s Spinat?“

„Klar. Oder Artischocke oder Pilze. Ich weiß doch, dass du Vegetarierin bist.“

„Echt? Wieso?“

„Deine Mutter sagte es mir gestern. Hast du dein Buch ausgelesen?“

„Mhm. Ich war schon in der Englischstunde fertig.“

„Oh! Stört es die Lehrer nicht, wenn du in der Stunde liest?“

„Die sind das gewöhnt. Wenigstens mach ich keinen Krach, so wie die anderen.“

„Aha. Was liest du denn so?“

„Erste Liebe und so Zeug.“

Wenn sie kein Buch vor dem Gesicht hatte, konnte man sich tatsächlich mit ihr unterhalten! „Bist du denn auch schon verliebt?“

Sie schüttelte den Kopf. „Die Buben in meiner Klasse sind alle ur-blöd. Außerdem will ich sowieso erst mit dreißig heiraten. Und du?“

„Ich ... hm ... war schon mal verliebt. Aber jetzt bin ich’s gerade nicht.“ Das war natürlich eine platte Lüge. Und wie ich verliebt war! Seufz! Nur leider äußerst unglücklich! Aber sollte ich meinen ganzen Liebesschmerz, den Kummer des Betrogenwerdens vor einer Zwölfjährigen ausbreiten?

„Oh, schade!“, bemerkte sie gleichmütig. „Kann ich eine Hälfte mit Spinat und eine Hälfte von dem Artischocken-Dingsda haben?“

Irgendwann später rollte Tommi sich im Hundekorb zusammen und schlief ein. Er sah wirklich süß aus, wie er da so lag und Filous Gummi-Kauknochen umarmte. Aber ich hob ihn trotzdem auf und trug ihn in sein Bett; das wirkte doch irgendwie besser.

Als Tante Gabi frisch wurzelbehandelt heimkehrte, fand sie alle Kinder satt und eines sogar schlafend vor, und die Küche befand sich in einem Zustand, in dem man sie ohne Lebensgefahr betreten konnte. Kurz, es war, als hätte es Doofi Katastrophi nie gegeben!

Und ich hatte es ganz alleine hingekriegt – ohne Hilfe von Gott, der Städtischen Versicherung oder sonst wem!

*

Die Lektüre des äußerst umfangreichen „Bazar“ belehrte mich, dass das Wohnen in Wien ziemlich teuer war. Die Mieten selbst winzigster Wohnungen fingen bei 500 € an und hörten bei 1.500 € noch lange nicht auf. Ganz zu schweigen von Kautionen und Ablösen, die meine kümmerlichen Ersparnisse vollkommen aufzehren würden. Untermietzimmer oder Zimmer in Wohngemeinschaften waren auch nicht viel besser, und dort kam noch die Unannehmlichkeit hinzu, sein Badezimmer mit irgendwelchen wildfremden Leuten teilen zu müssen, die einem die Zahnpasta klauten und den Käse aus dem Kühlschrank wegfraßen.

Die einzige Lösung war, schnell einen möglichst lukrativen Job zu ergattern und zu hoffen, dass das Lohnniveau in dieser Stadt mit dem Niveau der Mieten vergleichbar war. Denn länger als ein, zwei Wochen wollte ich meiner Tante (die ja im Grunde auch ein wildfremder Mensch war) nicht auf der Tasche liegen!

Das mit dem Job war aber auch so eine Sache. Der „Bazar“ bot Stellen für Köche, Tischler oder Installateure an, aber Apothekenhelferinnen wurden leider nicht gesucht. Sollte ich mich etwa als Putzfrau oder Kindermädchen verdingen? Die hierfür angebotenen Stellen verlangten alle „nur Inländerin“ oder zumindest „gute Deutschkenntnisse“ – war ich als EU-Bürgerin eine „Inländerin“? Und, schlimmer noch – teilten die Wiener meine Ansicht, dass ich „gut Deutsch" sprach? Wahrscheinlich meinten sie ja in Wirklichkeit „gute Wienerischkenntnisse", und da sah es bei mir düster aus!

Dann gab es noch die Möglichkeit, als Tänzerin, Masseuse oder Gesellschaftsdame zu arbeiten. In diesen Branchen wurden sogar astronomische Verdienste verheißen! Nun, irgendwelche moralischen Vorbehalte waren ja wohl hinfällig, seit ich mit Gott gebrochen hatte. Was also sollte mich daran hindern, in einer Gogo-Bar mein dralles Bein zu schwingen und dafür Ruhm und Geld einzuheimsen? Äh, höchstens die Vorstellung, wie Doofi Katastrophi sich in ihren Netzstrümpfen verheddert, der Länge nach von der Bühne knallt und bäuchlings im Sektkübel des Ehrengastes landet … na ja. Und *so* fertig war ich mit Gott und meiner Vergangenheit als christliches Mädchen nun auch wieder nicht, dass ich meine sorgfältig gehütete Unschuld in irgendeinem schummrigen Nachtclub meistbietend verhökert hätte. Man kann halt nicht aus seiner Haut! Und überhaupt – wer hätte mir denn geglaubt, dass ich noch Jungfrau war? In meinem Alter? Im christlichen Single-Treff vielleicht, aber in einem Nachtclub? Ich konnte mich ja höchstens lächerlich machen. (Wenigstens darin hatte ich reichlich Erfahrung!)

Vielleicht sollte ich mir doch den Weg zum Arbeitsamt erklären lassen.

*

Ein paar Tage später hatte ich eine längere Ämter- und Behördenrallye hinter mir sowie drei Besichtigungen von Wohnungen, die den Preis einer Luxussuite mit dem Ambiente eines feuchten Kellers mühelos zu verbinden wussten. Immerhin hatte ich in Erfahrung gebracht, dass im August die Stelle einer Regalbetreuerin in einem Billa-Supermarkt in einem entfernten Stadtteil namens Favoriten frei werden würde, weil die Freundin eines Freundes eines

Freundes von Julian dann Mutterfreuden entgegensehen würde. Dass es noch 5 Monate bis dahin dauerte und dass Regalbetreuerin nicht von jeher mein Traumberuf gewesen war, störte zwar ein wenig, aber es war trotzdem ein Anfang. Man soll nicht unbescheiden sein …

Um mich abzulenken, ging ich mit Tommi und Filou auf den Spielplatz – inzwischen fand ich schon ohne Stadtplan hin, und, was viel wichtiger war, auch wieder zurück – und als ich nach Hause kam, wartete der kugelige Herr Hofrat auf mich.

„Gute Neuigkeiten, Bupperl!“, rief er mir leutselig zu. „I hab an Bosten für dich!“

„Einen Bosten?“, wiederholte ich verständnislos, während Filou auf den Hinterbeinen hochsprang und versuchte, seine Schnauze in die Sakkotasche des Hofrates zu zwängen.

„An Posten!“, präzisierte er überdeutlich. „An Tschob! In der Engel-Apodheke suchen's wen zur Aushilfe. Ab ersten Abril!“ Er fummelte ein Bonbon aus der Rocktasche, wickelte es aus und schob es in Filous gefräßige Schnauze.

Ich traute meinen Ohren nicht. Verstand ich ihn richtig, dass er eine Stelle als Apothekenhelferin für mich gefunden hatte?

„Des is' kaa Abrilscherz!“, versicherte er. „Gell, du kennst dich eh aus mit Homo- … Homo- … na gruzidürken, wie heißt denn das?“ Er schnippte mit den Fingern, als ob das seinem Gedächtnis nachhelfen könnte.

Homo? Gab es hier womöglich eine eigene Apotheke für Homosexuelle? In einer Großstadt musste man wirklich auf alles gefasst sein …

„Homöopathie“, half Tante Gabi aus.

„Genau!“, strahlte der Hofrat. „Mei g'scheit's Madel weiß des sicher, gell? Gehst dich gleich morgen vorstellen!“

„Ich … äh … danke!“, stammelte ich überwältigt.

„Man muss nur wissen, wo man fragn muss!“, bemerkte der Hofrat selbstgefällig. „Mit Apodheken kenn i mich aus!“ Er klopfte auf seinen Kugelbauch. „I und mei Bauch, wir kennen sie alle, nedwahr? Und a bissel Brodektion hat noch nie geschadet, gell?“

Ich reimte mir zusammen, dass er wahrscheinlich „Protektion“ meinte, und nickte gehorsam. Die Erfüllung meiner Wünsche rückte gerade ein großes Stück näher!

„Es is' halt nur a Halbdags-Job“, räumte er ein, und meine Stimmung sank gleich wieder. Wie sollte ich von einem Halbtagseinkommen leben? Wo ich doch wusste, wie hoch die Monatsmieten für feuchte Keller waren?!

„Werde ich mir dann aber eine Wohnung leisten können?“, wandte ich zaghaft ein. Wer weiß, vielleicht hatte der famose Hofrat ja auch schon ein erschwingliches Domizil für mich gefunden ...?

„Wird sich schon finden, Schatzerl, wird sich alles finden!“, winkte er ab.

Also hatte er wohl noch keines. „No, Gabi, hast du's ihr scho g'sagt?“, wandte der Hofrat sich an meine Tante und folgte ihr in die Küche, um die Überreste des Mittagessens zu inspizieren. Filou hoppelte hoffnungsvoll mit dem Schwanz wedelnd hinterher.

„Pssst, nein, noch nicht“, murmelte Gabi.

Wem was gesagt? Ich zog mich in mein Zimmer zurück und studierte nochmals den Bazar-Wohnungsmarkt. Vielleicht gab es ja doch eine Behausung – vielleicht einen *sehr* feuchten Keller oder ein Untermietzimmer in einer Wohngemeinschaft von pflegebedürftigen Späthippies –, das ich mir würde leisten können? Wie viel konnte man als Halbtagsapothekenhelferin wohl verdienen?

Morgen würde ich es wissen. Hoffentlich.

13. Kapitel

Später, als Tommi schlief, Didi in einem Buch versunken, Julian ausgegangen und der Hofrat nach Hause gegangen war, kehrte Ruhe ein im trauten Heim der Familie Soran-Dofinsky. Onkel Leo, elegant und blankpoliert wie immer, entkorkte eine Flasche Rotwein und lud mich ein, gemütlich im Wohnzimmer mit ihm und Gabi beisammen zu sitzen.

„Na, gehst du dich morgen in der Engel-Apotheke vorstellen?“, fragte er und prostete mir zu. Er hatte sich mit einiger Mühe daran gewöhnt, mich zu duzen.

„Ja, aber ich weiß nicht, ob ein Halbtagsjob mir ... äh ... genug einbringt. Das Wohnen scheint hier sehr teuer zu sein.“

„Da ist etwas, was wir mit dir besprechen wollten“, druckste Tante Gabi herum.

Aha, das Geheimnis, nach dem der Hofrat am Nachmittag gefragt hatte! „Was denn?“

„Also ... es ist so ...“, begann Gabi. „Ich hab in einem ... hm, in einem Büro gearbeitet, bevor der Tommi gekommen ist.“

Sie schaute so verlegen drein, dass mich der Gedanke beschlich, Tommi könnte vielleicht nicht unbedingt ein Wunschkind gewesen sein, sondern eher ein Überraschungs-Nachzügler. Leider musste ich daraufhin unwillkürlich an Anja denken. Ob *ihr* Baby wohl geplant gewesen war? Hatte sie es mit Absicht darauf angelegt, um Dirk an sich zu binden, oder war sie auch überrascht gewesen?

„Ich könnte im April wieder anfangen“, sagte Gabi, und ich merkte, dass ich etwas verpasst hatte. „Ich würde ja sehr gern wieder arbeiten ... Aber ich habe keinen Kindergartenplatz für den Tommi bekommen.“

„Ist er nicht auch noch ein bisschen zu klein dafür?“, platzte ich heraus. In Moosheim wurden Kinder erst ab drei Jahren im Kindergarten genommen. Ich hatte mich einmal interessehalber danach erkundigt, nur so für den Fall, dass ich es mal brauchen würde ... o verflixt, jetzt schweiften meine Gedanken schon wieder in Richtung Dirk ab!!

„Eigentlich wollte ich eine Tagesmutter", erzählte Gabi. „Aber eine gute ist schwer zu finden. Besser gesagt, es ist schwer zu beurteilen, ob eine gut ist. Sehr zeitaufwendig. Jedenfalls hab ich noch keine gefunden, die mich wirklich überzeugt hat. Und die größeren Kinder sind ja auch noch da."

„Ja." Ich begann mich zu fragen, warum sie mir das alles erzählte.

„Na ja, aber an dem Tag, an dem ich zum Zahnarzt musste ...", fuhr Gabi fort, „da hast du auf alles aufgepasst, und du hast das ganz toll gemacht ... Du scheinst sogar zum Julian irgendwie einen Draht gefunden zu haben ..."

Ich beschloss, ihr nicht in allen Details zu erzählen, wie „toll" ich das alles an dem Tag wirklich gemacht hatte und wodurch ich den Draht zu Julian gefunden hatte. Aber worauf wollte sie eigentlich hinaus?

„Na, also, jedenfalls" – sie holte tief Luft – „hab ich gedacht, ob du vielleicht zweimal in der Woche auf die Kinder aufpassen könntest, während ich arbeite, und dafür kannst du weiter hier wohnen."

Also das war es!

„Wenn du nur eine Halbtagsstelle in der Apotheke annimmst", fügte Onkel Leo hinzu, „dann müsste sich das leicht ausgehen."

„Ich weiß natürlich nicht, ob du's hier mit uns überhaupt aushältst", beeilte sich Gabi zu bemerken.

„Aber sicher! Ich fühle mich unheimlich wohl bei euch!", entfuhr es mir. „Ich ... äh ... ich will euch bloß nicht auf die Nerven gehen!"

„Aber überhaupt nicht!", versicherten beide eilig.

Als ich wenig später in mein Bett sank, war ich nicht nur ein bisschen beschwipst, sondern auch selig. Ich hatte einen Job *und* eine Wohnung gefunden, und die verrückte Großfamilie konnte ich auch behalten! Und das alles an einem

Nachmittag! Manchmal fügten sich die Zufälle einfach ideal aneinander.

Dass die Städtische Versicherung oder sonst Einer, der meine Sorgen verstand, seine Finger im Spiel haben könnte, zog ich gar nicht erst in Erwägung.

*

Der Herr Hofrat erschien anderntags pünktlich, um mich abzuholen. Er wollte mich zu meinem Vorstellungstermin in der Engel-Apotheke begleiten, um seiner Protektion das größtmögliche Gewicht zu verleihen. Ich war früh aufgestanden (das allmorgendliche Geschrei und Gepolter war dabei echt eine große Hilfe) und hatte meine Haare nass gebürstet, besprüht, gestriegelt und gebügelt, so dass jetzt selbst meine ältesten Freunde mich nicht wiedererkannt hätten. Ich hatte doch tatsächlich so was Ähnliches wie eine Frisur auf dem Kopf! Mein Outfit war so seriös, wie mein Kleiderfundus es nur zuließ: Ein dunkelblaues Kostüm, das anlässlich eines Mutter-Empfanges vor zwei Jahren in meinen Besitz gelangt war, und dazu halbhohe Pumps – nicht zu hoch (damit hatte ich so meine Erfahrungen, vom simplen Umknicken bis zum spektakulären Steckenbleiben eines Stöckels in Kanalgittern auf belebten Kreuzungen ...) und nicht zu niedrig (schließlich konnte es nicht schaden, etwas femininen Charme zur Schau zu stellen).

Wir fuhren ein paar Stationen mit der U-Bahn. Ich prägte mir den Weg genau ein, weil ich hoffte, dass ich ihn bald täglich fahren würde. Die Engel-Apotheke lag in einer Straße mit beeindruckender Infrastruktur, die trotz der frühen Morgenstunde schon recht belebt war. Mode, Computer, Lebensmittel, Spielsachen, Imbisse aller Nationalitäten, Esoterik-Ramsch, Möbel, Bücher – es gab nichts, was es nicht gab.

„Das is die Mariahilfer Straße“, erläuterte der Herr Hofrat. „Ganz gute Einkaufsgegend, da is es nicht so deuer wie in der Stadt!“

„Sind wir hier denn nicht mehr in Wien?“, fragte ich.

„Doch, nadürlich, wieso?“, staunte er.

„Weil Sie gesagt haben: ‚nicht so teuer wie in der Stadt‘ – also sind wir hier nicht mehr in der Stadt, oder?“

Er lachte gutmütig. „Naa, in Wien sind wir schon, aber für an Wiener is ‚die Stadt‘ halt nur das Zentrum, verstehst? Der erste Bezirk. Der heißt sogar ganz offiziell ‚Innere Stadt‘.“

„Aha“, sagte ich und versuchte es mir zu merken. „Und wo sind wir jetzt?“

„Na, in Mariahilf!“, lachte er, als ob das selbstverständlich wäre. „Sechster Bezirk. So, da samma schon!“

Wir standen vor einem dieser hübschen Kostümschinken-Kulissen-Häuser. Es war weiß, grau und cremefarben verputzt, und die Schaufenster der Apotheke waren von steinernen Bögen gekrönt. Über der Tür zeigte ein Mosaik einen strengen Erzengel mit flammendem Schwert, der der Apotheke seinen Namen gegeben hatte. Noch war geschlossen, aber drinnen war eine Gestalt in einem weißen Kittel dabei, irgendwelche Schachteln in kleine Schubladen zu schichten.

Der Hofrat klopfte an die Glastür. Die Gestalt deutete mit abwehrenden Handzeichen an, dass noch geschlossen war, aber dann erkannte sie den Hofrat und kam näher. Es handelte sich um einen Mann ungefähr Mitte 30. Er schloss auf und schüttelte dem Hofrat herzlich die Hand, wobei die beiden ein paar unverständliche Worte in der Landessprache wechselten.

„So, Bupperl, das is der Herr Magister Dorner. Der *junge* Herr Magister! Der Herr Bapaah is nicht da?“

Ich dachte gerade, dass Bapaah (auf dem zweiten a betont) ein sehr ungewöhnlicher, wahrscheinlich ausländischer Name war, da sagte der junge Herr Magister: „Nein, mein Vater kommt erst zu Mittag!“, und ich begriff, dass mit „Herr Bapaah“ der „Herr Papa“ gemeint war. Ich machte echt Fortschritte in der Sprachforschung.

„Na, das macht ja auch nix“, meinte der Hofrat leutselig.

„Also, da hamma jedenfalls mein Broteschee aus Deutschland. Ich hab ja alles mit'n Herrn Bapaah besprochen, nedwahr?"

„Ja, ich weiß." Der junge Herr Magister (sein „Bapaah" war dann wohl der alte?) musterte mich ungeniert, taxierte meine Oberweite, meine Taille und meine Hüften und fragte beiläufig: „Haben Sie Zeugnisse?"

„Ja, natürlich." Ich kämpfte gegen das Gefühl an, ich würde gerade auf dem Viehmarkt ausgestellt. Warum hatte ich es bloß darauf angelegt, „femininen Charme" zur Schau zu stellen? Ich hätte lieber meine Frisur wild wuchern lassen und die flachen Gesundheitslatschen anziehen sollen ... Tja. Ich kramte nach meinen Papieren. Der gute Herr Liebermann hatte mir ein sehr schmeichelhaftes Zeugnis ausgestellt, von wegen zuverlässig, freundlich, bei den Kunden beliebt und dergleichen. Kein Wort über vertauschte Hustentropfen oder so ... „Hier, bitte!"

Der Typ nahm meine Zertifikate und Zeugnisse entgegen, warf einen oberflächlichen Blick darauf und widmete sich dann wieder meinem Dekolletee. „Sie haben schon in einer Apotheke gearbeitet?"

„Ja, fünfeinhalb Jahre. In Moosheim."

„Fein. Können Sie am ersten April anfangen?"

„Selbstverständlich!"

„Gut, dann gebe ich Ihnen Ihren Dienstplan. Wir sehen uns dann am Ersten." Er gab mir meine Papiere zurück und reichte mir einen Zettel.

„Alsdann, schönen Gruß an den Herrn Bapaah!", verabschiedete sich der Hofrat. „Ich seh' ihn ja morgen beim Bridge."

„Das war alles?", fragte ich, als wir draußen waren. „Das war das ganze Vorstellungsgespräch?"

„Ich hab' dir doch g'sagt, dass ich schon alles besprochen hab'!", grinste der Hofrat.

„Und was ist mit der Bezahlung?"

„Alles geregelt. Keine Angst, Schatzerl, ich schau' schon

drauf, dass alles seine Richtigkeit hat. Kannst dich drauf verlassen!“

Tja, mir blieb wohl ohnehin nichts anderes übrig!

„So, und jetzt geh’ma feiern!“, verkündete er. „Hast schon g’frühstückt?“

Ich schüttelte meinen super frisierten Kopf, dessen super Frisur daran schuld war, dass ich mehr femininen Charme als nötig versprühte und keine Zeit zum Essen gefunden hatte.

„Sehr gut!“, freute er sich. „Warst schon beim Demel?“

„Was ist das?“

„Also nicht. Der Demel ist ein ganz berühmtes Kaffeehaus.“

„So berühmt wie das Sacher?“, versuchte ich mit meinem Reiseführer-Wissen zu glänzen.

„Ah, das Sacher is für Douristen!“, winkte er ab. „Der Demel is was Besonderes, k. und k. Hoflieferant!“

„Kaiserlich und königlich“, übersetzte ich das „k. und k.“

„Genau. Na, du wirst staunen!“

Damit sollte er tatsächlich Recht behalten. In jeder Hinsicht ...

14. Kapitel

Wir fuhren mit der U-Bahn zurück, denn der Laden des k. und k. Hofzuckerbäckers Ch. Demel lag natürlich „in der Stadt“. Schon von außen konnte man erkennen, dass dies ein historisches, aber keineswegs gewöhnliches Kaffeehaus war. In den Schaufenstern gab es keine Torten und Kuchen zu sehen, sondern Skulpturen aus Zucker. Eine davon stellte – wie nicht anders zu erwarten – den Kaiser Franz Josef dar, mit sorgenvoll gefurchter Marzipanstirn und dem charakteristischen Backenbart aus Zuckerguss. Ihm zur

Seite natürlich die liebliche Kaiserin Sisi mit ihrem zarten Teint aus Biskuit. Im anderen Fenster gab es einen überlebensgroßen Osterhasen zu bewundern, der einen Karren voller Ostereier zog. Jedes Ei war anders, aus Schokolade, aus Marzipan, aus Zucker, kunstvoll bemalt und ziseliert, lauter Einzelstücke.

Der Hofrat schwärmte mir indes von den köstlichen „Dorten" vor, die uns da drinnen erwarteten und die allesamt hochadelige Monarchie-Namen trugen: Eszterhazy-Torte, Dobos-Torte, Stefanie-Torte, Erzherzog-Ferdinand-Torte. Ich hätte gern noch länger geschaut und gestaunt, aber er konnte es anscheinend nicht mehr erwarten und schob mich hinein.

Drinnen sah es tatsächlich noch prächtiger und noch kaiserlich-königlicher aus. Die Wände waren mit grünem Marmor verkleidet, die Decke zierten luxuriöse geschnitzte Holzkassetten. Riesige Ölgemälde von diversen erzherzöglichen Fürstlichkeiten in Jagdkostümen oder ordensgeschmückten Galauniformen erinnerten einen auf Schritt und Tritt, dass man hier in den erhabenen Räumlichkeiten eines k. und k. Hoflieferanten weilte. In gläsernen Vitrinen präsentierten sich die Kuchen auf Marmor und Porzellan, und Damen in schwarz-weißen Uniformen, mit Schürze und Häubchen, fragten nach den Wünschen der Gäste.

Der Hofrat bugsierte mich zu einem runden Tischchen mit schwarz lackierten Bugholzstühlen. Sogleich nahte sich eine uniformierte Servierdame und fragte herablassend: „Haben die Herrschaften schon gewählt?"

Der Hofrat hatte natürlich und gab seine Bestellung ausführlich bekannt.

„Haben die Dame auch einen Wunsch?", fragte die Kellnerin und fixierte mich streng.

„Äh … ein Kaffee wäre nett", stammelte ich eingeschüchtert und realisierte im nächsten Augenblick, dass ich „Kaffee" auf dem „a" betont hatte, also falsch, und dass es hier wahrscheinlich 1003 verschiedene Sorten Kaffee gab, die vermutlich auf adelige Namen hörten.

„Bringen'S an Einspänner", lächelte der Hofrat nachsichtig, und ich fragte mich, ob die strenge Kellnerin seinen Kuchen jetzt wohl in einer Pferdekutsche anliefern würde. *So* viel hatte er nun auch wieder nicht bestellt …?

Tatsächlich wurden die Torten auf traditionelle Art serviert, nämlich zu Fuß. Während die uniformierten Damen die riesigen, üppigen Kuchen vor uns aufbauten, bedankte ich mich noch mal ausführlich für die Vermittlung meines neuen Jobs.

„Na, is schon gut, das hab ich gern g'macht!", beteuerte er. „Jetzt brobier einmal, die Drüffel-Dorte is sehr gut, oder magst lieber die Nussdorte? Am besten, du versuchst von allen!"

Anscheinend war es ihm ein Herzensanliegen, mich zu mästen. Die Torten bestanden vorwiegend aus Eiern, Schlagsahne und Schokolade und enthielten wahrscheinlich ungefähr 10.000 Kalorien pro Löffel. Nachdem ich von drei verschiedenen Köstlichkeiten jeweils die Hälfte „brobiert" und dazu einen schwarzen Kaffee mit Sahne, der aus unerfindlichen Gründen „Einspänner" hieß, getrunken hatte, fühlte ich mich, als ob ich in meinem ganzen Leben nie wieder etwas essen könnte.

Der Hofrat, der die Reste meiner Torten noch lange nicht fertig verdrückt hatte, begann unauffällige Blicke auf seine Uhr zu werfen.

„Haben Sie noch einen Termin? Sie können ruhig schon gehen, von hier finde ich nach Hause!", versicherte ich.

„Wie? Nein, nein, ich wart' nur auf jemanden. Ein alter Freund, den ich dir vorstellen möcht'. Ah, da kommt er ja!" Er erhob sich und winkte, um die Aufmerksamkeit eines untersetzten Mittfünfzigers mit welligem grauem Haar zu erregen. Der Mann kam auf uns zu, begrüßte den Hofrat und setzte sich zu uns an den Tisch.

„Darf ich bekannt machen", sagte der Hofrat formvollendet. „Victoria, das ist Walter Dofinsky. Walter, das ist Victoria Dofinsky – deine Dochter."

15. Kapitel

Die nächste Minute fehlt in meiner Erinnerung und wird wohl für immer im Dunkeln bleiben. Ich glaube, so lange brauchte mein Gehirn, bis es realisierte, was ich eben gehört hatte.

„Nein, äh … das muss ein Irrtum sein", krächzte ich dann. „Mein Vater ist tot."

„Nein, da sitzt er", beharrte der Hofrat. „Das ist der Walter, der mit der Nora Eckart verheiratet war."

Erst jetzt bemerkte ich, dass der Neuankömmling mindestens genauso überrascht war wie ich. Seine Kinnlade hing ihm förmlich bis zur Brust. Mit herausquellenden Augen glotzte er mich an.

„Nora?", wiederholte er schwerfällig. „Die Nora hat ein Kind? Von mir?"

Ich starrte ihn entgeistert an. Konnte es denn wahr sein? Ich kannte meinen Vater nur von ein paar alten Fotos und von diesem schrecklichen Film, auf dem er ins Meer sprang und ertrank. Wenn dieser Mann wirklich mein Vater sein sollte … Nun, zumindest war er heute doppelt so alt wie damals. Aber doch … ja … da war eine gewisse Ähnlichkeit … Er war jetzt dicker, nicht mehr so sehnig, und sein Haar war kürzer, schütterer und grauer. Aber die Form der Nase, die hellen Augen, der Schwung des Mundes, den er endlich zugeklappt hatte …

„Seine Leiche wurde nie gefunden!", flüsterte ich entsetzt.

Ich sprang auf und stürzte davon. Zum Glück war die k. und k. Toilette groß und deutlich ausgeschildert, sodass selbst ich in meinem Gefühlsaufruhr sie gleich fand. Sonst hätte ich nämlich den k. und k. Marmorfußboden vollgekotzt.

Es dauerte einige Zeit, bis mein Magen beim besten Willen nichts mehr hergab. Ich war schweißüberströmt und fühlte mich wie ausgewrungen. Aber man muss es positiv sehen: 2 Millionen Kalorien hatten soeben die Chance verpasst, sich in Form von Speck auf meinen Hüften niederzulassen. So hat doch alles auch seine guten Seiten.

Ich wischte meine Brille ab und lehnte mich erschöpft an die Wand. Tausend Fragen schossen mir auf einmal durch den Kopf.

Im Waschraum vor meiner Kabine entstand ein Tumult. Eine Frauenstimme kreischte: „This is a ladies' lavatory! What are you doing in here? Out you go, or I'll call the manager!" Dazwischen vernahm ich die Stimme des Hofrates: „Victoria? Alles in Ordnung? Geht's dir gut, Bupperl?"

Es polterte und rumorte. Anscheinend hatte die englische Amazone den Hofrat, der widerrechtlich ins Damenklo eingedrungen war, in einen Kampf verwickelt. Dann klappte die Tür, und es wurde ruhig. Offenbar hatte sie ihn rausgeschmissen.

Ich entriegelte meine Kabine und taumelte hinaus. Eine dicke, grell geschminkte Frau in karierten Hosen lächelte mich an und sagte: „Are you okay, dear? Did he follow you? Don't be afraid, I pushed him out!"

„Thank you", murmelte ich matt.

Ich wusch mir das Gesicht und versuchte mich ein wenig zu fassen. Die wunderbare Frisur, die ich heute Morgen mit so viel Mühe auf meinem Kopf errichtet hatte, hatte klein beigegeben und dem natürlichen Dofinsky'schen Drahtlook das Feld überlassen. Etwas derangiert an Körper und Geist wankte ich an den Tisch zurück. Der Mann, der möglicherweise mein totgeglaubter Vater war, hatte die Zeit genützt und sich einen doppelten Kognak bestellt.

„Geht's Ihnen gut?", erkundigte er sich höflich.

„Es ging mir schon besser", antwortete ich wahrheitsgemäß.

„Möchtest auch an Kognak?", beeilte sich der Hofrat zu fragen.

„Nein, danke." Beim bloßen Gedanken wurde mir gleich wieder schlecht.

„Und Sie … sind also … Nora Eckarts Tochter?“, wagte der Mann einen Vorstoß.

„Nora Dofinskys Tochter“, verbesserte ich.

„Ja ja, natürlich. Und wie alt sind Sie, wenn ich fragen darf?“

„Siebenundzwanzig in zwei Wochen.“

Er legte den Kopf schief und rechnete nach. Erst schüttelte er den Kopf, dann nickte er und leerte das Kognakglas. „Na ja … und sie – also, Nora – hat Ihnen gesagt, dass ich Ihr Vater bin?“

„Sind Sie denn Walter Dofinsky?“, fragte ich zurück.

„Ja. Oh, Entschuldigung, ich frag' Sie da aus – wie unhöflich! Möchten Sie einen Ausweis sehen?“ Er zog ein Etui aus der Hosentasche und zeigte mir seinen Führerschein. Das Foto war alt. Es zeigte Walter Dofinsky als jungen Mann. Ich erkannte ihn sofort.

„Das sind Sie?“

„Ja.“

Ich zuckte hilflos die Achseln. „Dann stimmt es wohl.“

Wir starrten einander an. Der Hofrat rutschte unbehaglich auf seinem Stuhl herum. Schließlich murmelte er eine Entschuldigung, dass er noch was bestellen wollte oder so, und verkrümelte sich.

„Wir … sollten uns wohl duzen“, schlug mein Vater ebenso hilflos vor.

Ich nickte.

„Ich … ich hab nicht gewusst … nicht einmal geahnt, dass die Nora schwanger sein könnte“, beteuerte er. „Wenn ich das gewusst hätte … warum hat sie mir nichts gesagt?!“

„Warum?“, wiederholte ich. Plötzlich wallte eine ungeheure Wut in mir auf. „Weil Sie ihr vorgespielt haben, Sie wären ertrunken!“, fauchte ich. Ich ignorierte das Angebot, ihn zu duzen, absichtlich. „Sie dachte, sie wäre Witwe!! Ich weiß zwar nicht, wie Sie das geschafft haben, aber es war wirklich ein ganz mieser Trick!“ Die Leute an den Nachbartischen schauten irritiert herüber, aber das war mir egal.

Der Hofrat, der im Nebenraum vor der Tortenvitrine stand und so tat, als interessiere er sich für Kuchen mit Adelstitel, guckte auch nervös.

„Was?“ Der Kerl, ob er jetzt mein Vater war oder nicht, sah grenzenlos erstaunt drein. „Aber ... das war doch Noras Idee!“

Jetzt war ich an der Reihe, dämlich zu glotzen. Wovon redete der Mensch eigentlich?

„Es war wegen ihrer Mutter“, erläuterte er.

„Ich ... ich verstehe nicht ...“, krächzte ich.

„Na ja, schau, das war so: Wir sind draufgekommen, dass wir nicht zusammenpassen. Sie wollte nicht mehr in Wien leben, sondern in ihr Dorf zurück – Waldhausen oder wie es heißt ...“

„Moosheim.“

„Genau. Weil sie dort eine Fabrik zu erben hatte. Na ja, und ich ... ich bin mit ihrer Art nicht so gut –“ Er unterbrach sich und hüstelte. „Ich mein' ... sie hat so was Ernsthaftes gehabt ... was Gründliches ... die deutsche Gründlichkeit, sagen wir hier, weißt du ... und irgendwie ...“ Er räusperte sich. „... war sie nicht sehr gemütlich. Na ja – sie war halt ein bissel ... humorlos.“

Ich hörte ihm schweigend zu. Ernsthaft, gründlich, humorlos?! Offenbar kannte er meine Mutter tatsächlich.

„Tja ...“, fuhr er unsicher fort, „aber sie hat gesagt, eine Scheidung kommt nicht in Frage. Ihre Mutter bringt sie um, meinte sie.“

„Ja, das ist wahr“, platzte ich heraus. „Großmutter ist strikt gegen Scheidungen. Für sie ist das schlimmer als Mord!“

„Genau.“ Erstmals wagte er ein vorsichtiges Lächeln, und ich erkannte in ihm den lachenden jungen Mann aus dem Film. „Deswegen haben wir uns quasi für Mord entschieden. Sozusagen.“

„Was?“

„Wir haben beschlossen, mich umzubringen! Also, unser Plan war, dass die Nora mich für tot erklärt – zumindest gegenüber ihrer Mutter. Ich ertrinke beim Baden im Meer. Wir haben sogar extra eine Kamera ausgeliehen, um meinen ‚Tod' festzuhalten."

„Ich weiß", seufzte ich. „Ich kenne den Film. Mutter zeigt ihn jedes Jahr an ihrem Hochzeitstag."

„Ehrlich?" Er schien überrascht. „Und ... Noras Mutter hat die Geschichte geglaubt?"

„Jeder glaubt sie", murmelte ich dumpf. „Vor allem ich. Ich bin als Halbwaise aufgewachsen!"

Er sah betroffen drein. „Ich hab nichts von dir gewusst, ehrlich!", beteuerte er. „Das hätte vielleicht alles geändert!"

„Wieso?", begehrte ich auf. „Ich meine, wenn ihr euch doch trennen wolltet – wieso habt ihr dann noch ... äh ..." Ich brachte es nicht über mich, einen wildfremden Menschen öffentlich darüber auszufragen, warum in aller Welt er mit meiner Mutter noch Sex gehabt hatte, während er sie gerade zur Witwe machte.

„Wir sind ja nicht im Streit auseinander gegangen", meinte er entschuldigend und zog die Schultern hoch. „Wir waren uns doch einig. Und irgendwie haben wir uns ja trotz allem gern gehabt ... Wie gesagt, wenn ich das geahnt hätte! Warum hat sie mir nie was gesagt?"

„Wahrscheinlich hatte sie dich längst für tot erklärt, als sie von der Schwangerschaft erfuhr", überlegte ich. „Es wäre ziemlich doof rübergekommen, wenn du plötzlich vor der Tür gestanden hättest!" Ohne es zu merken hatte ich nun doch zum „du" gewechselt.

Er nickte, seufzte, stützte den Kopf in die Hände. Eine schwarzweiß uniformierte Serviererin stellte einen neuen doppelten Kognak vor ihn hin und sagte: „Den schickt Ihnen ein Herr, und er lasst Ihnen sagen, er is' schon z'Haus 'gangen, bittschön."

Mein Vater drehte sich um. Der Hofrat war fort. Sichtlich hatte er erkannt, dass er im Moment überflüssig war.

„Seid ihr denn nun in Wirklichkeit noch verheiratet?", fragte ich.

„Nein. Wir sind ganz ordnungsgemäß geschieden."

„Meine Großmutter würde tot umfallen, wenn sie das wüsste."

„Lebt sie denn noch?"

„Ja." Ich versank in dumpfes Grübeln. „Jetzt verstehe ich, warum meine Mutter nie wieder geheiratet hat! Dann wäre das womöglich rausgekommen!"

Er nickte gedankenverloren. Wir sahen einander an.

„Victoria", sagte er leise, so als müsste er mal probieren, wie sich das Wort anhörte.

Ich hätte gerne das Wort „Vater" probiert, aber ich konnte nicht.

16. Kapitel

Es nieselte leicht, als wir das Kaffeehaus verließen.

„Soll ich dich nach Hause bringen?", fragte mein Vater fürsorglich-besorgt.

Ich schüttelte den Kopf. „Ich möchte ein bisschen allein sein."

„Ja. Sicher. Ich … darf ich dich anrufen?"

„Hm."

*

Ich spazierte ziellos durch die Innenstadt. Vom k. und k. Hofzuckerbäcker am Kohlmarkt ging ich zum Michaelerplatz mit dem achteckigen Kirchturm und den römischen Ausgrabungen, vorbei am Burgtor, dieser großen grünen Kuppel mit dem kunstvollen schmiedeeisernen Gitter, und einfach immer weiter durch die Fußgängerzone. Ich kam an Pferdekutschen vorbei, die man „Fiaker" nannte, an der Pestsäule mit ihren steinernen Wolken und dem strahlenden Christus oben drauf, an Brunnen und an

Denkmälern. Es war feucht und windig, aber ich merkte es nicht.

Ich hatte einen Vater.

All die Jahre war ich ein Waisenkind gewesen, und plötzlich, aus dem Nichts, war da eine komplette Familie.

Nach jenem letzten Urlaub mit meiner Mutter war mein Vater nach Wien zurückgekehrt. Wenig später war es ihm gelungen, seine Jugendliebe aus Polen zu heiraten und nach Österreich zu bringen (was vor der Öffnung der Grenzen ziemlich kompliziert war). Mit ihr war er immer noch zusammen – und, man denke nur! – es gab auch Kinder! Ich hatte zwei Brüder! Das vaterlose Einzelkind besaß plötzlich Vater, Stiefmutter und Geschwister!

Es war unfassbar.

Aber noch viel unfassbarer war, dass meine Mutter es die ganze Zeit gewusst hatte!

Langsam dämmerte mir die Erkenntnis. Ich verstand auf einmal, warum sie so vehement dagegen gewesen war, dass ich nach Wien fuhr. Weil sie natürlich Angst hatte, ihr sorgfältig gehütetes Geheimnis könnte ans Licht kommen! Wenn ich so zurückdachte, hatte sie eigentlich nie von Wien gesprochen, und wenn ich jemals Lust gehabt haben sollte, dorthin in Urlaub zu fahren, dann hatte sie es mir ausgeredet. Und ich hatte nie viel gefragt. Selbst jetzt wohnte ich schon über eine Woche bei meiner Tante, aber der Gedanke, nach meinem Vater zu forschen, war mir nicht gekommen. Wenn der Herr Hofrat nicht nachgeholfen hätte …

He, Moment mal!

Ich blieb abrupt stehen, weil mir gerade ein ungeheuerlicher Gedanke durch den Kopf schoss. Hatte Dorit nicht am Telefon gesagt, meine Mutter würde ein Gerücht über mich verbreiten? Dass ich in der krankhaft-panischen Suche nach einer neuen „männlichen Bezugsperson" in den Wahn verfallen könnte, mein Vater sei gar nicht tot?

Jetzt wurde mir erst die ganze Tragweite dieses Schachzuges klar! Wenn ich nun irgendwem erzählte, dass ich meinen Vater kennen gelernt hatte, würde derjenige nachsichtig nicken und sich denken: „Die arme Vicki! Jetzt ist sie tatsächlich durchgeknallt, wie ihre Mutter vorhergesagt hat!“ Und all meine Beteuerungen, dass es wahr war, würden nichts nützen. Es war wirklich geschickt von ihr, dieses Gerücht in Umlauf zu bringen, bevor die Sache passierte …

Ich fühlte mich unendlich einsam. All die Jahre hatte meine Mutter mich angelogen, und sogar jetzt hielt sie mit allen Mitteln an ihrer Lüge fest. Sie hatte mich um meinen Vater betrogen, und sie betrog mich weiter – ja, sie scheute nicht einmal davor zurück, mich vor meinen Freunden und Bekannten als verrückt hinzustellen!

Auf einmal spürte ich entsetzliche Sehnsucht nach Dirk.

Ein Mensch, dem ich vertraute. Dem ich mich rückhaltlos anvertrauen konnte. Mich an seine Schulter lehnen. Vielleicht ein bisschen weinen. Trost bekommen. Seinen Arm um mich spüren. Geborgenheit.

Eine Träne rollte mir über die Nase und vermischte sich mit dem Nieselregen. Trotzig wischte ich sie weg. Ich wollte nicht weinen! Schon gar nicht wegen Dirk! Auch er hatte mich betrogen. Hatte mich angelogen und hintergangen. Mit einer meiner ältesten Freundinnen.

Mein Verlobter, meine Freundin und meine Mutter. Wem konnte man denn überhaupt trauen?

Unbeabsichtigt hatte mein Weg mich zum Stephansplatz gebracht. Da die gesamte Innenstadt-Fußgängerzone sich um ihn herum gruppierte, war das früher oder später sowieso unvermeidlich. Der Dom stand ungerührt da und ragte in den grauen Regenhimmel, so als ob nichts geschehen wäre – als ob nicht in der letzten Stunde meine Welt in Stücke gebrochen wäre.

Ich blickte hinauf. Es regnete mir auf die Brille. Die Spitze des Turmes verschwamm im Nebel. Da hing auch noch das Werbeplakat. *Nur Einer versteht Ihre Sorgen besser als wir. Städtische Versicherung.*

Und plötzlich hatte ich entsetzliche Sehnsucht nach Gott.

*

Der Stephansdom war vermutlich eine katholische Kirche, aber Gott würde ja wohl hoffentlich trotzdem drin sein. Ich trat in den hohen gotischen Innenraum. Dunkelheit und Stille umfingen mich wohltuend. Es roch nach Weihrauch. Zwei junge Rucksacktouristen, die vor mir eingetreten waren, bekreuzigten sich mit Weihwasser, das in einer Schale bereitstand. Ich ließ es bleiben. (Nicht nur, weil ich es für eine Art heidnischen Kult hielt, sondern vor allem, weil ich mir vorstellte, wer da wohl schon alles seine Finger drin gehabt haben mochte ...!) Rechts vom Eingang stand ein Gestell voll mit Kerzen und Teelichtern, deren unzählige flackernde Flämmchen diese Ecke des Raumes in ein schwaches, zitterndes Licht tauchten. Eine Dame (rüstige Mittneunzigerin, schätzte ich) warf Geld in eine Sammelbox, nahm eine frische Kerze und zündete sie an. Dann kniete sie sich mit verblüffender Behändigkeit vor das Bild, das dort an der Wand hing (es stellte, glaube ich, Maria dar) und begann die Lippen lautlos zu bewegen. Dabei spielten ihre arthritischen Finger mit einer hölzernen Perlenkette. Faszinierend!

Aber ich war nicht gekommen, um die seltsamen Kulthandlungen der Eingeborenen zu studieren. Ich brauchte jemanden, der meine Sorgen besser verstand als die Städtische Versicherung – und dieser Jemand würde hoffentlich Zeit für mich haben, auch wenn ich mich ihm gegenüber in der jüngeren Vergangenheit eher bockig verhalten hatte ...

Der größte Teil des Kirchenraumes war mit einem schmiedeeisernen Gitter abgetrennt, aber man konnte durch eine seitliche Tür weiter vorgehen. Zwei Bodyguards in kirchlichen Talaren bewachten diese Pforte und trugen jedem auf, nicht zu lärmen, sich pietätvoll zu benehmen und den Souvenirshop zu besuchen.

„Ich möchte beten“, flüsterte ich dem einen Gorilla verschämt ins Ohr. Ich war nicht ganz sicher, ob das hier nicht vielleicht ein abwegiges Ansinnen war – schließlich kamen die meisten normalen Menschen wohl nur wegen der kunstvollen Steinmetzarbeit an der Kanzel oder der gotischen Flügelaltäre und so. Aber der Gorilla schien es zum Glück nicht abwegig zu finden. Er wies mir eine Tür, die nicht, wie ich dachte, wieder hinaus führte, sondern in eine Art Kapelle. „Nur für Beter – bitte Ruhe", stand an der Tür.

Durch ein paar hohe farbige Fenster fiel gedämpftes Licht und hüllte den kleinen Raum in bläuliches Halbdunkel. Es gab ein paar Hocker und flache Kissen zum Draufknien. Vorne hing ein einfaches Holzkreuz. Ich war überrascht von solcher Schlichtheit mitten in einer Touristenattraktion ersten Ranges. Allerdings führte der touristische Trampelpfad auch nicht durch diesen Raum. Hier schien niemand zu sein. Erst nach ein paar Minuten bemerkte ich eine Gestalt, die im Schatten hockte und lautlos betete.

Ich nahm mir eines der Kissen und kniete mich vor das Kreuz. Irgendwie schien Knien mir angemessen – das Gotische, der Weihrauchgeruch und das bläuliche Halbdunkel schufen eine Atmosphäre, in der ich mich irgendwie seltsam demütig fühlte. Außerdem schämte ich mich, weil ich so wütend auf Gott gewesen war und ihm an allem, was mir in letzter Zeit so passiert war, die Schuld in die Schuhe geschoben hatte. (Und dabei hatte Gott wahrscheinlich gar keine Schuhe an!)

„Herr", betete ich still, „du hast mir so gefehlt! Ich brauche dich so! Jetzt hab ich erst gemerkt, wie verloren ich ohne dich bin. Du bist doch der Einzige, dem man wirklich vertrauen kann. Meine Mutter, Dirk, Anja – alle haben mich enttäuscht, alle, die mir am nächsten standen."

Wieder rollte mir eine Träne über die Nase. Meine Brille begann zu rutschen. Ich stellte fest, dass ich natürlich kein Taschentuch dabei hatte. „Aber du, Herr, wirst mich nie hintergehen, das weiß ich. Darauf vertraue ich. Du hast mich lieb, egal was passiert, nicht wahr?" Die Träne bekam Gesellschaft. Meine Brille rutschte bis zur Nasenspitze runter. Ich nahm sie ab, schniefte und wischte mir mit dem

Ärmel übers Gesicht. „Du liebst mich auch, wenn alle anderen denken, mit der naiven, gutmütigen, doofen Vicki können sie eh umspringen, wie sie wollen." Die Tränen wurden zu einem Strom. Wischen half nicht mehr. Ich heulte haltlos. „Du hast einen Plan für mein Leben, nicht wahr, Herr?", flehte ich verzweifelt.

Zumindest hatte ich das immer so gelernt. Und jetzt war dieser Gedanke plötzlich wie ein Rettungsanker für mich. Ich war der Willkür des Geschicks (oder der Willkür meiner lieben Mitmenschen) nicht hilflos ausgeliefert, nein! Gott hielt alle Fäden in der Hand. Alles würde sich irgendwann zu einem sinnvollen Ganzen fügen – Mutters Lebenslüge, Dirks Untreue, das plötzliche Auftauchen eines totgeglaubten Vaters – alles würde irgendwie einen Sinn ergeben. Vielleicht begann es ja sogar schon? Hätte Dirk mich nicht kurz vor der Hochzeit sitzen gelassen, dann wäre ich vielleicht nie nach Wien gekommen und hätte auch nie die Wahrheit über meinen Vater rausgefunden.

Und die Wahrheit macht uns bekanntlich frei.

Aber frei wovon?

Hätte ich nicht viel glücklicher gelebt, ohne das alles rauszufinden? Wäre es nicht besser gewesen, im Zustand der Unwissenheit zu bleiben und nie zu erfahren, dass meine Mutter mich 27 Jahre lang angelogen hatte? Wäre ich nicht viel lieber weiter Einzelkind und Halbwaise geblieben – und Dirks Braut? Wozu sollte das alles gut sein?

Ich schlug die Hände vors Gesicht und schluchzte hemmungslos. Mein ganzes wohlgeordnetes Leben stand plötzlich Kopf. Was ich für wahr gehalten hatte, entpuppte sich als Lüge, und umgekehrt. Ich wusste schon gar nicht mehr, was ich glauben sollte. Vielleicht war ich wirklich verrückt geworden und bildete mir die Sache mit meinem Vater nur ein?

„Gott, bitte hilf mir!", heulte ich, von Schluchzern geschüttelt.

Jemand tippte mir von hinten auf die Schulter. Mit einem Aufschrei fuhr ich herum. Dass Gott mein Stoßgebet gleich so *real* beantworten würde, hatte ich nicht erwartet! Aber es war nur die alte Frau, die vorhin im Schatten gebetet und die ich ganz vergessen hatte. Sie hielt mir eine Packung Papiertaschentücher hin und legte tröstend ihren Arm um meine Schultern.

Aber wer weiß, vielleicht war es ja doch Gott? Niemand hat ihn je gesehen, niemand weiß, wie er aussieht. Vielleicht wie eine alte Frau in einer düsteren Kapelle? Warum nicht? Oder vielleicht war sie ein Engel? Jedenfalls rührte mich diese schlichte Geste der Hilfsbereitschaft und Anteilnahme so sehr, dass ich gleich noch ein bisschen mehr weinen musste. Ich schnäuzte mich ausgiebig und schmiegte mich Trost suchend in diesen fremden Arm. Sie sprach nicht, sondern wiegte mich nur wie ein Baby. Es tat unglaublich gut.

Langsam beruhigte ich mich. „Danke, Gott", betete ich lautlos. „Danke, dass du mich nicht fallen lässt. Danke, dass du alles unter Kontrolle hast, auch wenn ich das von mir meistens nicht behaupten kann. Danke, dass ich dein Kind sein darf!" Plötzlich wurde mir klar, dass ich mich nie wirklich aktiv für ein Leben mit Gott entschieden hatte. Ich war einfach von Kindheit an in dieses ganze Glaubenszeugs reingewachsen und in die Gemeinde, die meine Großeltern mitbegründet hatten. Doch es hatte nie eine eigene, bewusste Entscheidung gegeben.

Aber es war ja nicht zu spät.

„Ja, Gott", betete ich still in meinem Kopf. „Mein Leben soll dir gehören. Du bist mein Erlöser. Mach mich rein von meinen Sünden! Ich vertraue dir."

„Amen!", bekräftigte meine Trösterin flüsternd. Wie konnte sie wissen, was ich in Gedanken gebetet hatte? Das war ja schon fast unheimlich! Jetzt kramte sie in den Falten ihres Mantels und drückte mir etwas in die Hand. Es war ein Geldstück.

„Zünden Sie eine Kerze an", flüsterte sie. Dann war sie im Halbdunkel verschwunden. Ein Luftzug streifte mich, als die Tür der Kapelle auf- und wieder zuging. Verblüfft starrte ich auf den Euro in meiner Hand. Pflegten Engel Geld zu hinterlassen?!

Wenig später stand ich bei dem Gestell mit den Kerzen und zündete ein Licht an. Vor einer halben Stunde hatte ich noch über diesen heidnischen Götzenkult den Kopf geschüttelt. Jetzt war ich nicht mehr sicher, ob es nicht vielleicht doch was half.

Aber wie gesagt, ich wusste schon selbst nicht mehr, was ich glauben sollte. Und vielleicht war ich ja auch verrückt – wie meine Mutter immer schon gewusst hatte …

17. Kapitel

Tante Gabi wartete in der Küche auf mich, als ich nach Hause kam. Tommi balgte sich unterm Tisch mit Filou um ein Stück Wurst. Neben Gabi saß der Hofrat (das überraschte mich ja nun nicht besonders) und verzehrte ein leichtes Frühstück (das überraschte mich allerdings schon – hatte er nicht vor kurzem drei überaus nahrhafte Demel-Torten mit mir geteilt? Und *er* hatte diesen Imbiss ja wohl nicht wieder von sich gegeben!) Beide sahen mich erwartungsvoll und auch ein bisschen schuldbewusst an.

„Hast du's gewusst?“, platzte ich heraus.

Tante Gabi nickte zögernd. „Er ist mein Bruder!“, sagte sie entschuldigend. „Wir haben zwar nicht wahnsinnig viel Kontakt, aber … äh … dass er noch lebt, hab ich schon gewusst.“

Jetzt verstand ich plötzlich, warum sie bei unseren ersten Telefonaten so sonderbar reagiert hatte! „Warum hast du denn nicht gleich was gesagt?“, fragte ich.

„Na ja … zuerst war ich überrumpelt, und dann … hm, ich hab mir gedacht, am Telefon ist das nicht so gut. Ich wollte warten, bis du hier bist … und dann hab ich nicht recht gewusst, wie ich's anfangen soll …"

„Und er? Wieso hat er nichts von mir gewusst? Ich bin schon fast zwei Wochen hier, hast du ihm denn gar nichts von mir erzählt?"

„Wie gesagt, wir haben keinen sehr engen Kontakt, und auch bei ihm wär's schwer gewesen, die richtigen Worte zu finden. Na ja, und dann hat der Hofrat die Idee mit dem Treffen gehabt, und da haben wir gefunden, es ist nur fair, wenn er nichts von dir weiß, weil du ja auch nichts von ihm weißt." Sie zuckte die Achseln. „Vielleicht war's falsch", räumte sie ein. „Aber ihr habt es beide endlich einmal erfahren müssen!"

„Na, und?", fragte der Herr Hofrat schüchtern, fast kleinlaut. „Wie war's? G'fallt er dir?"

Die Frage überraschte mich. Ich war doch völlig überwältigt, ja geradezu plattgewalzt von der Tatsache, *dass* ich einen Vater hatte – ich hatte noch gar nicht darüber nachgedacht, wie er war oder ob er mir gefiel! „Äh, ich weiß nicht", gab ich zu. „Das ist alles … etwas neu für mich." Und das war die Untertreibung des Jahres!

Eine halbe Stunde später kam Vaters erster Anruf. Er fragte mich, was ich für morgen vorhätte.

„Lass mir etwas Zeit", bat ich. „Ich muss das alles erst verdauen. Vielleicht eine Woche? Bitte."

„Natürlich."

*

Obwohl mein Leben mittlerweile in einem Ausmaß durcheinander geraten war, das ich nie für möglich gehalten hätte, musste es irgendwie weitergehen. Trotz all dieser Erschütterungen musste ich versuchen, wieder einen Hauch von Normalität hineinzubringen. Regelmäßig zur Arbeit zu gehen, so hoffte ich, würde mir dabei helfen.

Mein erster Arbeitstag verlief eigentlich ganz gut. Ich lernte den „alten Herrn Magister" kennen, einen etwas schwerhörigen Menschen mit buschigem weißen Haar, und meine Kollegin Irene, die mir gleich alles zeigte und erklärte. Irene war etwas jünger als ich und von knabenhafter Statur, was durch ihre kurzen blonden Haare noch unterstrichen wurde. Sie schien recht nett zu sein; jedenfalls war sie sehr redselig.

„Mach dir kan' Stress wegen dem Piefke-Akzent", meinte sie fröhlich. „Den krieg'ma schon weg mit der Zeit!" Sie zeigte mir die Schublade mit den Hustenbonbons. „Was siehst du hier?"

„Hustenbonbons", antwortete ich wahrheitsgemäß.

„Falsch", grinste sie. „Hustenzuckerl! Sag's nach: Zuckerl!"

„Zuckerl", wiederholte ich artig.

„Nicht ‚Zuckkkal'", verbesserte sie. „Es ist immer dasselbe: ihr Piefkes macht's den Mund so eng, als ob ihr dauernd eine Zitrone im Mund hättet's. Ein bissel breiter, ein bissel weicher: Zuckerl!"

„Dsuggerl", intonierte ich wie ein Breitmaulfrosch.

„Großartig!", jubelte sie. „Siehst du, das wird schon! Und morgen lernen wir, ‚Sackerl' statt ‚Tüte' zu sagen."

„Okay", wagte ich einen Vorstoß. „Und ich bring dir bei, ‚Deutsche' statt ‚Piefke' zu sagen. Das ist nämlich ein – äh – etwas abwertendes Wort."

„Oh!" Sie schlug überrascht die Hand vor den Mund. „Entschuldige! Das hab' ich nicht gewusst! Ich wollt' dich nicht kränken."

„Ist schon gut. Dafür nenne ich dich auch nicht ‚Ösi' – das ist nämlich dasselbe umgekehrt."

Der junge Herr Magister war übrigens auch da. Seinetwegen hatte ich eigens Hosen und eine hochgeschlossene Bluse sowie flache Sportschuhe angezogen, um so wenig femininen Charme wie nur möglich zu versprühen. Es schien auch zu helfen – oder vielleicht traute er sich nur nicht, weil sein „Herr Bapaah" in der Nähe war? Jedenfalls würdigte er mich keines Blickes, zumindest keines ungebührlichen.

Nachdem Irene mir alles gezeigt hatte, bekam ich einen weißen Kittel und durfte meine ersten Kunden bedienen. Gleich die erste Dame verlangte doch tatsächlich nach „Lutschzuckerln"! Dank Irenes Unterweisungen war ich ohne Dolmetscher imstande, ihre Wünsche zu erfüllen. Zwar bot ich ihr versehentlich eine „Tüte" an, aber auf ihren fragenden Blick hin verbesserte ich mich und fragte, ob sie ein „Sackerl" wollte – und siehe da, meine erste fremdsprachige Transaktion konnte erfolgreich abgeschlossen werden! Ich war richtig stolz. Offenbar hatte ich in Irene eine wichtige Freundin gewonnen ... und Doofi Kataströphi hatte sich bis jetzt erfreulich zurückgehalten!

Schwierig wurde es erst, als das Magisterpaar Vater und Sohn gemeinsam zum Mittagessen ausrückte. Anders als Herrn Liebermanns Schwanen-Apotheke blieb dieser Laden über Mittag durchgehend offen, also hielten Irene und ich die Stellung. Ich durfte jedoch um drei nach Hause gehen, da ich ja nur einen Halbtagsjob hatte, daher bot ich Irene an, im Büro hinten in Ruhe etwas zu essen, während ich allein im Verkaufsraum blieb. Ich merkte schon, dass dieser Standort in einer der beliebtesten Einkaufsstraßen Wiens stärker frequentiert war als der Hauptplatz von Moosheim, aber ich hatte die Sache ganz gut im Griff.

Doch dann betrat ein junger Mann die Szene, der einen ziemlich ungepflegten Eindruck machte, um nicht zu sagen einen verwahrlosten. Seine Kleidung hatte Löcher und war nicht übertrieben sauber, auch sein Haar und seine Fingernägel hätten etwas Pflege vertragen können. Allerdings wirkte er nicht betrunken oder so. Ich beschloss, tapfer zu sein und die Sache allein zu regeln.

„Servas!", begrüßte er mich leutselig. Die anderen Kunden, ein älteres Ehepaar und eine sehr elegante Dame mittleren Alters, wichen unmerklich zur Seite. „Hobts heit wos da für mi?", fragte der Junge.

„Wie bitte?", stotterte ich. *Hobzeit? Wossda?* Welche Sprache war das nun wieder?

„Hobts wos da?", wiederholte er lauter.

Die drei anderen Leute sahen mich erwartungsvoll an.

Wossda? Auf einmal hatte ich eine Eingebung. Der Typ fragte wohl nach Wasser! Nun, diesen bescheidenen Wunsch wollte ich ihm gern erfüllen.

„Einen Augenblick“, sagte ich höflich. Ich ging nach hinten und füllte ein Glas mit Leitungswasser. „Hier, bitte!“

Der junge Mann schaute mich verwundert an. Auch die übrigen Kunden wirkten überrascht. Dann griff der Junge nach dem Glas und trank es leer. „Donkschee“, murmelte er (das bedeutete „danke schön“, wie Irene mir später eindeutschte), wischte sich mit dem Handrücken über den Mund und trottete hinaus.

Kaum war er draußen, stürzte die alte Dame auf mich zu und schüttelte mir warm die Hand. „Des ham'S guat g'macht!“, beglückwünschte sie mich.

„Sehr diplomatisch!“, fand auch die Elegante.

„Diese Giftler wer'n immer unverschämter“, bemerkte der alte Mann. „Seit wir die Gruft da ha'm, is' es ganz arg geworden!“

Ein Vergifteter, der aus der Gruft kam? Zombies? Waren die Leute hier verrückt? Ich sah zu, dass ich alle schleunigst bediente, und floh dann zu Irene.

Die lachte herzlich, als ich ihr den Vorfall schilderte. „Die *Gruft* ist ein Lokal hier in der Nähe, wo Obdachlose betreut werden“, erklärte sie mir. „Dadurch kommen diese Leute halt auch öfter zu uns. Wie hat er denn ausgeschaut?“ Sie ließ sich den jungen Mann genau beschreiben. „Das war der Kurtl!“, stellte sie fest. „Der kommt immer und fragt: ‚Hobts heit wos da für mi?‘“ Sie ahmte seinen Tonfall exakt nach.

„Ja, genau! Das ist er! Ich dachte, er fragt nach Wasser!“

„Nein, er sagt: ‚Habt ihr heute etwas da für mich‘“, übersetzte sie überdeutlich.

„Und was meint er damit?“

„Ach, der nimmt alles. Schlaftabletten, Schmerztabletten. Tablettensüchtig, weißt du? Deswegen kriegt er ja nie was.

Aber er gibt nicht auf. Das mit dem Wasser war genial! Vielleicht merkt er sich das und kommt nicht mehr!“

Aha. *Gruft. Giftler. Zuckerl. Sackerl.* Vielleicht sollte ich mir ein Vokabelheft anlegen? Aber zumindest hatte ich in all meiner Einfalt auch mal etwas richtig gemacht – wenn auch nur aus Versehen ...

*

An Tante Gabis erstem Arbeitstag in ihrem früheren Büro begann ich mit meinem Zweitberuf – Kindermädchen bei den Soran-Kindern. Ich hatte mir insgeheim zum Ziel gesetzt, Julians Vertrauen zu gewinnen. Dieser verschlossene, als Punker verkleidete Jugendliche brauchte eine verständnisvolle Bezugsperson. Ich war zwar alt genug, um als erwachsen zu gelten, aber doch bei weitem jünger als seine Eltern, daher war ich für diesen Job ideal geeignet. Und da ich manchmal zu einer gewissen Tollpatschigkeit neigte (ähem), wie zum Beispiel an dem Tag, an dem ich Tommi und mich aus der Wohnung ausgesperrt hatte, appellierte ich an seine männlichen Beschützerinstinkte, und das schmeichelte ihm. Er wurde nämlich sonst noch nicht sehr oft als Mann für voll genommen!

An diesem Nachmittag nahm ich Didis Matheaufgaben als Vorwand, um Julians Ego zu stärken. Er hatte sich nach dem Essen in seinem Zimmer eingeschlossen und zupfte so ohrenbetäubend auf seiner E-Gitarre, dass sich meine Haare gesträubt hätten, wenn sie das nicht von Natur aus schon getan hätten.

Ich klopfte laut. Das Gedröhne hörte auf.

„Hä?“, grunzte Julian von drinnen.

„Ich muss dich was fragen“, rief ich durch die geschlossene Tür. „Didi und ich kommen hier nicht weiter, kannst du mir helfen?“

Er öffnete einen Spalt breit, schob seine Stachelfrisur heraus und warf einen Blick auf das Problem. „Das ist doch leicht, ich erklär’s dir schnell.“

„Kann ich reinkommen?“

Er zuckte die Achseln. „Wenn dich nicht der Schlag trifft ...?“

Tatsächlich bot sein Zimmer selbst für mich als gelernte Dofinsky-Chaotin einen reichlich unordentlichen Anblick. Schmutzige und saubere Wäsche lag in großen Haufen durcheinander auf allen freien Flächen einschließlich des Fußbodens. Dazu roch es, gelinde gesagt, als ob man dringend mal wieder lüften sollte. Aus den geöffneten Schränken und Schubladen quoll ein Wust von Heften, Büchern, CDs, Bürsten, Haarspraydosen, Schuhen, ausgeweideten Elektro-Teilen, Werkzeugen, benutztem Geschirr und alten Spielsachen. Vom Hochbett baumelte ein gehenkter Teddybär. Ich schluckte und schaute schnell weg. Mein eigener, zärtlich geliebter Teddy lag zwei Zimmer weiter in meinem Bett – das sollte ich Julian wohl besser nicht verraten ...

Ich wollte gern was Nettes sagen, aber „hübsches Zimmer“ hätte vielleicht lächerlich geklungen. Da entdeckte ich inmitten eines Haufens aus Schul- und anderen Sachen ein Aquarium auf dem Schreibtisch. Es war nur ein kleiner, quaderförmiger Glastank, aber er war liebevoll mit Steinchen, Muscheln und Wasserpflanzen geschmückt und enthielt einen durchlöcherten Turnschuh, in den die Fische hineinschwimmen und sich verstecken konnten.

„Oh, ein Aquarium, das ist aber hübsch!“, lobte ich. „Und so originell! Was für Fische sind da drin?“

„Zwei Goldfische.“ Er zeigte auf einen dunkelroten und sagte: „Der da heißt Sashimi.“ Ein goldgelber Fisch kam aus dem Loch an der Zehe des Turnschuhs. „Und der da ist der Sushi.“

„Willst du die essen?“, platzte ich heraus. Was für makabre Namen für Fische!

„Natürlich nicht! Sushi und Sashimi sind roher Fisch. Und das sind die auch!“

„Ach so.“ Bloß dass Sushi und Sashimi normalerweise *tote* rohe Fische waren ... In Moosheim gab es kein japanisches Lokal, aber hier schienen sie sehr beliebt zu sein. Ich hatte noch keines besucht – und jetzt bezweifelte ich mehr denn je, dass ich das jemals über mich bringen würde …

Julian erklärte mir das Matheproblem und wandte sich dann wieder seiner E-Gitarre zu. Ich beschloss, unser zartes Vertrauensverhältnis nicht unnötig dadurch zu belasten, dass ich ihn nach eventuellen Hausaufgaben fragte. Ich hatte sein Zimmer betreten dürfen – das war genug Auszeichnung für einen Nachmittag!

Ich hatte zwei Jobs. Ich machte sie nicht schlecht, und ich lernte täglich dazu. Mein Leben war normal, wirklich, ganz normal!

Am Abend rief mein Vater an.

18. Kapitel

Seit unserem Treffen beim k. und k. Hofzuckerbäcker war wie vereinbart eine Woche vergangen. Einerseits hatte ich die ganze Zeit leise gehofft, er würde mich trotz unserer Abmachung anrufen, aber andererseits war ich ganz froh gewesen, dass dieser überaus verwirrende neue Aspekt meines Lebens sich nicht gleich in den Vordergrund drängte.

Ich wusste nicht so recht, wie ich mich meinem Vater gegenüber verhalten sollte. Eigentlich gab es keinen Grund, unfreundlich oder gar böse auf ihn zu sein. Er hatte nie etwas von meiner Existenz gewusst, man konnte ihm also nicht zum Vorwurf machen, dass er sich nicht um mich gekümmert hatte. Trotzdem war es schwierig, eine so tief sitzende Überzeugung, ja ein Lebensgefühl – *„Ich bin Halbwaise“* – von heute auf morgen aufzugeben …

„Victoria!“, sagte die Stimme meines Vaters im Telefon. „Hast du dich von dem Schock erholt?“

Gegen meinen Willen musste ich grinsen. „So halbwegs. Und du?“

Er lachte leise. „Auch so halbwegs. Und jetzt möcht' ich dich meiner Familie vorstellen! – Das heißt, nur wenn's dir recht ist!"

Schluck.

Seine Familie. Seine Söhne. Meine Brüder!

„Hast du ihnen schon gesagt, dass ... hm, dass es mich gibt?"

„Ja, natürlich! Glaubst du vielleicht, ich schäm' mich für dich? Nix da! Ich bin stolz auf dich!"

„Ehrlich?"

„Aber sicher! Du bist hübsch, klug und tüchtig! Hab ich was zu verbergen?"

„Äh ..."

„Du bist sogar ein legitimes Kind, wir waren schließlich verheiratet, deine Mutter und ich!"

„Na ja, aber was sagt deine Frau dazu?"

„Nach über 20 Jahren Ehe kann einen so was nicht mehr erschüttern. Sie freut sich, dich kennen zu lernen!"

„Oh."

„Also, was ist? Kommst du am Sonntag zur Jause?"

„Zu was?"

„Zur Jause!"

„Was ist das?" *Mann, ich brauch echt ein Vokabelheft!*

„Kaffee und Kuchen am Nachmittag. Also, kommst du?"

„Gern."

*

Am Sonntag begann ich gleich nach dem Mittagessen ein Outfit auszuwählen. Ich legte mir dieses Kleid und jene Bluse an, drehte mich prüfend vor dem Spiegel und verwarf alles wieder. Kurz, ich benahm mich wie ein Teenager vorm ersten Rendezvous. Dabei waren es nur meine Stiefmutter und meine Brüder, die ich kennen lernen sollte!

Na ja, was heißt „nur"? Einem Rendezvous musste, wenn es ein Reinfall war, kein zweites folgen. Aber Familie? Die musste man für immer behalten, ob man sie nun mochte oder nicht! Deswegen war es umso wichtiger, einen guten ersten Eindruck zu machen.

Ob Vaters Familie wohl auch stundenlang vor dem Spiegel probierte?

So ein Quatsch!

Ich beschloss, mich nicht zu verkleiden, sondern einfach als ich selbst zu gehen. Das ist ja sowieso meistens das Beste – vielleicht mit Ausnahme einer Audienz bei der Queen oder beim Papst. Aber bei meinem Vater würde es ja hoffentlich kein Hofzeremoniell geben! Also schlüpfte ich in bequeme Jeans und ließ eine hübsche Bluse locker über ein blaues T-Shirt hängen. Meine Lockenpracht wurde gebürstet, aber nicht gebügelt oder sonstwie eingeengt – die mussten mich nehmen, wie ich war. Ich konfrontierte sie besser gleich mit dem Krähennest-Look, dann konnte sich hinterher keiner beschweren, er hätte es nicht gewusst!

Trotzdem fühlte sich mein Magen wie Wackelpudding an, als ich pünktlich um vier mit einem Blumenstrauß vor dem Haus in der Landstraßer Hauptstraße stand. Ich machte mich an den Aufstieg. Wien mochte ja eine Weltstadt sein, aber den Lift hatten sie hier nicht erfunden! Immerhin gab mir das die Gelegenheit, vier Stockwerke hindurch zu beobachten, wie die blauen und weißen Bodenfliesen immer neue geometrische Muster bildeten. Interessant.

Etwas außer Atem klingelte ich endlich bei „Dofinsky“.

Mein Vater musste schon an der Tür gewartet haben, denn er öffnete sofort und umarmte mich mitsamt meinen Blumen, als ob ich seine verlorene Tochter wäre. (Was ich ja eigentlich auch war!) Der Geruch von Kaffee und frisch Gebackenem schlug mir entgegen. Vater nahm mir meine Jacke ab und drapierte sie sorgfältig auf einem ledergepolsterten Kleiderhaken. Aus einer Tür, die wahrscheinlich in die Küche führte, kam eine Frau und lächelte mich an. Sie hatte ein breites, freundliches Gesicht, eine mütterlichrunde Figur und blondes dauergewelltes Haar.

„Dorota, meine Frau“, stellte mein Vater vor.

„Victoria!“, rief sie mit leicht gutturalem Akzent. „Meine Tochter!“ Und auch sie umarmte mich. Obwohl ich es genoss, so herzlich empfangen zu werden, wurde mir die Umarmerei schon fast zu viel. Meine Mutter hatte bekanntlich nicht viel von Zärtlichkeit gehalten – ich war's einfach nicht gewöhnt! Außerdem beschlug dabei meine Brille. Ich musste sie abnehmen und mit dem Zipfel meiner Bluse putzen.

Unter freudigen Ausrufen aller Art wurde ich ins Wohnzimmer geschoben. Schnell setzte ich die Brille wieder auf und versuchte, so viele Eindrücke wie möglich gleichzeitig aufzunehmen.

Als Erstes sah ich die Torte auf dem niedrigen Couchtisch. Sie war selbst gebacken (also nicht ganz gerade), mit Erdbeeren und Schlagsahne verziert und mit einer Kerze geschmückt. *Nanu?* Daneben lag ein in Geschenkpapier gewickeltes Päckchen. *Doppel-Nanu!*

Das Wohnzimmer selbst sah ziemlich unspektakulär aus – Wandverbau mit einem Fernseher, HiFi-Anlage, Büchern und kleinen Ziergegenständen, ein grün gemustertes Sofa vor dem Tischchen mit der Torte, drei Lehnsessel im gleichen Muster. Helle Tapete, ein Landschaftsstich über dem Sofa, Kinderfotos und ein gerahmtes Plakat von „My fair lady“ neben der Tür. Das alles scannte ich mit einem schnellen Rundum-Blick, um dann zum Wesentlichen zu kommen: In zwei der Sesseln saßen junge Männer, die bei meinem Eintreten geflissentlich aufsprangen.

„Victoria, das sind meine Söhne“, sagte Dorota mit ihrer kehligen Stimme. „Sebastian!“ Sie zeigte auf den jüngeren, einen großen dünnen Jungen Anfang zwanzig, auf dessen Kopf sich der Dofinsky'sche Drahthaar-Look mit dem Blond seiner Mutter zu einem rötlich-gelben Gestrüpp verband.

Glücklicherweise umarmte mich mein Bruderherz nicht, sondern streckte mir nur seine Hand entgegen. „Hallo“, grinste er verlegen.

„Und Marek!“

Der Ältere musste schon mehr in meinem Alter sein. Er war nicht mehr so schlaksig und hochgeschossen wie Sebastian, sondern breitschultrig und, na ja, eben ein Mann. Er schien die Beschaffenheit seines Haars von der Mutter zu haben, denn es hatte sich scheiteln lassen. Es war übrigens braun, dieses merkwürdig scheitelbare Haar, genau wie Mareks freundliche Augen.

„Willkommen, Schwesterchen!“ Er schüttelte mir die Hand. Auch er wirkte ein bisschen verlegen.

Ich entspannte mich innerlich. Der erste Eindruck war positiv. Die Mutter und die Brüder wirkten sympathisch und unkompliziert. Sie schienen keine Vorurteile gegen mich zu haben (nur verständliche Neugier), und es sah auch nicht nach Hofzeremoniell aus.

Apropos Zeremoniell – ich merkte plötzlich, dass meine linke Hand noch immer den Blumenstrauß umklammerte! Hastig riss ich das Papier herunter und streckte Dorota die Narzissen hin, die vom Umarmen leicht ramponiert waren. Sie tat überrascht – „Oh, für mich? So scheene Blumen!“ –, Marek nahm mir taktvoll das Papierknäuel aus der Hand, und Vater schleppte eine Bleikristallvase aus der Küche herbei. Dorota versorgte die Blumen, sodass sie wieder fast manierlich aussahen, und wies mir einen Sitzplatz auf dem Sofa zu.

„Hab ich geheert, dass du bald Geburtstag hast“, sagte sie und zündete die Kerze auf der Torte an. „Darum sollst du einen Geburtstagskuchen haben!“

Ich errötete vor Überraschung. Woher wusste sie das?

„Und ein kleines Geschenk“, murmelte mein Vater und schob das eingewickelte Päckchen näher. „Schließlich haben wir einiges nachzuholen!“

Ich blies schnell die Kerze aus und begann die Torte zu zerteilen. Befangenheit überspielt man am besten mit Essen, und jetzt war ich gerade *sehr* befangen!

„Na los, mach’s auf!“, ermunterte mich Sebastian und zeigte auf das Geschenk. „Keine Sorge, es ist nichts Wertvolles drin!“

„Also gut.“ Ich wickelte das Papier ab, und zum Vorschein kam ein kleines selbst gebasteltes Heft.

„Gutschein für einen Besuch im Burgtheater“, stand schön gemalt auf der ersten Seite. Ich blätterte weiter. „Gutschein für Oper oder Musical – Gutschein für einen Nachmittag im Wurstelprater – Gutschein für einen Wiener Walzer – Gutschein für eine Jause im Sacher“, und so ging es weiter. Zehn verschiedene Veranstaltungen bot mir das Heftchen an! Ich war richtig gerührt. Sie kannten mich zwar praktisch nicht, aber dennoch war es ihnen gelungen, mir eine Freude zu machen!

„Oh Mann, wow, das ist ja total lieb!“, stotterte ich überwältigt.

„Klar“, bemerkte Sebastian trocken. „Wir sind schließlich die netteste Familie zwischen Gramatneusiedl und Alaska, und wir wollten nur sichergehen, dass du das gleich checkst!“

Ich wusste nicht, wo Gramatneusiedl war, aber ich war dankbar für sein Herumalbern. Es half mir, nicht vor Rührung in Tränen auszubrechen! „Was bedeutet das hier – Wurstelprater?“, fragte ich mit einem Blick auf Seite 3 meines Gutscheinheftes. „Ist das eine Würstchenbraterei?“

Meine beiden Brüder wechselten einen schnellen Blick und unterdrückten ein Grinsen.

„Der Prater“, beeilte sich mein Vater zu erklären, „ist ein großer Park mitten in Wien. Und dort gibt's auch einen Vergnügungspark, das ist der Wurstelprater. Dort steht auch das Riesenrad, das hast du bestimmt schon gesehen.“

„Das ist eines von Wiens Wahrzeichen“, gab ich mal wieder mein Reiseführer-Wissen zum Besten.

„In den Prater geh' ich auch mit!“, rief Sebastian schnell.

„Und hier, Wiener Walzer?“, fuhr ich fort. „Was ist damit gemeint?“

„Na, der Tanz!“, rief Marek aus. „Kannst du Walzer tanzen?“

Ich nickte. „Hab ich in der Tanzschule gelernt. Das ist aber schon ein paar Jahre her!“

„Gut! Wenn du auf einen Ball gehen willst, kommst du daran nämlich nicht vorbei!"

Ich war bisher noch gar nicht auf die Idee gekommen, auf einen Ball zu gehen. Meine diesbezüglichen Erfahrungen beschränkten sich auf das Frühjahrskränzchen der Moosheimer Tanzschule, und ob es das war, was man in Wien unter einem „Ball" verstand, sei dahingestellt. Na ja, und überhaupt – ohne Partner ...?

Aber bevor ich irgendwas sagen konnte, war Marek aufgesprungen, verbeugte sich formvollendet vor mir, führte meine Hand an seine Lippen und fragte: „Darf ich bitten, gnädiges Fräulein?"

So viel zum Thema Hofzeremoniell ...

Marek zog mich hoch, Sebastian hatte inzwischen hurtig eine Scheibe in den CD-Player gesteckt, und ehe ich es mich versah, wurde ich von Marek zu den Klängen des Donauwalzers im Kreis geschoben.

„Eins, zwei, drei! Eins, zwei drei!", raunte er in mein Ohr, bis ich den Rhythmus gefunden hatte. Schon walzten wir wild über den Teppich. Die anderen sprangen auf und schoben rasch die Möbel an den Rand des Zimmers, damit wir mehr Platz hatten.

Ich hatte keine Ahnung gehabt, wie entsetzlich lang der Donauwalzer war! Wir tanzten und tanzten, das Zimmer verwischte zu bunten Strichen, die rasend schnell vorüberwirbelten, und Mareks Gesicht war das Einzige, was ich halbwegs deutlich sehen konnte. Es kam, wie es kommen musste: Ich stolperte über die Teppichkante, taumelte rücklings gegen das beiseite geschobene Tischchen und setzte mich voll in die restliche Erdbeertorte.

19. Kapitel

Es dauerte einen Augenblick, bis das Zimmer aufhörte, sich um mich zu drehen. Der Donauwalzer machte noch immer schmissig „Hump-tataa“ und übertönte die Entsetzensschreie meiner Familie.

Oder halt – die schrieen ja gar nicht! Die ... lachten!

Marek, den ich beim Fallen mitgerissen hatte, lag halb über mir und rang vor Lachen nach Luft. (Vielleicht auch wegen der Anstrengung vom Tanzen.) Mein Vater und Dorota waren herbeigesprungen, um uns aufzuhelfen, und auch die lachten aus vollem Hals! Und Sebastian rollte vor Vergnügen fast auf dem Teppich. Es war ansteckend. Plötzlich platzte ich auch mit Gelächter heraus.

„Lass sehen – ist was passiert?“ Dorota zog mich hoch, wischte sich die Lachtränen aus dem Gesicht und begutachtete meine Kehrseite, die mit Erdbeeren und Schlagsahne verziert war.

„Ist nicht schlimm“, stellte sie fest. „Muss man nur gleich waschen. Hm, warte ... ziehst du Gewand von mir an, gut?“

Marek schleckte seinen Ärmel ab, der ein wenig Sahne abgekriegt hatte. „Gut schaust du aus!“, neckte er mich.

Dorota schob mich ins Schlafzimmer und gab mir einen Rock. Sie verließ diskret das Zimmer, damit ich mich umziehen konnte, und nahm dann meine Jeans und die Bluse entgegen, um sie schnell auszuwaschen.

Ich setzte mich in meinem unversehrt gebliebenen T-Shirt und Dorotas Rock, der mir zu groß war, wieder zu den anderen. Eigentlich hätte ich vor Peinlichkeit im Boden versinken müssen, aber irgendwie war alles halb so schlimm. Ich dachte flüchtig an meine Mutter mit ihrem „Hach-was-werde-ich-froh-sein-wenn-das-Kind-erst-verheiratet-ist“-Augenaufschlag und erschauerte. Mein Vater hatte Recht: Mutter war ein „bissel humorlos“. Dorota hingegen nahm alles gelassen und lachte viel.

Schon kam sie aus dem Bad zurück. „Muss noch trocknen“, erklärte sie. Vater hatte inzwischen die Erdbeer-Ruinen weggeräumt, die umgefallenen Blumen wieder aufgestellt und das Blumenwasser aufgewischt. Wie durch ein Wunder war kein Geschirr zu Bruch gegangen.

„Der Kuchen war übrigens ganz köstlich“, sagte ich zu Dorota.

„Ist polnisches Rezept, von meine Mutter.“

Sebastian hatte seinen Lachkrampf endlich unter Kontrolle bekommen. „So, verehrte Familie“, begann er feierlich (Hofzeremoniell?!), „es ist zwar grad eine Mords-Gaudi hier bei euch, aber ich muss mich noch mit der Lisa treffen.“ Er schenkte mir einen belustigten Blick. „Und die Mädeln haben das nicht gern, wenn man sie versetzt – da sind sie alle ein bissel mühsam. Stimmt's?“ Er zwinkerte mir verschwörerisch zu und hob grüßend die Hand zum Abschied.

„Die Lisa ist seine Freundin“, erklärte Marek unnötigerweise, als er draußen war.

„Ah ja. Und du?“

„Ich? Nein, meine Freundin ist sie nicht“, schmunzelte er.

Ich verdrehte ungeduldig die Augen. „Na, aber hast du eine? Eine eigene? Ich bin schließlich deine große Schwester, du solltest keine Geheimnisse vor mir haben!“

„Na ja, es gibt da so hin und wieder eine Michaela“, gab er zu. „Und du?“

Hoppla, Fettnapf! Was musste Doofi aber auch so ein Thema anschneiden?! „Äh … bei mir gibt es keine Michaela“, wandelte ich seinen Scherz ab.

„Das hoff' ich doch! Aber vielleicht einen Michael?“

Ich seufzte tief.

„Lass sie doch in Ruhe!“, mahnte mein Vater. „Vielleicht möchte sie uns das nicht erzählen!“

Ich hob abwehrend die Hand. „Doch, doch. Ist schon okay. Warum nicht?“ Ich seufzte noch einmal. Vielleicht wurde es ja sogar leichter, wenn man darüber sprach? „Ich war verlobt – bis vor kurzem. Hatte sogar schon ein Brautkleid, die Einladungen waren verschickt. Aber mein Verlobter hat … äh … also, mit meiner besten Freundin … äh … was angefangen, und sie wurde schwanger, und … na ja, jetzt muss er eben sie heiraten."

Betroffenes Schweigen folgte meinen Worten. Dorota, Vater und Marek schauten mitfühlend.

„Äh, und von daher hab ich derzeit mit Männern nichts am Hut", schloss ich steif. „Außer mit Verwandten, natürlich!", fügte ich dann noch schnell hinzu. „Aber Väter und Brüder sind ja keine Männer … sozusagen."

„Waaas?", brauste Marek gespielt auf. „Was denn sonst?"

„Na ja … Verwandte eben", stammelte ich hilflos. Doofi Katastrophi redete sich gerade mal wieder um Kopf und Kragen. „Ich meine … die zählen nicht als Männer … äh … also, die kommen ja eh nicht in Frage …"

„Ja ja, schon klar." Marek klopfte mir besänftigend auf die Schulter. „Ich mach doch nur Spaß. Tut mir echt Leid, dass du solches Pech gehabt hast!"

Ich nickte dumpf.

„So ein fesches, liebes Mädel findet doch sofort neue Verehrer!", warf sich mein Vater in die stolze Vaterbrust.

Ich winkte ab. „Wie gesagt, ich hab momentan die Nase voll. Bloß keine Beziehung mehr!"

„Das kommt mit der Zeit wieder!", bemerkte Dorota fröhlich. „Möchte noch jemand Kaffee? Erdbeerkuchen ist kaputt, aber ist noch Apfelstrudel von gestern da!"

„Ja, bitte!" Das Essen von Kuchen hob die Stimmung immer sofort, und im Reich des seligen k. und k. Kaisers Franz Josef gingen die Mehlspeisen anscheinend niemals aus …

*

Ich fühlte mich unglaublich wohl mit meiner neu entdeckten Familie. Das Erstaunliche war, dass auch sie sich anscheinend mit mir wohl fühlten – obwohl ich bereits versucht hatte, die Wohnung zu verwüsten. Später am Abend fragte mein Vater mich sogar, ob ich nicht bei ihnen wohnen wollte! Er zeigte mir ein kleines Zimmer, das mit Bett, Tisch und Schrank wie ein Gästezimmer möbliert war, und bot mir an, hier einzuziehen.

Mein Blick wanderte zu einem Stoß Bücher auf dem Nachttisch. „Aber … jemand benützt doch das Zimmer, oder?“

„Manchmal meine Cousine Renata wohnt hier“, erklärte Dorota. „Sie kommt zweimal in Monat von Polen, um ein bissel Geld zu verdienen. Kochen, putzen. – Aber sie kann in Wohnzimmer schlafen“, fügte sie schnell hinzu.

„Oh, hm … das ist sehr lieb von euch“, stotterte ich. „Aber ich glaube, ich bleibe lieber bei Sorans wohnen – es ist einfacher, weil ich doch im Zweitberuf Kindermädchen bin. Und ich will ja der Cousine nicht das Zimmer wegnehmen. Aber danke!“

Es war längst dunkel, als ich die Wohnung meines Vaters verließ. Marek fuhr mich im Wagen unseres Vaters nach Hause.

„Und?“, fragte er mich nach einer längeren Schweigepause. „Was hältst du von unserer Familie?“

Über genau diese Frage hatte ich natürlich gerade nachgegrübelt.

„Es geht bei euch sehr lustig zu“, sagte ich.

„Das liegt aber an dir“, behauptete er. „Du bist ja eine richtige Lachwurz’n!“

„Eine was?“

„Eine Lachwurz’n! Jemand, der viel lacht!“

„Ehrlich? Das hat mir noch niemand gesagt!“ (Genau genommen hatte ich dieses Wort noch nie zuvor gehört.) *Jemand, der viel lacht*? Bisher war ich bloß jemand gewesen, der sich viel lächerlich machte! „Weißt du … meine Mutter ist eher ziemlich ernst …“

„Ich weiß. Ein bisserl humorlos, hat der Vater gesagt. Aber du bist nicht so. Überhaupt nicht! Du bist lustig, locker, unkompliziert. Ich glaube, mit dir werden wir viel Spaß haben. Übrigens – der Walzergutschein, der ist nicht verbraucht. Das war heut nur ein Probedurchgang. Vielleicht solltest du wirklich auf einen Ball gehen!"

„Allein?" Ich verzog das Gesicht.

„Unsinn! Wozu hast du denn jetzt einen Vater und zwei Brüder? Dass wir keine ‚richtigen Männer' sind, weiß ja keiner außer dir!"

„Hör mal – es tut mir Leid, ich wollte dich nicht in deiner Männlichkeit kränken! Ich bin sicher, dass du ein richtiger Mann bist, bloß nicht ... na, du weißt schon ..."

Er lachte. „Hey, Mädel, keine Panik! Ich bin nicht beleidigt, wirklich! Ich verstehe schon, was du meinst. Du meinst, dass ich als dein Bruder als potentieller Ehekandidat nicht in Frage komme. Und das ist gut so, sonst würdest du eh gleich die Flucht ergreifen, weil du zur Zeit Angst vor einer neuen Beziehung hast."

„Genau!" Dass jemand, der mich erst seit heute kannte – und noch dazu ein Mann! –, meine Gefühlslage so gut begriffen hatte, überraschte mich. „Du bist wohl ein ‚Frauenversteher', was?", neckte ich ihn. Oder lag es doch irgendwie an der Verwandtschaft?

„Na ja, ich bin nicht auf der Nudelsupp'n daherg'schwommen", gab er zu (was immer er damit auch meinen mochte). „Schließlich hab ich im Lauf von 31 Jahren schon die eine oder andere Frau ein bisserl näher kennen gelernt."

Ich zuckte zusammen. „31 Jahre?"

„Äh – ja, so alt bin ich."

Wir waren vor meinem Haus angekommen. Marek parkte und stellte den Motor ab. Aber ich war nicht bereit, jetzt auszusteigen. Was sagte er da gerade? 31 Jahre? Wie konnte er älter sein als ich???

„Wieso bist du ...?", stotterte ich. „Wie kann ...?"

Es lag auf der Hand, dass Marek keine Chance hatte, diese etwas unpräzisen Fragen zu beantworten. Aber ich beantwortete sie mir bereits selbst. Hatte unser Vater nicht gesagt, Dorota wäre seine Jugendliebe gewesen? Also hatte er sie schon *vor* meiner Mutter gekannt – und zwar offensichtlich sogar ziemlich gut! War er womöglich ein Bigamist, der mit Dorota und meiner Mutter zugleich verheiratet war? Oder hatte er Dorota damals noch nicht geheiratet, obwohl sie bereits ein Kind von ihm hatte? Fühlte er sich noch zu jung? Ich rechnete mir aus, dass er bei Mareks Geburt höchstens 22 oder 23 gewesen sein konnte. Oder waren die bürokratischen Hürden zu hoch, weil sie in Polen lebte und nicht raus durfte? Oder – welch erhellender Gedanke! – hatte er womöglich auch von Marek zunächst gar nichts gewusst? War Marek das Ergebnis einer Urlaubsliebe, und Dorota hatte ihm aus irgendeinem Grund nichts davon gesagt? Vielleicht hatte sie keine Möglichkeit gehabt, von Polen aus Kontakt zu ihm aufzunehmen?

Mein Vater – ein Herzensbrecher, der durch Europa reiste und überall Kinder hinterließ, von denen er erst Jahre später erfuhr?! Wie viele Halbgeschwister mochte es noch geben?

„He, hat's dir die Red' verschlagen?", erkundigte sich Marek, der geduldig neben mir saß und darauf wartete, dass ich entweder ausstieg oder zumindest meine Frage verständlich formulierte.

„Ich … äh … sag mal, ist unser Vater ein Frauenheld?"

„Wieso?", fragte Marek verblüfft.

„Na ja … weil er anscheinend überall Kinder zeugt, von denen er gar nichts weiß …", murmelte ich mehr zu mir selbst. „Wie alt warst du, als deine Eltern heirateten?"

„Fünf."

Also doch! Nun, zumindest war es nicht Bigamie. Zu der Zeit war mein Vater von meiner Mutter schon geschieden gewesen. „Dann bist du unehelich geboren?"

„Ja. Ist das ein Problem?"

„Nein, nein!", beeilte ich mich zu versichern. „Aber … heißt du dann überhaupt Dofinsky?"

„Ich bin als Marek Ksiezopolski geboren und nach der Heirat auf Dofinsky umgeschrieben worden oder so was."

„Oh! Ein Glück!"

„Wieso ein Glück?", fragte er überrascht.

„Weil ich deinen anderen Namen niemals aussprechen könnte“, grinste ich.

„Fleißig üben!“, empfahl er. „Soll ich dir’s aufschreiben? Übrigens, die Antwort ist nein.“

„Die Antwort worauf?“

„Auf die Frage, ob unser Vater ein Frauenheld ist! Er ist vielleicht ein bisserl ein Strizzi, aber so viel ich weiß, war er meiner Mutter die ganze Ehe über treu.“

„Aha.“ Ich wollte nicht schon wieder Unwissenheit zur Schau stellen, also verkniff ich mir die Frage, was denn ein Strizzi sein mochte. Irene würde mir das morgen sicher übersetzen.

20. Kapitel

Ich lag allein auf meinem Bett und ließ mir die Ereignisse des Nachmittags durch den Kopf gehen. Meine Brüder. Ein großer und ein kleiner! Man sollte es nicht für möglich halten, dass in dieser ganzen absurden Sache immer noch Überraschungen drin waren! Aber dass einer meiner Brüder auch noch älter war als ich, setzte dem Ganzen irgendwie die Krone auf.

Andererseits: War ein großer Bruder nicht der Traum aller Mädchen (bis auf die natürlich, die tatsächlich einen hatten)? Man denke nur: einen Beschützer zu haben, der alle verhauen konnte, die mich ärgerten und „Doofi Katastrophi“ riefen! Ach, hätte ich ihn bloß 20 Jahre früher gekannt ...!

Mein Handy läutete und riss mich aus meinen wehmütigen Gedanken. Im Display blinkte „Mutter“. Hastig wies ich den Anruf ab. Nein, dazu war ich jetzt nicht bereit! Wie konnte ich mit meiner Mutter sprechen – nach allem, was sie mir angetan hatte? Ich hatte keine Ahnung, wie ich mit der Situation umgehen sollte! Sollte ich ihr erzählen, was ich alles erfahren hatte, oder so tun, als wäre nichts geschehen? Sollte ich einen subtilen Racheplan aushecken oder ihr meine Vorwürfe ins Gesicht schleudern? Ein klügeres Wesen als ich hätte sich längst eine Strategie zurechtgelegt, denn ich hatte natürlich, seit ich in Wien war, schon ein paar Mal mit meiner Mutter telefoniert. Irgendwie hätte ich damit rechnen können, dass sie wieder mal anrief. Aber in diesen vergangenen zehn Tagen, seit ich meinen Vater kennen gelernt hatte, waren meine Gefühle so in Aufruhr gewesen, dass ich gar nicht daran gedacht hatte.

Die ganze Sache musste herauskommen, so viel war klar. Aber wie? Auch wenn ich Mutter jetzt am liebsten angeschrien und mit Vorwürfen überhäuft hätte – was konnte ich schon damit erreichen? Offenbar rechnete sie ja damit, dass ich es herausfand, und würde höchstens ihre Anstrengungen verdoppeln um jedem klar zu machen, dass ich verrückt geworden war. Nein, viel besser wäre, wenn alles mit einem Knalleffekt in ganz Moosheim bekannt würde! Aber glaubwürdig musste es sein. Nicht, dass Doofi Katastrophi am Ende wieder als die Blamierte dastand! Diesmal, dieses eine Mal musste meine Mutter diejenige sein, die blamiert wurde. Das war ich mir schuldig!

Da, sie rief schon wieder an! Sie ließ nicht locker, wie? Kaum hatte sie mal zehn Tage nichts von mir gehört, schon musste sie mich kontrollieren! Wieder würgte ich die Verbindung ab. Ich wusste, ich könnte jetzt nicht so tun, als ob nichts wäre, aber ich wollte mir die Überraschung nicht verderben.

Man müsste meinen Vater dazu bringen, mit mir nach Moosheim zu fahren. Dann würde ich ihn auf einen von Mutters Empfängen mitnehmen und ihn all den honorigen Lokalpolitikern und Gesellschaftsgrößen als „meinen verstorbenen Vater“ vorstellen. Ha! Bei Großmutter müsste ich natürlich darauf achten, dass ein Arzt in der Nähe wäre, denn die würde danach Wiederbelebungsmaßnahmen brauchen. Ha! Ha!

Schon wieder läutete das Handy. Die gab wohl nie auf? Aber als ich erneut den „Aus"-Knopf drücken wollte, sah ich, dass es diesmal Dorit war. Ich hob ab.

„Hi, Vicki, alles okay?", begrüßte sie mich. „Deine Mutter rief mich an und sagte, dass sie dich nicht erreichen kann. Sie klang besorgt, darum wollte ich es jetzt mal probieren."

„Oh! Ich ... na ja, ich will gerade nicht mit meiner Mutter sprechen", erklärte ich.

„Sie sagte, sie hätte schon zwei Wochen lang nichts von dir gehört", bemerkte Dorit. „Was ist denn los?"

Ich sagte ihr, was los war. Und wie! Wir telefonierten ziemlich lange. Immerhin war Dorit diejenige gewesen, die mir von Dirks Verrat zu erzählen versucht hatte und die mir auch von Mutters Komplott erzählt hatte – also war sie wohl vertrauenswürdig. Wer, wenn nicht sie?

„Dann war sie all die Jahre überhaupt keine Witwe?", wunderte sich Dorit, als ich mit meiner Geschichte fertig war. „Das ist ja unfassbar! Bist du sicher?"

„He, hallo! Sag bloß, du glaubst mir nicht?! Denkst du vielleicht jetzt auch schon, dass ich verrückt geworden bin? Soll ich dir ein Foto von ihm schicken? Oder willst du vielleicht meine Tante fragen?"

„Nein, schon gut, natürlich glaube ich dir!", versicherte sie hastig. „Ich kann's nur nicht fassen ... So eine Geschichte jahrelang aufrecht zu halten! Und jeder hat's geschluckt!"

„Besonders ich!", knurrte ich. „Denk nur – mich als Waisenkind aufwachsen zu lassen! Und dabei hab ich hier eine komplette Familie! Aber das wird sie mir büßen!"

„Wirklich unglaublich!", wiederholte Dorit, ohne auf meine letzte Bemerkung einzugehen. „Was sie für Opfer gebracht hat, nur um den Schein zu wahren! All diese Jahre hat sie dich allein aufgezogen, und sie konnte nicht wieder heiraten, weil sonst womöglich alles aufgeflogen wäre!"

„Und was ist mit *meinen* Opfern?", protestierte ich.

„Sie muss eine wahnsinnige Angst vor deiner Großmutter haben", sinnierte Dorit weiter. „Ist das nicht schrecklich?"

Ich hielt in meinem Selbstmitleid für einen Augenblick inne, um diese letzte Bemerkung zu überdenken. Dass meine Mutter ihre Lebenslüge nicht aus reiner Bosheit gegen mich aufgerichtet hatte, sondern möglicherweise auch Gründe dafür gehabt hatte, war ein völlig neuer (wenn auch leider nicht komplett abwegiger) Gedanke.

Grummel.

Ich *wollte* Mutter nicht verstehen! Ich wollte wütend, beleidigt, trotzig sein! Ich wollte geheime, perfide Rachepläne ausdenken und mich dabei im Recht fühlen!

„Sie kann einem wirklich Leid tun“, fuhr Dorit gnadenlos fort. „Stell dir vor, unter welchem Druck jemand stehen muss, um eine so unglaubliche Lüge für nötig zu halten. Und dann die ständige Angst, doch noch entdeckt zu werden! Deine Wien-Reise muss sie ja in totale Panik versetzt haben!“

Ich schwieg verkniffen ins Telefon. Meine Mutter war mir stets wie ein Mensch erschienen, der alles richtig machte, immer wusste, wo's langging und nur verächtlich auf jene herabsah, die unfähig und bar jeden Durchblicks tollpatschig durchs Leben torkelten (also auf mich). Dass sie unter Druck stand, dass sie panische Angst vor *ihrer* Mutter haben könnte – das war mir noch nie in den Sinn gekommen. Zu jedem anderen Zeitpunkt meines Lebens hätte diese Vorstellung meine Mutter menschlicher gemacht und uns vielleicht sogar näher zusammengebracht. Aber gerade jetzt war ich stinksauer auf sie – und das wollte ich mir nicht wegnehmen lassen!

Dorit mit ihrem mitfühlenden Verständnis, ihrem gut gemeinten Vermittlungsversuch erwischte mich total auf dem falschen Fuß. *Grr! Pastorentochter!!!*

„Na ja, und du?“, besann sie sich endlich wieder auf das Wesentliche. „Wie geht es denn dir jetzt damit?“

Dieses Thema wollte ich nur zu gerne ausführlich besprechen. Dorit muss an dem Abend einen Monatslohn in Fernsprechgebühren investiert haben, die Gute! Ich schilderte ihr meinen Vater und die restliche Familie, die ich ja heute zum ersten Mal im Leben gesehen hatte, in den glühendsten Farben. Über meine Gefühle war ich mir selbst noch nicht im Klaren. Überwog der Schock, so viele Jahre angelogen worden zu sein? Oder die Freude, endlich alle kennen gelernt zu haben? Oder der Kummer über die verlorenen Jahre? Oder die Neugier auf die Zukunft?

„Ehrlich gesagt, bin ich ziemlich von der Rolle“, gab ich schließlich zu.

„Hm“, machte Dorit nachdenklich. „Hast du über das Ganze schon mit Gott gesprochen?“ (*Aaaah! Pastorentochter!*)

„Ja … einmal. Gleich nachdem ich meinen Vater getroffen hatte. Da war ich in einer Kirche und … weißt du was? Mir wurde klar, dass ich mich eigentlich nie bewusst für Gott entschieden hatte! Der Glaube lief immer so selbstverständlich nebenher, aber von mir selbst gab's da eigentlich nie eine Entscheidung.“

„Und?“

„Na ja … das hab ich jetzt nachgeholt.“

„Oh, Vicki! Gratuliere! Dann ist Gott also jetzt der Herr über dein Leben? Das ist ja wunderbar!“ Dorit klang so entzückt, als ob jetzt alle Probleme mit einem Schlag gelöst wären und niemals wieder etwas schief gehen könnte. „Wenn du dich ganz unter seine Herrschaft begibst, kann sein Plan für dein Leben verwirklicht werden!“ Man sollte wirklich mit ihr nicht über theologische Fragen sprechen – sie verfiel sofort in diesen sülzigen Tonfall, den auch ihr Vater, der Pastor, im Gottesdienst drauf hatte. Ob so was erblich ist?

„Meinst du wirklich, dass jetzt sofort alles ganz anders wird?“, fragte ich skeptisch. Ich blickte schließlich auf eine langjährige Laufbahn als professionelle Chaotin zurück – so eine Veranlagung ließ sich sicher nicht über Nacht auslöschen! Und überhaupt, was war mit der plattgedrückten Erdbeertorte? Das war schließlich passiert, *nachdem* ich Gott als „Herrn meines Lebens“ angenommen hatte!

„Du musst nur Vertrauen haben!“, dozierte Dorit. „Glaube fest an Wunder, dann passieren sie auch! Du darfst Gott ruhig etwas zutrauen! Erwarte viel von ihm!“

„Ah ja?“

Als wir wenig später auflegten, glühte mein Ohr, und das Handy war auch schon ganz heiß. *Erwarte viel von ihm …* Dorit hatte mir ganz neue Perspektiven eröffnet.

Und die bezogen sich nicht so sehr auf meinen Vater als vielmehr auf Dirk …

21. Kapitel

Montags, mittwochs und donnerstags hatte ich Dienst in der Apotheke, Dienstag und Freitag waren meine Kindertage, wenn Tante Gabi in ihr Büro ging.

In dieser Woche war alles ein bisschen anders, weil die Kinder Osterferien hatten. Aber Julian war ins Ferienlager abgereist – er litt offenbar an dem in Österreich weit verbreiteten genetischen Defekt, sich fürs Schifahren zu begeistern, und das mitten im Frühling! –, und Didis Anwesenheit war kaum zu merken, denn sie las ja andauernd. Nur das Soran'sche Morgenritual mit Geschrei und Gepolter in der Küche entfiel. Stattdessen schob Tante Gabi morgens den kleinen Tommi durch die Tür meines (oder eigentlich seines) Zimmers und verabschiedete sich flüsternd. Da Onkel Leo schon im Morgengrauen mit Filou rausgegangen war, konnte ich gemütlich weiterdösen, so lange Tommi mich ließ (also ungefähr acht Sekunden).

Nach einem kleinen stärkenden Frühstück ging ich eine Stunde mit Tommi und Filou auf den Spielplatz, wo ich von den anderen Müttern und Kindermädchen schon wie eine alte Bekannte begrüßt wurde. Allerdings hielten wir es nicht lange aus, weil es so kalt und windig war. Also gingen wir wieder nach Hause und ich riss Didi aus ihrem Buch, um sie zu fragen, was sie zum Mittagessen wollte. Das war natürlich ein Fehler, wie ich mir hätte denken können.

„Germknödel mit Powidl“, schlug sie vor. „Oder von mir aus auch was mit Gemüse – Paradeiser und Gurkerln und Erdäpfel dazu, oder so.“

Dass sie mit „Gurkerln“ Essiggurken meinte, darüber wurden wir uns schnell einig. „Paradeiser“ und „Erdäpfel“ konnte sie mir übersetzen (Tomaten und Kartoffeln), aber ob es für „Germknödel“ und „Powidl“ auch eine deutsche Bezeichnung gab, wusste sie nicht. Es dauerte einige Zeit, bis mir an Hand ihrer Beschreibung aufging, dass sie eine Art süße Hefeklöße mit Zwetschgenmus meinte. Wie sich herausstellte, gab es das Zeug tiefgefroren im Kühlschrank (das hätte sie aber auch gleich sagen können!), und alle Kinder liebten es. Nach dem Essen wusch ich drei Hektoliter *Powidl* von Tommi und seiner näheren Umgebung ab und legte den Kleinen schlafen.

Während beide Kinder himmlisch ruhig waren, kam ich meinen Pflichten gegenüber Julian nach. Schmeichelhafterweise hatte er mich für die Zeit seiner Abwesenheit mit der Pflege von Sushi und Sashimi betraut. Die beiden Fische waren nicht schwierig zu betreuen, denn es gab eine Futtermaschine, die zweimal am Tag automatisch ein paar Futterflocken in das Aquarium schüttete. Sushi und Sashimi waren bereits auf das Geräusch des kleinen Motors konditioniert, der den Mechanismus antrieb. Sobald er surrte, schossen sie zur Wasseroberfläche hoch und warteten mit aufgesperrten Mäulern auf den Segen von oben.

Mein Job war es nur, darauf zu achten, dass die Maschine genug Futter enthielt, und einmal in dieser Woche das Wasser zu erneuern und die Pumpe zu reinigen. Aber da ich ja meinen Ehrgeiz dareinsetzte, Julians Vertrauen zu gewinnen, wollte ich ihm bei seiner Rückkehr die zwei bestgenährten, gesündesten und glücklichsten Fische „zwischen Gramatneusiedl und Alaska“ präsentieren (wie mein Bruder Sebastian wahrscheinlich sagen würde).

Ich schloss Julians Zimmer auf – welche Ehre, dass ich den Schlüssel erhalten hatte! – und näherte mich über Haufen von Kleidung und anderem Unrat hinweg dem Schreibtisch. Die Pumpe im Aquarium arbeitete zufrieden stellend, sie rührte fleißig das Wasser um, um es mit Sauerstoff anzureichern, und erzeugte ein angenehmes Plätschern. Sashimi, der dunkelrote Fisch, schlängelte sich graziös zwischen den Wasserpflanzen hindurch. Wo war Sushi? Vielleicht im Inneren des löchrigen Turnschuhs? Ich beobachtete das Aquarium eine Zeit lang, aber Sushi kam nicht raus. Dem gefiel es wohl da drin? Ich inspizierte die Futtermaschine – und dann sah ich Sushi. Er hing reglos zwischen den Blättern der Wasserpflanze an der Oberfläche. Hatte er sich verfangen? Nicht gut!

„He, du!" Ich stupste ihn vorsichtig mit dem Finger an, doch er rührte sich nicht. Jetzt erst fiel mir auf, dass er verkehrt rum dalag – mit dem Bauch nach oben. Gar nicht gut!

„Was ist? Übst du Rückenschwimmen?", murmelte ich hoffnungsvoll und schubste ihn stärker. Sushi würdigte mich keiner Antwort, sondern glotzte starr geradeaus und zuckte mit keiner Wimper. (Hatten Fische überhaupt Wimpern?)

Langsam wurde mir mulmig. Das blöde Vieh würde doch nicht etwa eingehen, ausgerechnet jetzt, wo ich auf ihn aufpasste? Wie alt wurden Fische denn so? Und wie alt war Sushi? Julian würde mich vermutlich seinerseits zu Sushi verarbeiten, wenn er sah, was mit seinem kleinen goldenen Liebling passiert war! Ich musste irgendwas tun – aber möglichst unauffällig!

Eigentlich hatte ich für den Nachmittag vorgehabt, mit Didi in eine Leihbücherei zu gehen, weil sie das bestimmt interessant finden würde – Tausende von Büchern, wo sie doch so einen großen Bedarf hatte! Nun musste ich meine Pläne ändern. Ich schlug ihr vor, ins Kino zu gehen.

„Du liest doch gern über erste Liebe", begann ich diplomatisch. „Da gibt's einen Film, der heißt ‚Tatsächlich Liebe' und handelt von erster Liebe, zweiter Liebe, letzter Liebe und Liebe überhaupt. Und er ist jugendfrei. Wäre das nicht was für dich?"

Didi zuckte die Achseln. „Hm ja, klingt okay. Ich kann aber auch einfach mein Buch …"

„Das Buch kannst du doch immer lesen, aber ich lade dich nicht alle Tage ins Kino ein, nicht wahr?", lockte ich mit Engelszungen. Ich musste sie loswerden, und zwar so schnell wie möglich – bevor Freund Sushi eventuell das Zeitliche segnen konnte!

Endlich hatte ich sie soweit. Es gab einen kleinen Rückschlag, als sie mitbekam, dass ich nicht mitgehen wollte.

„Aber ich muss doch auf Tommi aufpassen", führte ich ins Feld. „Der ist noch zu klein fürs Kino. Schau, ich geb dir auch noch Geld für Popcorn!"

„Also gut. Danke! Dann bis später!"

Endlich zog sie ab. Das war ein kostspieliges Vergnügen! Jetzt aber schnell ans Werk! Ich suchte mir aus dem Telefonbuch den nächsten Tierarzt heraus. Dann fahndete ich in der Küche nach einem geeigneten Gefäß und fand ein kleines Marmeladeglas mit Schraubdeckel. Das spülte ich sauber aus und schöpfte den leblosen Sushi mitsamt etwas Aquarium-Wasser hinein. Auf Tommis Mittagsschlaf konnte ich nun leider keine Rücksicht mehr nehmen, denn meine Zeit war begrenzt. Ich wickelte das schlafende Kind in eine Decke und packte ihn in seinen Buggy, wo er nach kurzem Protestgeheul zum Glück noch einmal einschlief. Mit Sushi, Kind, Hund und Stadtplan ausgerüstet eilte ich zum Tierarzt.

Im Wartezimmer saß ich eine geschlagene Dreiviertelstunde einem Rottweiler mit blutunterlaufenen Triefaugen gegenüber, der mich und meine Truppe die ganze Zeit über anstarrte und offensichtlich überlegte, in welcher Reihenfolge er uns am liebsten fressen würde: den mageren Filou als Appetithäppchen, die dicke Vicki als Hauptgang, und zum Dessert ein saftiges Baby? Oder doch lieber andersrum? Ich war ziemlich froh, als das liebe Hündchen endlich aufgerufen wurde. („Herr Oberhuber mit Pupperl, bitte!" *Pupperl*?!)

Die Nächsten waren dann auch schon wir – „Frau Dofinsky mit Susi, bitte!"

Ich trat in den Behandlungsraum, wo ein vertrauenerweckender grauhaariger Herr sich zu Filou runterbeugte und väterlich fragte: „Na, was hat sie denn, die kleine Susi?"

„Sushi", berichtigte ich, „nicht Susi! Und dem Hund fehlt nichts!" Ich zog mein Marmeladeglas aus der Buggy-Tasche und präsentierte den Patienten.

Der Arzt zuckte zurück. „Oh ... äh ... Fische kommen eigentlich eher selten ...", stotterte er. Dann rückte er seine Brille zurecht, griff nach dem Glas und studierte seinen Inhalt eingehend. Er schraubte den Deckel ab und stupste Sushi mit dem Finger an, genau wie ich – nur dass er dabei nicht mit ihm redete. Dann gab er mir das Glas zurück. „Der ist tot, gnä' Frau", meinte er mit sorgenvoll gefurchter Stirn. „Daran ist nichts zu ändern. Mausetot."

„Oh", brachte ich hervor. „Das ... das kann doch nicht sein! Gestern war er noch ganz frisch und munter ... Kann man denn gar nichts mehr machen?"

Er schüttelte den Kopf. „Jede Behandlung wäre vergebliche Liebesmüh'. Glauben Sie mir. Soll ich ihn ... äh ... fachgerecht entsorgen?"

„Danke", flüsterte ich entgeistert. *Ins Klo schmeißen kann ich ihn selber!* „Aber ... was mach ich denn jetzt?"

Er zuckte die Achseln. „Ich fürchte, ich kann Ihnen da nicht helfen. Das macht dann fünfundzwanzig Euro, bitte. Möchten Sie eine Quittung?"

Wie betäubt händigte ich ihm das Geld aus – wofür eigentlich? –, und während „Frau Sedlacek mit Minka" aufgerufen wurde, taumelte ich hinaus.

Was nun?

*

Ich schaffte es gerade noch rechtzeitig, das Glas mit Sushis sterblichen Überresten unter meinem Bett zu verstecken, bevor Didi aus dem Kino nach Hause kam. Aufgekratzt erzählte sie mir die Handlung des Films nach und schilderte mir ausführlich, welche Paare zusammengekommen waren und welche nicht und warum. Ich hörte nur mit halbem Ohr zu. Was verworrene Liebesgeschichten betraf, so hatte ich mit meiner eigenen genug – ich brauchte nicht auch noch Hollywood dazu!

Aber jetzt würde ja alles ganz anders werden. Dorits Expertenrat folgend würde ich viel von Gott erwarten, und mein Glaube würde Berge versetzen.

Und Bräute.

Und tote Fische.

An diesem Abend betete ich lange und ausführlich. „Gott, du bist Herr über Leben und Tod", setzte ich an. Das fiel sicherlich in die Kategorie „Lobpreis" und machte sich daher gut. „Danke, dass Julian mir vertraut", fuhr ich fort, denn ich erinnerte mich vage, dass „Dank" auch zu einem Erfolg versprechenden Gebet dazugehörte. Dann platzte auch schon mein Anliegen aus mir raus. „Ich weiß, dass du Sushi wieder auferwecken kannst! Bitte, mach ihn wieder lebendig!"

Schließlich war Totenerweckung ein Spezialgebiet von Jesus – und Fische auch. Hatte er nicht verschiedene Wunder mit Fischen getan? Wenn ich allerdings richtig drüber nachdachte, endeten diese Wunder für gewöhnlich damit, dass die Fische gegessen wurden – die wunderbare Brot- und Fischvermehrung, zum Beispiel. Auferweckt wurden immer nur Menschen; Fische wurden vermehrt. Warum nicht auch mal umgekehrt? Fische auferweckt und Menschen vermehrt?

Apropos Menschenvermehrung – da musste ich natürlich gleich wieder an Anja denken und daran, dass sie sich in wenigen Monaten vermehren würde … Und das brachte mich auch schon zu meinem nächsten Anliegen.

„Bitte bring Dirk zu mir zurück", betete ich hoffnungsvoll. „Du weißt, wie sehr ich ihn liebe. Er gehört mir! Anja hat sich bloß eingemischt, das ist doch quasi Ehebruch! Das kannst du doch nicht gut finden!“

Ich versuchte, Gott mit ein paar richtig guten Argumenten zu überzeugen, dass ich ein Anrecht auf Dirk hätte. Das musste er doch einsehen! Freilich spukte in meinem Hinterkopf ganz leise die Frage herum, was dann aus Anja und ihrem ungeborenen Kind werden sollte. Am besten wäre es, so dachte ich, wenn sie ganz einfach eine Fehlgeburt hätte. Problem beseitigt! Aber ich brachte es nicht fertig, ausdrücklich dafür zu beten – man konnte nicht gut in einem Atemzug um die Auferstehung eines Goldfisches und den Tod eines Babys bitten! Na, Gott würde schon eine Lösung finden, da war ich ganz zuversichtlich.

„Danke, dass du mir zuhörst“, schloss ich mein Berge versetzendes Gebet. „Danke, dass du meine Sorgen verstehst und dass ich viel von dir erwarten darf … überhaupt wo doch morgen mein Geburtstag ist!“

Dieser letzte Hinweis würde Gott hoffentlich endgültig davon überzeugen, dass ich ein paar Wünsche frei hatte. Zufrieden und voller Glauben schlief ich ein.

22. Kapitel

Mein Geburtstag graute trüb und regnerisch wie jeder Morgen in der letzten Zeit. Trotzdem fühlte ich mich beim Aufwachen irgendwie besonders. Dies war mein Geburtstag, mein ganz spezieller Tag! Ich fühlte mich, als ob ich heute den ganzen Tag über eine Prinzessin wäre. Außerdem erwartete ich für heute große Dinge – mein Glaube war so fest und unerschütterlich, dass Gott gar nicht anders konnte als meine Gebete zu erhören!

Ein Blick unter mein Bett belehrte mich, dass Sushi erstaunlicherweise noch immer tot war. Starr glotzend trieb er auf dem Rücken in seinem Glas und reagierte nicht auf gutes Zureden oder vollmächtige Befehle. Aber ich ließ mich nicht beirren. Der Tag hatte schließlich erst begonnen.

Ich frühstückte allein, denn die Familie hatte ja Ferien. Eigentlich wusste hierzulande gar niemand, dass ich heute Geburtstag hatte. Ich hatte keinerlei Feier oder Geschenke zu erwarten. Trotzdem blieb das festliche Prinzessinnen-Gefühl bestehen. Und dann wurde mir klar, dass ich seit meinem Gebet im Stephansdom ja tatsächlich eine Prinzessin war – ich war ein Kind Gottes geworden, die Tochter des allerhöchsten Königs überhaupt! Na, wenn das nicht ein gewisses Königstochter-Feeling rechtfertigte?! Gleich fühlte ich mich noch etwas besser – wie eine Königstochter, die auch noch Geburtstag hatte!

Beschwingt und mit einem Lied auf den Lippen langte ich in der Engel-Apotheke an. Ich winkte dem strengen Erzengel über der Tür zu, als ob er und sein Flammenschwert einzig und allein zu meinem Schutz da wären. Schließlich stand mir als Prinzessin doch sicher auch ein himmlischer Bodyguard zu!

„He, was is'n mit dir los?", fragte Irene, als sie meine gute Laune bemerkte. „Frisch verliebt, oder was?"

„Ich hab' heute Geburtstag!", verkündete ich. *Und verliebt werde ich hoffentlich auch bald wieder sein! Wenn auch nicht frisch, sondern alt...*

„Oh, gratuliere!" Irene fiel mir spontan um den Hals und bedachte mich links und rechts mit einem Küsschen. „Alles Gute! Darf ich dich in der Mittagspause auf ein Eis einladen?"

„Was geht denn hier vor?" Der junge Herr Magister war unbemerkt in der Tür erschienen und beobachtete unsere Umarmung halb eifersüchtig, halb tadelnd.

„Die Vicki hat heut' Geburtstag!", posaunte Irene strahlend hinaus.

„Ah so? Na, dann herzlichen Glückwunsch, Fräul'n Vicki!" Und schwupps, ehe ich noch zu Wort kam, umarmte mich der Kerl ebenfalls und küsste mich von allen Seiten.

„Äh ... danke!“ Ich drückte ihn von mir weg, so gut es eben ging, ohne unhöflich zu wirken.

Aber er war nicht zimperlich, sondern hielt mich umschlungen und sülzte: „Da können S' mir's doch heut nicht abschlagen, wenn ich Sie zum Essen einlade?“

„Ich ... äh ... hab heute schon was vor“, stotterte ich vage. Irene machte mir indessen hinter seinem Rücken Zeichen, die ungefähr „huh“ und „wow“ bedeuteten – anscheinend hatte er sie an ihrem Geburtstag noch nie zu etwas eingeladen! Wahrscheinlich war sie nicht sein Typ. Zu dünn, zu wenig Figur? Er stand wohl mehr auf wohlgerundete Kurven.

„Selbstverständlich gehören Sie heute Abend Ihrer Familie“, gurrte er, wobei er mich noch immer nicht losließ. „Ich dachte, ein kleiner Imbiss zu Mittag – in aller Freundschaft! Da werden S' doch nicht nein sagen?“

Irene rettete mich, indem sie (eine Minute zu früh) den Laden aufschloss und die draußen wartenden Kunden hereinließ. Das enthob mich zumindest vorläufig einer Antwort. Ich hätte dem zudringlichen Menschen ja einfach sagen können, dass ich verlobt war. Und ich zweifelte nicht daran, dass ich es bald wieder sein würde – verlobt nämlich –, denn Gott würde mein Gebet erhören und Dirk würde mich anrufen. Aber ich wollte Gott nicht vorgreifen. Sicher würde mein Handy bald läuten...

Es läutete auch tatsächlich mehrmals an diesem Vormittag, aber das waren bloß Dorit, Monika, meine Mutter und Johanna, die mir zum Geburtstag gratulierten. Da ich die Leitung für Dirk freihalten wollte und ja auch eigentlich im Dienst war, dankte ich ihnen kurz und versprach allen (bis auf meine Mutter), dass ich sie später zurückrufen würde. Aber Dirks Anruf blieb aus.

Schließlich blieb mir nichts anderes mehr übrig, als den jungen Herrn Magister in seine Mittagspause zu begleiten. Er schleppte mich zwei Gassen weiter in ein italienisches

Restaurant, das seine Vornehmheit durch weinrote Stofftischtücher und echte Blumen auf den Tischen dokumentierte. Wenn der gute Mann sich hingesetzt hätte, hätte ich mich ja wenigstens ihm gegenüber setzen können (also möglichst weit weg). Leider bestand er aber darauf, mir den Sessel zurechtzurücken, und als ich dann saß, setzte er sich natürlich neben mich.

Hmpf.

Ich drückte mich so gut es ging an die entferntere Ecke und verschanzte mich hinter der Speisekarte. Der Herr Magister bestellte „zwei Achterln Rot" und begann über die Qualität von „Olio extra vergine" und „Balsamico" zu fachsimpeln, und wie gesund die mediterrane Küche doch überhaupt sei. Der Kellner, ein schwarzhaariger, athletischer Jüngling mit feurigem Blick, brachte zwei Gläser Rotwein.

„So, jetzt stoß' ma auf Ihren Geburtstag an, Fräul'n Vicki", befahl der Magister. „Prost! Lang sollen S' leben!"

Er nahm einen Schluck. Ich befeuchtete nur meine Lippen. Süßer Wein schon zu Mittag, und das mir! Wo ich doch sofort beschwipst wurde! Aber ganz zurückweisen konnte ich des Magisters Vertraulichkeiten auch nicht – schließlich war er mein Chef. Und nach wenig mehr als einer Woche war ich sicher noch in der Probezeit und tat gut daran, meinen Chef nicht zu beleidigen.

„Ich bin ja so froh, dass der liebe Herr Hofrat gerade Sie empfohlen hat", sülzte er schon wieder. Dabei versuchte er doch tatsächlich, seine Hand auf meine zu legen! Ich tat, als hätte ich es nicht bemerkt, zog aber die Hand rasch weg, um nach meinem Glas zu greifen. Nun musste ich zwangsläufig auch ein Schlückchen nehmen.

„Sie haben doch in Irene bereits eine tüchtige Mitarbeiterin", versuchte ich das Gespräch von mir wegzulenken.

„Irene?", wiederholte er in wegwerfendem Ton. Dann besann er sich und fuhr in verantwortungsbewusstem Chef-Tonfall fort: „Sicher, sie ist eine zuverlässige Kraft, ja ja, keine Frage! Aber … menschlich … sind Sie doch eine, äh, große Bereicherung." Sein Blick ruhte gedankenverloren im Ausschnitt meiner Bluse und ließ wenig Zweifel darüber, welche meiner menschlichen Qualitäten ihn am meisten faszinierten.

Ich kicherte nervös und nahm noch einen Schluck Wein. Schon spürte ich, wie meine Arme und Beine schwerer wurden, mein Kopf aber ganz leicht. Warum bloß rief Dirk nicht endlich an? Er konnte doch meinen Geburtstag nicht vergessen haben?

Das athletische Feuerauge kam wieder und nahm unsere Bestellung auf. Ich bestellte Knoblauchcremesuppe (das wirkte vielleicht gegen mögliche Küss-Versuche?), irgendeinen teuren Fisch mit Kräutern und Trallala und danach noch Tiramisu und Espresso. Wenn der Typ mich schon unbedingt einladen musste, dann aber auch ordentlich! Leider bestellte er einfach dasselbe, was ihn gegen die Knoblauchdünste unempfindlich machen würde.

Beim zweiten Glas Wein wurde er noch kühner und fragte ganz unverblümt:

„Und, liebes Fräul'n Vicki, wie steht's bei Ihnen mit der Liebe? Sind Sie gar schon in festen Händen?"

Mein vom süßen Wein leicht benebelter Verstand hielt sich nicht mit Nebensächlichkeiten wie Nachdenken auf. „Na ja, es würde da schon jemanden geben", platzte ich undiplomatisch heraus.

Er zog überrascht die Augenbrauen hoch. *Na, was denn? Dachtest du, ich hätte bisher in einem elfenbeinernen Turm gewohnt, oder was?* Aber gleich hatte er sich wieder unter Kontrolle und lächelte mich gewinnend an.

„Würde?", wiederholte er. „Dann – äh, verzeihen Sie meine Offenheit – dann läuft es wohl nicht so recht nach Ihren Wünschen?"

Spätestens das wäre jetzt der Punkt gewesen, um ihn höflich, aber bestimmt davon in Kenntnis zu setzen, dass ihn das einen feuchtwarmen Dreck anging. Leider war ich zu einer so differenzierten Einschätzung der Situation nach zwei Gläsern Wein nicht mehr in der Lage. „Es ... na ja, hick, es gibt da noch eine andere ...", vertraute ich ihm leutselig an.

Wenn Doofi Katastrophi einen Schwips hatte, waren selbst die intimsten Geheimnisse nicht mehr sicher – nicht mal meine eigenen! Ich war doch tatsächlich drauf und dran, meinem aufdringlichen Chef zu verraten, dass Dirk zwar kurz vor unserer Hochzeit meine Freundin geschwängert hatte, dass ich aber überzeugt war, dass Gott unsere Beziehung trotzdem retten konnte. Zum Glück verschluckte ich mich stattdessen an einer der zwölf Millionen Gräten des teuren Fisches, der in Wirklichkeit nur ein als Fisch verkleidetes Nadelkissen war, und hustete mir fast die Augen aus dem Kopf sowie Thymiankrümel auf das weinrote Tischtuch.

Der Herr Magister sprang erschrocken auf und tätschelte hilflos meinen Rücken. Glücklicherweise eilte sofort der feurige Kellner herbei, schob den Magister beiseite und knallte mir die flache Hand zwischen die Schulterblätter. Die Wucht dieses Schlages katapultierte die Gräte aus meiner Luftröhre und quer durchs Lokal und rettete mich so vor dem sicheren Erstickungstod.

Nach Luft schnappend sank ich auf meinen Stuhl zurück. Feuerauge brachte mir ein Glas Wasser und bedachte mich mit glutvollen Blicken, die ich aber im Moment nicht so recht würdigen konnte. Der Magister hatte von meinem Rücken abgelassen und fand offenbar, dass es am besten wäre, so zu tun, als sei nichts geschehen.

„Ja ja, die enttäuschte Liebe", seufzte er bedeutungsschwer und tätschelte zur Abwechslung meine Hand. Ich röchelte noch nach Luft und war zu schwach, um mich zu wehren. „Davon kann ich auch ein Lied singen", fuhr er fort. „Niemand kann einen so schmerzlich verletzen wie der Mensch, den man zu lieben meint, nicht wahr?"

Ich gab ein ersticktes Husten von mir, das weder Ja noch Nein bedeutete, und entzog ihm meine Hand, um mich am Wasserglas festzuhalten. Der Vorfall hatte mich ernüchtert. Bloß – wie konnte ich mich jetzt aus der Affäre ziehen? Das

Gespräch nahm gerade eine Richtung, die mir gar nicht gefallen wollte, und mein Erstickungsanfall würde in spätestens fünf Minuten anfangen, unglaubhaft zu wirken.

Ich schlürfte einen Schluck Wasser und überlegte krampfhaft, wie ich das Gespräch in unverfängliche Bahnen lenken könnte. Aber mein erst durch Alkohol und dann auch noch durch Sauerstoffmangel beeinträchtigtes Gehirn war wie gelähmt.

In diesem Augenblick erschien mir mein himmlischer Bodyguard, mein persönlicher Schutzengel. Er hatte zwar kein Flammenschwert bei sich, aber immerhin einen Regenschirm, und er sah genauso aus wie mein großer Bruder Marek.

23. Kapitel

„Vicki, mein Schatz!", rief Marek, eilte auf mich zu und umarmte mich stürmisch. „Endlich! Ich irre von Sehnsucht getrieben durch die halbe Stadt! Alles Gute, alles Gute!"

Ich blinzelte, riss die Augen auf, zwinkerte, aber die Erscheinung blieb. War das wirklich Marek? *So* betrunken war ich doch nun auch wieder nicht …? Oder waren alle verrückt geworden? Auch der Herr Magister zuckte zurück und beäugte Marek mit misstrauisch gerunzelter Stirn.

„Deine Kollegin hat mir gesagt, wo ich dich wahrscheinlich finden kann", redete Marek weiter. „Und auch mit wem! Oh, Entschuldigung!" Er ergriff des Magisters Hand und schüttelte sie. „Gestatten, Ksiezopolski!" Er verbeugte sich formell und wandte sich dann wieder an mich: „Aber keine Sorge, das ist ganz okay. Warum solltest du nicht mit deinem Chef in die Mittagspause gehen, nicht wahr? Bitte, bleiben Sie doch sitzen!", sagte er zum Magister. „Essen Sie ruhig fertig. Ich setze mich einfach dazu, wenn Sie nichts dagegen haben."

Ich war sicher, dass der Magister etwas dagegen hatte, aber Marek saß schon an meiner anderen Seite und grinste freundlich über den Tisch.

In erstaunlich kurzer Zeit hatte der Herr Magister seinen Nachtisch beendet. „So, ich glaube, ich muss wieder ins Geschäft", seufzte er theatralisch. „Aber lassen Sie sich ruhig Zeit. Sie haben sicher mit diesem ... *Herrn* einiges zu besprechen." Sein Tonfall verriet, dass er Marek für mancherlei hielt, aber sicher nicht für einen Herrn.

„Sie sind selbstverständlich mein Gast", fügte er hinzu und küsste mir formvollendet die Hand. „Liebes Fräul'n Vicki, es war mir eine Ehre, dass Sie mit mir gespeist haben. Ich hoffe, wir werden das bei Gelegenheit wiederholen!" Er verbeugte sich knapp in Richtung Marek und schritt davon. Im Hinausgehen beglich er bei Glutauge die Rechnung.

Kaum war er draußen, da zischte ich Marek auch schon zu: „Sag mal, was war das denn jetzt für ein Auftritt? Was sollte das – ‚Vicki, mein Schatz' und so?"

Marek grinste. „Deine Kollegin hat gesagt, dass der Kerl dich gegen deinen Willen verschleppt hat und du ihn gar nicht magst. Also hab ich mir gedacht, es kann nicht schaden, wenn er mich für deinen Freund hält, oder?" Er zwinkerte mir verschwörerisch zu. „Darum hab ich mich auch nicht mit ‚Dofinsky' vorgestellt, sonst merkt er ja gleich, dass ich zur Familie gehöre!"

„Oh!", staunte ich. „Wie berechnend!"

„Hör mal, wenn's dir nicht recht ist, kannst du ihm ja immer noch sagen, dass ich nur dein übergeschnappter Bruder bin und kein ‚richtiger' Mann!" Er sah plötzlich wirklich besorgt drein. „Ich hab dir doch jetzt nicht irgendwas Wichtiges verdorben – oder?"

Ich musste plötzlich lachen, weil er seine Stirn in gar so mitleidheischende Dackelfalten legte. „Nein, nein – wenn ich's mir recht überlege, ist das eigentlich gar keine so üble

Idee!", fand ich. „Ja, soll der Herr Magister dich ruhig für meinen Freund halten! Vielleicht ist das ganz gut so."

„Puh." Marek sah erleichtert aus. „Also, Vicki, mein Schatz, dann weißt du jetzt, was der Auftritt sollte."

Er duckte sich schnell, weil ich scherzhaft nach ihm schlug. „Ich bin nicht dein Schatz!", kicherte ich. „Und warum hast du überhaupt nach mir gesucht? Dich hat doch wohl nicht wirklich die Sehnsucht getrieben, mir zum Geburtstag zu gratulieren, oder?"

„Ehrlich gesagt, dass du genau heute Geburtstag hast, hab ich gar nicht gewusst. Das hat mir auch erst deine Kollegin verraten."

„Na, also dann?"

„Ich ... ich brauch deine Hilfe."

„Meine?", staunte ich überrascht. Der Mann kannte mich doch kaum, was für eine Hilfe konnte er von mir brauchen? „Und das so dringend, dass du mich bis hierher verfolgst?"

„Ich muss für Sonntag nach Ostern eine Veranstaltung planen. Und ... äh, jemand hat mir kurzfristig abgesagt."

„Das ist in zehn Tagen!" Kein Wunder, dass es dringend war. „Und wieso hast du an mich gedacht?"

„Es hat was mit Kindern zu tun. Eine Pfadfindergruppe. Und ich hab gedacht, wo du doch sogar mit den Soran-Kindern fertig wirst ..." Er sah mich bittend an.

„Du leitest eine Pfadfindergruppe?"

„Äh, ja."

„Wow, cool! In Moosheim hab ich auch eine Kindergruppe gehabt. Von unserer Kirchengemeinde, weißt du?"

„Du gehörst zu einer Gemeinde? Einer christlichen, oder was?" Marek wurde ganz aufgeregt.

„Ja, ist das irgendwie verkehrt?"

„Ganz im Gegenteil!" Er strahlte. „Du kannst mich ruhig schlagen, aber jetzt sag ich wirklich ‚mein Schatz' zu dir! Das ist ja genial!"

„Warum?"

„Weil die Station, die ich organisieren soll, mit Religion

zu tun hat. Das Ganze soll ein riesiges Stadtgeländespiel werden, an dem mehrere Gruppen teilnehmen. Es gibt in der Pfadfinderei einige Schwerpunkte, Leben in der Natur, Leben in der Gemeinschaft und so weiter. Und ich muss mir was ausdenken zum Punkt ‚Leben aus dem Glauben'. Leider ist mir bisher noch nichts Rechtes eingefallen. Ich hab auf meine ... äh, Mitarbeiterin gehofft, aber die hat mich sitzen gelassen. Aber wenn du Erfahrung mit christlichen Kindergruppen hast, dann fällt dir doch sicher was Tolles ein!"

„Oh ... äh ... das kommt ein bisschen plötzlich!", stotterte ich.

„Ach komm, bitte!" Wieder diese Dackelfalten.

„Na gut, ich denk drüber nach."

„Super!" Er warf einen Blick auf die Uhr. „Ich muss jetzt dringend wieder was hackeln!"

„Hackeln?", unterbrach ich ihn.

„Arbeiten", übersetzte er. „Und du solltest deinen Lieblingschef auch nicht so lange warten lassen." Er grinste hinterhältig. „Aber ich komm' zu dir, damit wir alles besprechen können, ja?"

„Na gut", brummte ich überrumpelt.

„Morgen Abend?"

„Von mir aus. Und falls du wieder mal dringend was von mir brauchst, könntest du mich einfach anrufen, du musst nicht quer durch Wien meinen Spuren folgen!" Ich hob mein Handy hoch (das übrigens noch immer nicht klingelte!).

„Ah, ich hab nicht gewusst, dass du ein Handy hast! Gibst du mir die Nummer?" Er kramte in seiner Hosentasche nach einem Stück Papier, fand einen alten Fahrschein und notierte sie. „Himmel, das ist ja eine deutsche Nummer! Da zahlst du ja ein Vermögen! Jedes Gespräch, das du führst, ist ein internationales Ferngespräch!"

„Äh ... ist das so?", stammelte ich.

„Ja! Aber ich muss jetzt gehen, ich erzähl' dir das morgen. Babaa!"

Er schmatzte mir noch einen Kuss auf die Wange und eilte davon. Ich trank meinen Espresso aus, erhaschte einen letzten glutvollen Kellnerblick und kehrte zur Apotheke zurück.

*

Als ich gegen Abend nach Hause kam, erwartete mich eine Überraschung. Es war zwar nicht die, auf die ich schon den ganzen Tag wartete (ein Lebenszeichen von Dirk), aber sie war trotzdem nett: Im Wohnzimmer saß die ganze Familie Soran-Dofinsky, also nicht nur Tante Gabi mit den Ihren, sondern auch mein Vater, Dorota und meine Brüder, und auch der Herr Hofrat war dabei. Auf dem Tisch stand eine große Torte mit vielen Kerzen. Sogar Geschenkpäckchen lagen da!

„He, was wird denn das?", fragte ich, während Filou übermütig bellend an mir hochsprang.

„Ach, wir dachten, eine kleine Feier zum Todestag von Attila dem Hunnenkönig wäre angemessen", bemerkte Sebastian mit todernstem Gesicht.

„Was???"

„Unsinn! Alles Gute zum Geburtstag, liebe Victoria!" Onkel Leo trat vor und schüttelte mir warm die Hand. Ich nehme an, das war das Äußerste an überschwänglicher Herzlichkeit, was er überhaupt zustande brachte.

Der Rest dieser verrückten Familie umarmte und küsste mich mit Lachen und Rufen. Unter Glückwünschen und Hallo schnitten wir die Torte an. Es war eine von Tante Gabi gebackene Torte aus vielen undefinierbaren Zutaten, die sicher keinen gräflichen Namen trug, sondern höchstens „Dofinsky'sche Chaostorte" hieß. Aber sie schmeckte exzellent. Außerdem bekam ich ein selbst gemaltes Bild von Didi („Erste Liebe"), ein Buch mit dem sinnigen Titel „Sprechen Sie Wienerisch?", einen blauen Kaschmir-Pulli (den hatte meine Mutter aus Moosheim geschickt), einen Seidenschal, zwei Ergänzungsseiten zu Vaters Gutschein-

Heftchen (für einen Flohmarktbesuch und eine Fiakerfahrt), eine Bonbonniere und ein Handy.

Ich stutzte, als ich es auspackte. Wer schenkte mir denn ein Handy? Mein Blick suchte Marek, der selbstgefällig vor sich hingrinste.

„Es hat eine österreichische Nummer", erklärte er. „Derzeit ist eine Karte drin, aber du kannst es später auch anmelden. Es ist dasselbe Modell wie dein anderes, also wirst du mit der Bedienung keine Probleme haben."

Ich war sprachlos. Marek hatte sogar die Nummern der ganzen Familie eingespeichert!

„Mach dir keine Sorgen", raunte Sebastian mir zu. „Er hat es sehr günstig bekommen. Auslaufmodell! Wahrscheinlich war's im Mitarbeiterverkauf sogar schon gratis!"

Der Herr Hofrat hatte inzwischen eine Flasche Wein verlangt und auch bekommen, und so stießen alle (bis auf Tommi und Didi) auf mich an. Ich dachte an all die vielen Geburtstage mit meiner Mutter und meinen Großeltern, mit lehrreichen Büchern und eleganten blauen Kleidungsstücken, und ich konnte mich nicht erinnern, jemals einen so turbulenten und lustigen Geburtstag wie diesen gefeiert zu haben!

Später zog ich mich müde, aber sehr glücklich in mein Zimmer zurück. Das Prinzessinnen-Feeling von heute Morgen hielt noch immer an. Noch nie hatte ich so viele Beweise von Zuneigung an einem einzigen Tag erhalten! Ich dankte Gott von Herzen für meine große, neue Familie.

Dann holte ich tief Luft und schaute unters Bett.

Sushi schwamm glotzäugig und tot in seinem Glas.

Und Dirk hatte noch immer nicht angerufen.

24. Kapitel

Nachdenklich saß ich auf der Bettkante. Hatte ich wirklich erwartet, dass Sushi auferstehen würde?

Natürlich nicht.

Zwar konnte der Glaube vielleicht Berge versetzen, aber ich hatte wohl nicht fest genug geglaubt! Andererseits: selbst Jesus war erst nach drei Tagen auferstanden, Lazarus brauchte sogar vier. Sushi hingegen war erst zwei Tage tot. Vielleicht brauchte er noch etwas Zeit?

Ach, Unsinn. Ich würde nie in der Lage sein, wirklich fest genug zu glauben, dass ein solches Wunder geschehen könnte. Außerdem war Sushi ja nur ein Fisch. Aber was war mit Dirk? Dass er anrufen würde, hatte ich *wirklich* geglaubt! Na ja, *gehofft* ... Schließlich wäre mein Geburtstag ein guter Anlass gewesen ...

Es klopfte an meiner Tür. „Ja?"

Tante Gabi schob sich herein, setzte sich zu mir aufs Bett und versuchte erfolglos, ihre Frisur zu glätten. „Ich wollte dich noch was fragen", begann sie zögernd. „Du ... äh, du weißt doch, in was für einem Büro ich arbeite?"

„Hm, äh, nein, eigentlich nicht. Du sagtest immer nur ‚Büro'!"

„Es ist ein Partnerschaftsinstitut."

„Was?"

„Na ja, Eheanbahnung und so."

„Aha. Und?"

„Also ..." Sie druckste herum. Ich ging in Abwehrstellung. Was wollte sie bloß? Sie würde mir doch nicht anbieten, mich zu verkuppeln??

„Ich ... wir ... es gibt da einen Kunden ...", versuchte sie es vorsichtig, „... der hat schon mehrere Damen getroffen und war nie zufrieden. Und, äh ... wir haben eigentlich niemanden mehr, der noch zu ihm passen könnte. Und da ... ähem ... da wollte ich dich fragen, ob du dich eventuell mal mit ihm treffen könntest."

„Niemals!“, platzte ich heraus. „Ich meine … ich … hm … Du weißt doch, ich will nach der Enttäuschung mit Dirk nichts mehr mit Männern oder Beziehungen zu tun haben. Schon gar nicht mit –“

„Er ist wirklich sehr nett“, versicherte sie hastig. „Gar nicht irgendwie komisch oder so. Nur eben sehr wählerisch. Aber du könntest sein Typ sein.“

„Es wäre ziemlich unfair“, führte ich ins Treffen. „Ich suche doch gar keine Beziehung. Und wenn er sich dann vielleicht Hoffnungen macht …?“

Tante Gabi wiegte ihren Kopf hin und her und überlegte. Schließlich nickte sie seufzend. „Ja, du hast wahrscheinlich Recht. Entschuldige, dass ich gefragt habe. Gute Nacht!“

„Gute Nacht.“

Sie ließ mich in noch nachdenklicherer Stimmung zurück als vorher. Das war ja nun zweifellos *nicht* die Antwort auf mein Gebet gewesen, oder? Schließlich hatte ich ausdrücklich darum gebetet, dass *Dirk* zu mir zurückkommen möge! Ich wollte keinen anderen! Dirk hatte mein Vertrauen in die Menschheit erschüttert, und nur er konnte es mir zurückgeben! Wie könnte ich einem anderen Mann vertrauen, solange Dirks Verrat ungelöst im Raum stand?!

Ich rief Dorit an.

*

„Ach, Vicki“, seufzte Dorit, nachdem ich ihr die Sachlage ausführlich geschildert hatte. (Natürlich nur die mit Dirk – die mit Sushi war einfach zu doof!) „Gott ist doch kein Automat, in den man oben ein Gebet reinwirft und unten kommt alles raus, was man bestellt hat!“

„Aber du hast doch gesagt, ich soll viel erwarten!“, maulte ich.

„Ja, das schon – aber doch nicht so … so kleinkariert! Sieh mal, Gottes Gedanken sind so viel höher als unsere, er weiß so viel besser, was gut für uns ist … Du musst ihm einfach vertrauen! Er gibt uns nicht immer das, was wir uns wünschen, aber er gibt uns etwas Besseres! Du darfst sicher sein, dass er dir genau das geben wird, was du brauchst."

„Ich brauch Dirk", quengelte ich störrisch.

„Du brauchst einen Mann mit schwachem Charakter?! Der dich feige hintergeht und noch nicht mal den Mut aufbringt, es dir zu sagen?"

„Natürlich nicht! Ich will den Dirk wiederhaben, den ich früher hatte … den lieben, netten, braven, in mich verliebten Dirk!"

„Mensch, Vicki, den hat's doch nie gegeben! Der war doch nur eine Illusion, ein Wunschbild von dir! Glaubst du nicht, dass er immer schon so war – schwach, konfliktscheu, feige? Der edle, brave Dirk war eine Täuschung, und jetzt bist du eben ent-täuscht, jetzt weißt du, wie er wirklich ist. Okay, das tut weh – aber deswegen willst du ihn doch nicht wiederhaben, oder? Er ist nicht das, was du brauchst."

„Aber Anja braucht ihn, oder wie?", brummte ich.

„Anja hat ihn sich ertrotzt, indem sie schwanger wurde. Wie es mit den beiden weitergeht, werden wir sehen, aber das soll nicht deine Sorge sein! Auch Anja wird vermutlich noch merken, dass es besser wäre, Gott machen zu lassen, statt den eigenen Willen durchzudrücken."

„Hmpf", grummelte ich, nicht völlig überzeugt. „Und was soll ich jetzt machen?"

„Leg dein Leben vertrauensvoll in Gottes Hände. Erwarte viel von ihm, aber schreib ihm nicht vor, wie das auszusehen hat. Lass ihn seinen Plan für dich verwirklichen. Er hat dich erschaffen, er weiß, was gut für dich ist."

So viel geballtes Pastorentochter-Gesülze auf einmal war schon fast zu viel. Ich wechselte schnell das Thema und ließ mir den neuesten Klatsch aus Moosheim erzählen. Wenn man allerdings die Hochzeitsvorbereitungen von Anja und Dirk wegließ, blieb da leider nicht mehr viel übrig.

Später, in der Nacht, ließ ich mir Dorits Worte noch einmal durch den Kopf gehen. Insgeheim musste ich ihr ja leider Recht geben, was Dirks Person betraf. Vielleicht hatte sie mit den anderen Sachen auch Recht? Vielleicht sollte ich Gott einfach viel rückhaltloser vertrauen? Eines musste ich zugeben: Obwohl meine beiden Haupt-Gebetsanliegen unerfüllt geblieben waren, hatte ich heute sehr viel Liebe erfahren. Und das festliche Prinzessinnen-Hochgefühl hielt auch noch immer an.

Er gibt uns nicht immer das, was wir uns wünschen, aber er gibt uns etwas Besseres. Vielleicht sollte ich doch auf Tante Gabis Anfrage zurückkommen ...

*

Wegen der bevorstehenden Osterfeiertage hatte ich diese Woche am Freitag Apothekendienst, daher legte ich meinen Kindertag auf Gründonnerstag. Da Sashimi putzmunter und Sushi immer noch tot war, sprach nichts gegen einen Besuch der städtischen Leihbücherei.

Didi war selig! Ich las Tommi ein halbes Regal voll Bilderbücher vor, während sie ihre Auswahl traf. Auf dem Heimweg musste Tommi zu Fuß gehen, weil wir den Buggy mit den Büchern vollgeladen hatten. Danach musste ich mir um Didis Unterhaltung keine Sorgen mehr machen. Sie lag auf ihrem Bett und las. Nicht mal zum Essen wollte sie aus ihrem Zimmer kommen. Dabei backte ich ihr extra Pfannkuchen, die sie als „Palatschinken" bezeichnete (obwohl kein Schinken drin war). Ich servierte sie ihr, mit Nutella bestrichen und in Häppchen geschnitten, ans Bett.

„Danke, Vicki!", seufzte sie. „*Das* sind echte Ferien!"

„Na, Hauptsache du bist glücklich!"

„Ja, sehr!", murmelte sie und versank wieder in ihrem Buch.

Mir war klar, dass ich sie natürlich hoffnungslos verwöhnte, aber ich durfte das – ich war schließlich nicht ihre Mutter! Außerdem war sie ansonsten ja wirklich ein pflegeleichtes Kind.

Da Didi nun für Stunden völlig entrückt war, ging ich nach Tommis Mittagsschläfchen noch ein wenig mit ihm auf den Spielplatz. Wir gruben im Sand und rutschten und

Filou kläffte die Passanten an. Als uns kalt wurde, packte ich Tommi in seiner Decke in den Buggy und schob ihn auf Umwegen heimwärts. Dabei hing ich meinen Gedanken nach.

Am Samstag würde Julian aus seinem Skilager nach Hause kommen und den Verlust seines Lieblings entdecken. Nie wieder würde Julian mir irgendetwas anvertrauen! Schon gar nicht seine Augäpfelchen! Warum riefen diese blöden Fische denn nicht um Hilfe, sondern starben einfach still und leise?! Ich hätte schon einen Tag früher mit Sushi zum Tierarzt gehen können, dann wäre das viele Geld wenigstens sinnvoll angelegt gewesen!

Tommi begann zu zappeln, befreite sich aus der Decke und wollte aus dem Buggy steigen. Ungeduldig fingerte er an den Gurten herum, mit denen er angeschnallt war, und kriegte sie tatsächlich auf. Schwupps, schon war er weg! Ich erwischte ihn gerade noch am Hosenträger. Ich hatte nicht gewusst, dass er den angeblich kindersicheren Gurt öffnen konnte. Das fehlte jetzt noch, dass mir das Kind entwischte!

Tommi zappelte, zerrte und greinte, so dass ich schließlich nachgab und ihm folgte. Natürlich hielt ich ihn dabei am Hosenträger fest. Er zog mich auch nur einen Häuserblock weiter, wo er begeistert sein Näschen an die Schaufensterscheibe drückte und mit seinen kleinen Händen dagegen patschte. Auch Filou bellte die Auslage hingebungsvoll an. Hinter der Scheibe tollten vier Welpen umher, und daneben stand ein Käfig voller Mini-Hamster, die geschäftig durcheinander wuselten.

Eine Tierhandlung! Ich begriff sofort, dass dies ein Wink mit dem Zaunpfahl war. *Er gibt uns nicht immer das, was wir uns wünschen, aber er gibt uns etwas Besseres.* Was war besser als ein alter, toter Fisch? Ein junger, lebendiger natürlich! Dass ich nicht selbst darauf gekommen war!

Allerdings wollte ich auf eine Gelegenheit warten, bei der ich allein und möglichst unbeobachtet herkommen konnte. Julian sollte die Details von Sushis Verjüngungskur nicht erfahren!

25. Kapitel

Marek erschien wie verabredet gegen Abend. Er hatte Getränke und Knabberzeug dabei wie für einen gemütlichen Fernsehabend, und wir hockten uns in mein Zimmer, um die Pfadfinder-Aktion zu planen. Viel Zeit blieb uns ja nicht mehr!

„Und, hast du schon eine Idee?“, fragte er hoffnungsvoll.

„Äh, also … ehrlich gesagt, nein“, gestand ich und nahm die Brille ab, um sie zu putzen. „Du hast mir ja nicht mal gesagt, wie alt die Kinder sind!“

„O je, wie dumm von mir!“

„Ich hab mir mal was ganz Tolles für Kindergartenkinder ausgedacht, das –“

„Das nützt uns nicht viel, denn die Pfadis sind ungefähr zwischen sieben und sechzehn.“

„Was – und wir sollen was erfinden, was allen gefällt?“, platzte ich heraus.

Marek zuckte die Achseln. „Wir können auch verschiedene Stufen anbieten, für verschiedene Altersklassen. Aber das macht dann noch mehr Arbeit.“

„Und wie ist das Thema genau?“

„Völlig frei. Es soll nur zu ‚Leben aus dem Glauben‘ passen.“ Mareks Gesicht verfinsterte sich. „Ich hätte ja viel lieber ‚Abenteuer des Lebens‘ gehabt“, brummte er. „Dafür wüsste ich was Tolles: eine Kletterwand. Die gibt’s in drei Schwierigkeitsstufen, und alle Kinder lieben sie! Aber das passt wohl nicht zum Glauben.“ Er verfiel in dumpfes Grübeln.

„Also lass es uns systematisch angehen“, schlug ich vor. „Was wollen wir aussagen? Was wollen wir den Kindern auf ihren Lebensweg mitgeben?“

„Lebensweg?“, wiederholte Marek erstaunt.

„Ja! Ich dachte, es geht um Leben aus dem Glauben! Also müssen wir den Kindern sagen, was der Glaube mit ihrem ganz persönlichen Leben zu tun hat, verstehst du?“

„Äh, ja … und nein. Was *hat* denn der Glaube mit ihrem Leben zu tun?"

„Was hat er denn mit *deinem* Leben zu tun?", fragte ich zurück.

Marek schaute mich verblüfft an. „Ich … weiß nicht genau", gab er zu. „Na ja, ich denke … moralische Grundsätze … gewisse Verhaltensregeln, die das Leben miteinander angenehmer machen … Traditionen …" Er verstummte.

„Das ist alles?"

Er zuckte die Achseln. „Ist es bei dir denn mehr?"

„Ja! Ich meine … zum Glauben gehört doch auch noch Gott, oder?", wies ich auf ein nicht unwesentliches Detail hin.

„Ja ja, sicher – und? Was heißt das für dich?"

Ich war überrascht. Dieser Mensch wollte ein Glaubensspiel vorbereiten und wusste selbst nicht, was er glaubte? „Also – Gott ist mein Vater, nicht wahr?" Ich wusste gar nicht, wo ich anfangen sollte. „Er hat mich so lieb wie keiner sonst. Er kümmert sich um mich. Er hat einen Plan für mein Leben."

„Ehrlich?" Marek musterte mich prüfend, als sähe er mich soeben zum ersten Mal. „Siehst du das wirklich so?"

„Ja!" Ich war selbst überrascht, wie schnell meine Antwort kam – und wie wahr sie sich anfühlte.

„Gott kümmert sich um dich? Ist er nicht weit weg in seinem Himmel und irgendwie ziemlich … abstrakt?"

„Abstrakt?" Auf diese Idee war ich noch gar nicht gekommen. „Für mich ist Gott eine Person – ein Gegenüber. Und weit weg ist er auch nicht. Er freut sich, wenn ich mit ihm rede, und er … antwortet auch."

„Er antwortet?", wiederholte Marek erstaunt.

„Na ja … nicht so mit Worten. Aber … hm, also, ein Beispiel: Gestern, als ich mit meinem Chef da im Lokal saß und er anfing indiskret zu werden, da dachte ich: Gott, was soll ich bloß tun? Und da kamst plötzlich du herein! Gott hatte dich zu meiner Rettung geschickt!"

„Dann war ich also die Antwort auf dein Stoßgebet?" Marek sah geschmeichelt drein.

„Sozusagen."

„Und du glaubst nicht, dass es meine eigene Idee war, dich zu suchen? Und dass es Zufall war, dass ich genau in diesem Augenblick reingekommen bin?"

„Vieles, was Gott macht, sieht wie Zufall aus", dozierte ich. „Aber ist es nicht eigentlich sehr unwahrscheinlich? Bedenk doch, wie viele Faktoren zusammengekommen sind!" Ich zählte sie ihm an den Fingern her: „Du wusstest meine Handynummer nicht, sonst hättest du mich anrufen können. Deine Mitarbeiterin hat dir ausgerechnet zu dieser Zeit abgesagt, so dass du mich sofort suchen musstest. Irene wusste, wo ich bin. ‚Zufällig' war es mein Geburtstag. Und dann hattest du auch noch den ‚spontanen' Einfall, dich als mein Freund auszugeben! Sind das nicht ein bisschen sehr viele Zufälle auf einmal?"

„Hm. Aber das mit dem Freund, das war meine Idee!"

Ich lächelte nachsichtig. „Ich denke doch, dass Gott dir eine Idee einflüstern kann!"

„Was? Du meinst, Gott spricht mit mir? Und ich weiß es nicht einmal?" Marek klang fast entsetzt.

„Scheint so!", grinste ich.

Marek schüttelte den Kopf. „Also ich weiß nicht. Ich hab noch nie jemanden getroffen, der von Gott so redet ... so ... wie von einem alten Freund."

„Merkwürdig. Da, wo ich herkomme, haben alle so von ihm gesprochen. Er *ist* doch ein alter Freund! Er hat dich erschaffen, niemand kennt dich so gut wie er. Du musst ihm nur vertrauen – er gibt dir, was gut für dich ist!"

Meine Worte klangen in meinen Ohren nach. Ich staunte über mich selbst. Was redete ich da? Dinge, die ich meine ganze Jugend hindurch immer wieder gehört hatte – aber erst jetzt ergaben sie plötzlich einen Sinn! Seit diesem Gebet im Stephansdom, als ich Gott aus freien Stücken mein Leben anvertraut hatte, hatten all diese Worte sich auf geheimnisvolle Weise mit Inhalt gefüllt. Es war wirklich wie ein Wunder!

Marek saß stumm da und schaute mich nachdenklich an. „Ich seh schon", murmelte er schließlich. „Du hast eine ganze Menge Sachen, die du den Pfadis ‚auf ihren Lebensweg mitgeben' kannst."

Und dir anscheinend auch, dachte ich.

„Okay." Er erwachte aus seiner Nachdenklichkeit und wurde geschäftsmäßig. „Können wir deine ... äh, Lebensweisheiten in ein paar markanten Sätzen zusammenfassen?"

„So was wie ‚Keinem von uns ist Gott fern'?", fragte ich.

„Das ist gut!" Marek nahm einen Zettel und begann sich Notizen zu machen. „Was noch?"

„‚Wenn Gott eine Tür schließt, öffnet er woanders ein Fenster'", schlug ich vor.

„Was heißt das nun wieder?"

Ich erklärte es ihm anhand meiner geplatzten Hochzeit und der kompletten Familie, die ich stattdessen gefunden hatte. „Das war auch wieder so ein ‚Zufall', verstehst du? Hätte Johanna mir zu irgendeinem anderen Zeitpunkt von meiner Tante in Wien erzählt, hätte mich das völlig kalt gelassen. Ich hatte in Moosheim einen Bräutigam, eine Familie, ein Leben, warum hätte ich irgendeine uninteressante Tante in der Ferne besuchen sollen? Aber sie erzählte es mir gerade, als ich dringend aus Moosheim raus wollte. Und so fand ich die Wahrheit über meinen Vater raus. Zufall?"

„Hm", machte Marek und sah auf die Uhr. „Ich finde deine Lebensgeschichte immer faszinierender, ehrlich, aber wenn wir hier nicht weitermachen, werden wir nicht bis nächsten Sonntag fertig sein! Sag mir noch mehr Sinnsprüche!"

„‚Nur Einer versteht Ihre Sorgen besser als die städtische Versicherung.'" Das war auch so ein Satz, der mich in den letzten Wochen begleitet hatte.

„Hä?"

„Das ist ein Werbespruch oben auf dem Stephansturm. Hast du ihn noch nicht gesehen?"

„Echt? Ich schau's mir später an. Können wir den Satz vielleicht umwandeln in ‚Niemand versteht deine Sorgen besser als Gott'?"

„Ja, das ist wahrscheinlich verständlicher. Schreib's auf. Und was wäre mit ‚Erwarte viel von Gott'?"

„Er-war-te viel...", schrieb Marek. „Noch was?"

„‚Gott gibt uns nicht immer das, was wir uns wünschen, aber er gibt uns etwas Besseres'", rezitierte ich meinen derzeitigen Favoriten.

„Du bist echt eine Fundgrube!", lobte Marek.

„‚Du kannst nie tiefer fallen als in Gottes Hand'", zitierte ich einen weiteren oft gehörten Spruch.

„Okay. Genug Sprüche. Die Frage ist jetzt: Was machen wir damit?"

„Was meinst du?"

„Na ja, machen wir ein Kreuzworträtsel aus deinen Sätzen oder ein Puzzle oder einen Staffellauf? Weisheiten für den Lebensweg sind gut und schön, aber es muss ja auch noch ein Spiel draus werden!"

Ich betrachtete Mareks Notizen:

Keinem von uns ist Gott fern.
Niemand versteht deine Sorgen besser als Gott.
Erwarte viel von Gott!
Gott gibt uns nicht immer das, was wir uns wünschen,
aber er gibt uns etwas Besseres.
Du kannst nie tiefer fallen als in Gottes Hand.

„Hmmm ..." Ich grübelte. In Moosheim hatte ich mir Spiele für Vorschulkinder ausgedacht – Geschichten, Puppentheater und kleine Bastelarbeiten für die Sonntagsstunde. Sechzehnjährige waren eine ganz andere Herausforderung! Ich dachte an Julian. Womit könnte man ihn begeistern?

„Wir müssten ein Spiel machen, das irgendwie ein Gleichnis für diese Aussagen ist“, murmelte Marek nachdenklich. „Vielleicht ein Vertrauensspiel? ‚Du kannst nie tiefer fallen als in Gottes Hand‘... hm ...“ Wir sahen uns an und dachten beide das Gleiche.

„Die Kletterwand!“

26. Kapitel

Als ich am Freitagnachmittag von der Apotheke nach Hause kam, bot sich endlich eine Gelegenheit, unbeobachtet in die Tierhandlung zu gehen. Ich schnappte mir den toten Sushi im Marmeladeglas, der bereits erste Anzeichen von Verfall zeigte, und versuchte die Stelle wiederzufinden, wo Tommi mir entwischt war.

Die Tierhandlung lag ganz in der Nähe des Stephansplatzes. Wenn sie nicht in einer verwinkelten Gasse mit dem vertrauenerweckenden Namen „Blutgasse“ versteckt gewesen wäre, dann hätte ich sie schon viel früher entdeckt.

Über eine knarrende Holztreppe gelangte ich in die Fischabteilung im Obergeschoss. Hier schwammen in großen Wassertanks Dutzende von Fischen aller Farben und Schattierungen herum. Ich überreichte einem jungen Mann in einem karierten Holzfällerhemd das Glas mit meinem verblichenen Sushi.

„Genau so einen Fisch möchte ich!“

Der Holzfäller rümpfte die Nase. „Das wird schwierig.“

„Wieso?“

„Unsere sind nicht so ... ruhig!“, grinste er.

„Okay, ein bisschen lebhafter darf er schon sein“, grinste ich zurück.

Wir beobachteten die Fische im Goldfischtank, und der

Holzfäller fischte mir mit einem kleinen Netz welche heraus. Drei warfen wir wieder zurück, aber der vierte war genau richtig. Er glich dem teuren Verstorbenen aufs Haar, äh, auf die Schuppe. Der Holzfäller füllte ihn zusammen mit etwas Wasser in eine durchsichtige Plastiktüte, die er oben fest zusammendrehte und verknotete. Sushi II schwamm aufgeregt hin und her, stieß mit der Nase ans Plastik und wunderte sich, wieso seine Verhältnisse auf einmal so beengt waren.

„Legen S' erst das zue Sackerl ins Aquarium", instruierte mich der Karierte, „damit die Wassertemperatur sich angleicht. Nach einer Viertelstund' schneiden S' dann das Sackerl auf und lassen ihn raus. Das macht dann drei fünfzig. Brauchen S' a Futter dazu?"

Ich war angenehm überrascht, um wie viel billiger mich der lebende Fisch kam als der tote. Also kaufte ich auch noch eine Dose Futter dazu, dafür übernahm der Holzfäller die pietätvolle Bestattung von Sushi I. Ich barg die Tüte mit meiner lebendigen Fracht schützend an meinem Bauch und schlug die Jacke darüber, damit dem armen Tier auf dem Heimweg nicht zu kalt wurde. So trat ich auf die Straße hinaus.

An der nächsten Ecke lief ich dem Herrn Hofrat in die Arme.

*

„Meiner Seel', Bupperl, das is' aber schön, dass ich dich treff'! Na so was, man sieht ja überhaupt nix mehr von dir!", rief der Hofrat aus. Das stimmte natürlich gar nicht, er war ja erst vorgestern bei meiner Geburtstagsfeier gewesen. „Komm, lass dich auf an Kaffee einladen!"

„Leider, ich ... äh ... ich bin in Eile!", stotterte ich und schlang die Arme schützend um meinen Leib.

„Was is', hast Bauchweh?", fragte er besorgt.

„Nein, nein, ich bin nur" – *schwanger mit einem Goldfisch*? – „äh, mir ist ein bisschen kalt."

„Na, dann is' ein heißer Dee genau das Richtige!" Er schlug einen bittenden Ton an. „Komm, Schatzerl, ein baar Minuten wirst doch haben für an alten Mann!"

Ich merkte schon, dass er sich nicht abwimmeln lassen würde. Was half's? Ich musste die Sache mit Anstand und so schnell wie möglich hinter mich bringen. Das war aber auch wieder mein typisches Pech! Ausgerechnet dann Bekannten zu begegnen, wenn ich in geheimer Mission unterwegs war, mit einem blinden Passagier, der unerkannt bleiben wollte! Was sollte ich bloß mit Sushi II machen? In der Garderobe abgeben vielleicht?

Der Hofrat hatte sich fröhlich bei mir untergehakt und schob mich in eine Konditorei am Stephansplatz. Es handelte sich weder um ein historisches noch um ein besonders vornehmes Kaffeehaus, aber die „Dorten" waren gut und „gar ned deuer".

„Ich muss mal schnell wohin", flüsterte ich dem Hofrat zu, bevor er mir die Jacke abnehmen und so mein Geheimnis offenbaren konnte.

„Im Halbstock oben", deutete er mir. „Soll ich dir derweil schon was bestellen?"

Die Toilettenanlagen wurden von einer Klofrau bewacht, die mit höchster Konzentration über einem serbokroatischen Kreuzworträtsel brütete. Geistesabwesend hielt sie mir einen kleinen runden Gegenstand hin.

„Was ist das?"

„Jeton, werfen bei Tür", murmelte sie, ohne aufzusehen.

Ich betrat den Waschraum und verschaffte mir mit Hilfe des Jetons Zutritt zu einer Klokabine. Da stand ich nun, mit meinem Fisch in der Plastiktüte. Was jetzt?

Der Mülleimer.

Das war zwar keine brillante Lösung, aber immerhin eine mögliche. Ich versenkte Sushi samt Behältnis zwischen den Papierhandtüchern, bedeckte ihn mit einigen weiteren und hoffte, dass niemand in der nächsten halben Stunde was wirklich Ekliges draufschmeißen würde. Jetzt konnte ich mit dem Hofrat einen „Dee" trinken, wenn er sich das schon so wünschte, und nachher meinen Schützling unbemerkt wieder abholen. Genial!

„Dut dir wirklich nix weh?“, erkundigte sich der Hofrat, als ich vom Klo zurückkam.

„Nein, alles bestens“, versicherte ich.

Er hatte bereits eine Auswahl feiner Torten vor sich stehen und forderte mich wie üblich auf, von allen zu probieren. „Na, und hast dir schon einen Verehrer g'funden?“, eröffnete er das Gespräch.

Bingo! Gleich ans Eingemachte, wie? Jetzt bloß nichts Verkehrtes sagen ...!

„Najaaa ... wissen Sie, ich bin im Augenblick nicht auf der Suche nach einer neuen Beziehung“, antwortete ich ausweichend.

„Aber geh, so a fesches Madel! Wär' doch schad'!“ Er beugte sich vertraulich näher. „Mein Freund, der alte Magister, hat mir g'sagt, dass sein Sohn ein Aug' auf dich geworfen hat – stimmt denn das?“

Ich rutschte unbehaglich auf meinem Sitz herum. „Kann schon sein ... ich weiß nicht so genau.“

„Na also!“, freute er sich. „Und, wär' das nix für dich? Ein Apodhekenerbe! Na?“ Er zwinkerte mir verschwörerisch zu.

Das ging mir ja nun doch ein bisschen zu weit. Ich war ihm zwar sehr dankbar dafür, dass er mir diesen Job besorgt hatte, und auch die Begegnung mit meinem Vater verdankte ich ihm. Aber dass er mir nun auch einen Bräutigam aussuchen zu müssen glaubte – also das war echt zu viel! Jetzt waren ein paar klare, entschiedene Worte nötig!

„Also“, piepste ich, „die Chemie muss aber schon stimmen!“

Klar und entschieden!?

„Die Chemie? Was stimmt nicht mit der Chemie?“, entrüstete sich der Hofrat. „Machen die vielleicht an Pfusch in der Apodheke? Das würd' der alte Magister nie zulassen! Nein, das geht sicher alles ganz richtig zu!“

„Ich meine nicht die chemischen Zutaten in der Apotheke. Ich meine die Chemie zwischen zwei Menschen! Der Funke, der überspringt – oder eben nicht."

„Aaah ..." Er verstand. „Du meinst, der junge Magister g'fallt dir ned."

„Nein-nein, das hab ich nicht gesagt –"

„Schad'", seufzte der Hofrat. „Sehr schad'! Ihr zwei dätet's ein schönes Baar abgeben, wirklich sehr schön!" Er tröstete sich mit einem großen Bissen Cremetorte. „Ja ja, die Liebe ... man weiß halt nie, wo sie hinfallt! Mich hat's ja nie so recht erwischt, aber jetzt auf meine alten Dag' reut's mich schon manchmal, dass ich allein 'blieben bin ..." Die Trüffeltorte fiel seinem melancholischen Anflug zum Opfer.

„Aber, lieber Herr Hofrat, es ist nie zu spät!", versicherte ich schnell, weil sich hier die Gelegenheit bot, das Gespräch von mir weg zu lenken. „Sie sind doch ein sehr attraktiver Mann ... gut aussehend, gebildet, gut situiert ..." Ich unterbrach mich. Allzu überschwänglich durfte ich nun auch wieder nicht klingen, sonst dachte er womöglich, dass *ich* mich für ihn interessierte! Und bei all der herzlichen Freundschaft, die ich für ihn empfand – eine wandernde Mehlspeisen-Kugel, die fast dreimal so alt war wie ich, war nicht von jeher das Ziel meiner geheimsten Sehnsüchte gewesen. „Ich bin sicher", fügte ich hastig hinzu, „dass es jede Menge Damen in Ihrem Alter gibt, die ... äh ... nicht abgeneigt wären."

„Ah ja, meinst?" Er lehnte sich zurück und betrachtete selbstgefällig seine Rundungen. „Glaubst wirklich?" Anscheinend war ihm der Gedanke noch nie gekommen, in seinem Alter noch auf Freiersfüßen zu wandeln. Oder der Gedanke war ihm sehr wohl gekommen, aber er holte sich nur zu gern von mir die Bestätigung.

„Sicher!", beteuerte ich überzeugter, als ich tatsächlich war. „In Ihrem Alter gibt es doch viele Damen, die schon verwitwet sind ... äh, oder geschieden ... und die von einem so netten, fürsorglichen Herrn wie Ihnen nur träumen können!" Fürsorglich war er ja wirklich. Sooft ich ihn sah, nötigte er mich zu höchst kalorienhaltiger Nahrungsaufnahme. Dafür würden sich die etwas reiferen Semester sicher noch viel mehr begeistern können als ich!

Der Hofrat war jedenfalls in bester Stimmung, als wir unseren Imbiss beendeten. Glücklicherweise schlug er nicht den Weg zu Tante Gabis Haus ein – wie ich schon befürchtet hatte –, sondern verabschiedete sich beim U-Bahn-Abgang. Kaum war er in der Versenkung verschwunden, kehrte ich um und raste zur Konditorei zurück. *Sushi, halt aus, ich komme!*

Ich flitzte an den Kuchenessern vorbei in den Halbstock hinauf, wo die Klofrau noch immer über ihrem Rätsel saß. Ohne aufzuschauen reichte sie mir einen Jeton. „Meine" Klokabine war besetzt. Ungeduldig trat ich von einem Fuß auf den anderen, bis endlich eine dicke, pelzbehangene und brillantbesetzte Dame herauskam.

„Das andere is' eh frei!", nörgelte sie, ungehalten darüber, dass ich an ihrer Tür gerüttelt hatte. Ich beschloss, ihr nicht zu erklären, warum ich mich gerade auf dieses Klo spezialisiert hatte, sondern schloss mich rasch ein. Das intensive Parfum kämpfte alle anderen Düfte in der engen Kemenate mühelos nieder. Gut, dass Sushi in seiner verschlossenen Plastiktüte wahrscheinlich nichts riechen konnte! Ich hob den Deckel des Mülleimers – und stieß einen Entsetzensschrei aus.

Der Eimer war leer bis auf ein einsames Papierhandtuch.

27. Kapitel

Anscheinend war die Klofrau mit dem Lösen fremdsprachiger Kreuzworträtsel doch nicht so ausgelastet, dass sie nicht zwischendurch den Müll entsorgen konnte. Und offenbar hatte sie meinen unersetzlichen Sushi gleich mit entsorgt!

Ich stürmte hinaus, vorbei an der Brillantbesetzten, die ihre ohnehin schon viel zu knalligen Lippen nachzog, und stellte die Klofrau zur Rede.

„Wo ist der Müll?“

„Bitte, ist Mistkiebel in jede Klo!“, antwortete sie indigniert.

„Ja, aber wo ist der Inhalt des Mistkübels? Wo haben Sie den Müll hingetan?“

„Zu was Sie brauchen Mill? Hab ich weggeschmissen!“

„Aber wohin? Ich ... ich habe etwas im Müll verloren!“

„Ah, verloren?“

„Ja! Zeigen Sie mir, wo Sie den Müll hinwerfen!“

Sie erhob sich seufzend und bugsierte mich in einen kleinen Raum mit der Aufschrift „Müllraum“. Hier standen mehrere riesige schwarze Säcke.

„Bitte, da ist Mill!“

„Und ... in welchen Sack haben Sie zuletzt was reingetan?“

„Diese da!“

„Danke!“

Hastig wühlte ich mich durch den ekligen Inhalt des Sackes. Zigarettenkippen, Papierhandtücher, Kuchenreste bunt durcheinander. Bald klebte Zigarettenasche, mit Buttercreme festgeleimt, an meinen Händen und an der Jacke. *Igitt!* Aber die Tüte mit Sushi war nicht dabei. Eigentlich dachte ich, dass sie leicht zu finden sein müsste, denn sie war doch ungefähr so groß wie ein Salatkopf gewesen. Ein schrecklicher Verdacht stieg in mir auf: Womöglich war die Tüte geplatzt, als sie in den Müllsack geworfen wurde, und das ganze Wasser samt Sushi war ausgelaufen? *Entsetzlich! Das arme Tier!* Ich tastete unter Todesverachtung bis auf den Grund des Müllsackes: Himbeercreme, Kaffeereste, aber nicht so viel Wasser, wie Sushis Reisetasche enthalten hatte. Resigniert kroch ich aus dem Sack heraus. Ich sah aus wie ein Penner, der die Nacht auf einer Müllkippe verbracht hat.

Die Klofrau stand mit verschränkten Armen in der Tür

und beobachtete mich mit unverhohlenem Misstrauen. „Was verloren?“, fragte sie. „Geld? Schmuck?“

„Äh ... einen Goldfisch“, stammelte ich verlegen.

„Fisch?“, wiederholte sie in höchstem Diskant. „Sie verlieren *Fisch*?“

„Ja, äh ... einen Goldfisch in einer Plastiktüte ...“, flüsterte ich.

„Ich nix verstehen, wie jemand kann verlieren Fisch!“, kreischte sie, so dass das ganze Lokal es hören konnte. So viel zur Geheimhaltung meiner Aktion! „Ich Fisch gefunden, ich retten!“

„Sie haben ihn gefunden?“, seufzte ich erleichtert. „Wo ist er?“

„Bei Fische, wo hingeheert!“ Sie deutete vage ins Obergeschoss. Auf meinen fragenden Blick schob sie mich die Treppe hinauf. Im oberen Stockwerk gab es auch noch Tische, und als Raumschmuck war in eine Wand ein riesiges Aquarium eingelassen, voll mit Steinen, Schlingpflanzen, verzweigten Hölzern und einer Unzahl von Zierfischen. Und da, als wäre er hier zu Hause, schwamm auch mein Sushi herum!

„Können Sie mir ...“, begann ich, doch die Klofrau war bereits wieder an ihren Arbeitsplatz und zu ihrem Kreuzworträtsel zurückgekehrt.

Es dauerte ungefähr eine Stunde, bis ich jemanden ausfindig gemacht hatte, der sich für das Aquarium zuständig hielt – einen jungen Mann in schnöselhaftem Anzug, der anscheinend eine Art Juniorchef oder so was war. Eine weitere halbe Stunde brauchte ich, um ihn davon zu überzeugen, dass einer dieser Goldfische ein naher Angehöriger von mir war, der nur durch ein Versehen in das Aquarium gelangt war. Als Nächstes mussten wir ein Netz herbeischaffen, mit dem wir Sushi rausfischen konnten. Ein hilfreiches Serviermädchen brachte schließlich ein Teesieb. Inzwischen waren wir schon die Attraktion aller Gäste, sogar von unten kamen sie rauf, um zu sehen, was da oben los war.

„Ich brauch noch einen Behälter!“, sagte ich. „Eine Tüte oder einen Eimer!“

„Vielleicht ein Küberl?“, schlug das hilfreiche Serviermädchen vor und brachte ein Eimerchen, das mit Schokostreusel gefüllt war.

„Von mir aus“, knurrte der Schnösel gereizt. „Aber die Streusel bezahlen Sie, ja? Haben Sie überhaupt Geld?“

Ich konnte es ihm nicht verdenken, dass er mich für eine obdachlose Streunerin hielt – mein müllverziertes Outfit legte diesen Schluss durchaus nahe. Ich wagte daher nicht zu widersprechen, obwohl ich seine Streusel ja weder essen noch mitnehmen wollte, sondern nur den leeren Eimer brauchte, und zahlte brav. Das Mädchen füllte die Schokokrümel in eine Papiertüte um, wusch den Eimer aus und füllte ihn mit Wasser.

„Also dann!“ Schnösel blickte verächtlich auf das winzige Teesieb, dann zog er mit großer Gebärde sein Sakko aus, entledigte sich der Krawatte und knöpfte das Hemd auf. Ich hätte mich nicht gewundert, wenn darunter ein Superman-Kostüm zum Vorschein gekommen wäre, aber es war nur ein weißes Ripp-Unterhemd über der Heldenbrust. Schnösel nützte die Gelegenheit, seine Muskeln spielen zu lassen, und tauchte endlich seinen Heldenarm ins Aquarium. Ich dirigierte ihn von der großen Frontscheibe aus. Sushi spielte geschickt „Bäumchenwechsle-dich“ mit den anderen Goldfischen, aber endlich hatte Schnösel den Richtigen im Netz und kippte ihn unter dem Beifall der Bevölkerung in das Eimerchen. Das Mädchen drückte schnell den Deckel drauf. Das Volk applaudierte, Schnösel verbeugte sich lächelnd in die Runde, und ich zog demütig mit meinem Schokostreusel-Eimer ab.

So schnell ich konnte, eilte ich durch die belebte Rotenturmstraße heimwärts. Die Leute wichen mir aus – offenbar hatte keiner Lust, mir in meinem stinkenden Outfit zu nahe zu kommen. Zu Hause gelang es mir, unbemerkt in mein Zimmer zu huschen und mich umzuziehen. Als ich Sushi II endlich in Julians Aquarium goss, stieß ich einen Seufzer der Erleichterung aus.

Ich hatte vergessen, die Wassertemperatur schonend anzugleichen, wie der karierte Fischverkäufer mir anbefohlen hatte. Aber nach allem, was dieser Fisch heute durchgemacht hatte, dürfte das sein geringstes Problem sein.

*

Ich hatte meine beiden Handys zu Hause gelassen, während ich in der „Geheimsache Sushi" unterwegs war – denn dass die Angelegenheit zweieinhalb Stunden dauern würde, statt wie geplant zwanzig Minuten, hatte ich ja nicht ahnen können. Ich hatte zwei Anrufe in Abwesenheit: meine Mutter und – Dirk.

Meine Knie wurden weich.

So sehr hatte ich vorgestern, an meinem Geburtstag, auf Dirks Anruf gehofft! Und da war er nun – zwar spät, aber immerhin. Jetzt würde sich alles aufklären. Sicher hatte er inzwischen festgestellt, dass ich seine wahre Liebe war – Schwangerschaft hin oder her! Oder vielleicht hatte Anja sich geirrt und war gar nicht schwanger? Oder sie hatte das Kind verloren? Oder Dirk war gar nicht der Vater?

Ich musste ein paar Minuten warten, bis mein Puls sich wieder beruhigte. Dann atmete ich tief durch.

„Hallo, Dirk", sagte ich probehalber. „Hast du mich angerufen?" Nein. Zu beiläufig. „Hallo, Liebling! Endlich rufst du an!" Zu überschwänglich. „Hallo, du hast mich angerufen. Was gibt's denn?" Okay, das war neutral. Mit klopfendem Herzen rief ich zurück.

Tuut ... tuut ... *geh ran*!

Knacks.

„Ha-hallo? Vicki?", stotterte Dirks Stimme.

Das Blut rauschte mir in den Ohren. Ich hatte nicht mehr mit ihm gesprochen, seit ... nun ja, seit diesem schwarzen Montag vor etwa sechs Wochen! „D-du hast mich angerufen", stotterte ich ebenso unbeholfen zurück.

„Oh, äh", machte Dirk und gab ein Mittelding aus Hüsteln und Räuspern von sich. „Das ... das war ein Versehen. Die Kurzwahltaste, verstehst du? Hab sie noch nicht geändert." Er versuchte die Peinlichkeit der Situation mit einem verlegenen Lachen zu überspielen.

„Ich ... äh ..." *Ein Versehen?*

Ich riss das Telefon vom Ohr, als ob es urplötzlich brennheiß geworden wäre, und schleuderte es aufs Bett. *Ein Versehen?!!*

Aaargh!!!

Ich warf mich über das Handy, hämmerte auf die Trenntaste ein und brach in Wutgeheul aus. Wie konnte er es wagen?! Kurzwahltaste? Ha! Wutentbrannt schlug ich mein Kissen k. o. Die Enttäuschungen und Demütigungen durch Dirk, aber auch durch die Sushi-Aktion brachen hervor. Uff! Zack! Und noch eins!

Endlich hatte ich mich ausgetobt. Mein Wutausbruch verebbte in leisem Schluchzen. Wenigstens blieb mir eine kleine Genugtuung: Ich war für Dirk immer noch die Nummer 1 – wenn schon nicht in seinem Herzen, so doch zumindest in seinem Handy ...

Dorit hatte Recht: Dirk war schwach und feige. Ich glaube, in diesem Moment schloss ich in meinem Herzen das Kapitel „Dirk" ab und begann, mich so richtig als Single zu fühlen.

In einem Anfall von Mildtätigkeit rief ich noch meine Mutter zurück, bedankte mich für den blauen Pullover zu meinem Geburtstag und wechselte ein paar belanglose Worte mit ihr. Ich hatte ihr noch immer nicht erzählt, dass ich ihr Lügengeflecht durchschaut und meinen tot geglaubten Vater kennen gelernt hatte. Irgendwie ergab sich die Gelegenheit nicht, und außerdem müsste es einen Knalleffekt geben – ich wusste nur noch nicht, wie. Also tat ich, als ob nichts wäre. Das war immer am einfachsten.

Während ich noch mit ihr sprach, klingelte mein Österreich-Handy. (Es spielte übrigens den Donauwalzer.) Ich beendete das Gespräch mit Mutter und hob ab. Es war

Marek, der noch vorbeikommen wollte, um mir zu zeigen, was er für das Geländespiel schon gebastelt hatte.

Warum nicht? An einem Doofi-Tag wie diesem konnte man etwas Ablenkung vertragen! Eine halbe Stunde später war Marek da und zeigte mir ein Bild von seiner transportablen Kletterwand.

„Aha. Und wie geht nun das Spiel?“, fragte ich.

Er beugte sich vor und zupfte an meiner Frisur. „Ich hab’ schon eine Idee – aber sag mir zuerst: Hat es irgendeine rituelle Bedeutung, dass du Asche in den Haaren hast?“

28. Kapitel

Am Nachmittag des Karsamstages betrat ein fremder Teenager unsere Wohnung, eine schlanke Gestalt mit schulterlangen, mittelgescheitelten braunen Locken über einem braungebrannten Gesicht, und einem Snowboard unterm Arm.

Ich wunderte mich, wieso ein fremdes Mädchen bei uns einzog, doch dann sagte die Gestalt: „Hallo, Tante Vicki“, und zwar mit tiefer Stimme. Da wurde mir klar, dass diese Person Julian war, der gut gelaunt von seinem Skilager zurückkehrte. Ohne seinen rot-blauen Irokesen-Hahnenkamm hatte ich ihn gar nicht erkannt! Die Mittelscheitel-Frisur stand ihm eigentlich gut – und damit war auch die brennende Frage geklärt, wie er seine Haare unter eine Skimütze bekam.

„Hi, Julian“, sagte ich. „Wie war’s beim Skilaufen?“ Es ging noch immer nicht in meinen Kopf, dass jemand sich freiwillig den Strapazen dieses absurden Sportes aussetzte, bei dem man sich auf sturmumtosten Bergesgipfeln in der eisigen Nässe wälzte und sich dabei die Beine brach.

„Snowboarden“, korrigierte er. „Es war ur-super-cool,

nächstes Mal solltest du unbedingt mitkommen! Dort hat's eine Halfpipe gegeben, die war vereist, wow, da hat man eine Geschwindigkeit draufgekriegt – voll geil, sag ich dir!"

„Nein, danke!", lachte ich. Ich konnte mir wirklich was „Geileres" vorstellen als in einer vereisten Rinne talwärts zu schlittern – zumal *ich* es ja zweifellos mit dem Kopf voran und der Nase im Schnee tun würde!

„Na, wie du meinst!" Er zuckte die Achseln. „Du weißt nicht, was du versäumst."

Ich gab ihm seinen Zimmerschlüssel zurück, und er schloss gleich auf. „Ja, wie geht es denn meinen kleinen Lieblingen?", säuselte er sein Aquarium an. Sushi und Sashimi schwammen herbei und wedelten freundlich mit den Flossen. „Hey, Sushi, du lebst noch? Mann, du siehst ja richtig gut aus! Cool! Was hast du mit dem gemacht, Tante Vicki?"

„Mit wem was gemacht?", fragte ich unschuldig.

„Mit dem Sushi! Der schaut echt erholt aus! Dabei hab ich schon gedacht, der macht's nicht mehr lange!"

„W-wieso?", stotterte ich. Julian starrte zum Glück fasziniert seine Fische an, so dass er nicht mitbekam, wie ich erbleichte.

„Der hat nicht mehr ordentlich gefressen und ist immer nur in diesem Winkel neben dem Turnschuh gehockt – so was machen sie normalerweise kurz bevor sie sterben."

„Oh."

„Aber jetzt geht's ihm anscheinend wieder gut! Das macht wohl die gute Pflege. Danke, Tante Vicki!"

„Gern geschehen", hauchte ich. Wenn man Didis Kinobesuch samt Popcorn, den Tierarzt, den neuen Fisch und einen Eimer Schokostreusel zusammenzählte, hatte ich knapp 50 Euro in Sushis gutes Aussehen investiert.

Das konnte man wirklich „gute Pflege" nennen!

*

Ostern, das größte Fest der Christenheit, wurde im Hause Soran zunächst mit etwas heidnischem Brauchtum begangen: Wir suchten Ostereier. Die Eltern versteckten welche in der ganzen Wohnung, und die Kinder durften suchen. Obwohl ich in diesem Zusammenhang zu den Kindern gerechnet wurde, hielt ich mich mit dem Finden ein wenig zurück und half lieber Tommi beim Suchen. Erst verstand er nicht, was das Ganze sollte, doch dann war er in seiner kindlichen Einfalt völlig überrascht und maßlos entzückt, an unerwarteter Stelle etwas Süßes zu entdecken. Didi suchte halbherzig, mehr aus Tradition, und Julian beschränkte sich darauf, mit herablassender Coolness nur teures Elektronik-Zubehör zu finden, das man ihm versteckt hatte. Alles, was die Kinder übersehen hatten (zumindest das Süße), fand schließlich Filou, nachdem Onkel Leo endlich sein Halsband losgelassen hatte.

Später holte meine väterliche Familie mich ab, um in den Gottesdienst zu gehen. Ich war noch nie in einer katholischen Messe gewesen. Zuerst fand ich das ganze Brimborium ein wenig befremdlich – prunkvolle Kerzenleuchter überall, Kinder in weißen, spitzenbesetzten Kitteln schwenkten silberne Weihrauchkessel, alles wurde von einer Duftwolke eingenebelt, dazu Orgelgebraus und gregorianische Choräle. Doch dann ließ ich mich einlullen von der Atmosphäre aus Dämmerlicht, Räucherduft und gewaltigen Akkorden, und irgendwie hatte es etwas Feierliches, ja geradezu Erhebendes. Dorota folgte den komplizierten Ritualen mit konzentrierter Aufmerksamkeit, während mein Vater immer wieder stolze Seitenblicke auf seine drei Kinder warf.

Als schließlich das Abendmahl ausgeteilt werden sollte, standen alle auf und stellten sich in langen Schlangen an, um sich beim Priester oder seinen Gehilfen ein Stück abzuholen. Dem allgemeinen Beispiel folgend, reihte auch ich mich ein. Als ich endlich vorne war, hob der Messdiener ein rundes weißes Etwas und sprach feierlich: „Der Leib Christi!“

Ich zuckte zusammen. Siedend heiß fiel mir ein, dass die Katholiken dies hier nicht mehr für Brot, sondern für den leibhaftigen Jesus hielten! Konnte ich das essen?!

„Der Leib Christi!“, zischte der Messdiener drängend und hielt mir das Brot dicht vor die Nase. Hinter mir staute sich die Warteschlange. Es gab kein Zurück.

„Danke“, flüsterte ich (später erfuhr ich, dass die richtige Antwort „Amen“ gewesen wäre), ergriff das Brot und steckte es mangels anderer Optionen in den Mund.

Es schmeckte nach nichts, sicher nicht nach Fleisch, aber nicht mal besonders nach Brot. Es war nichts weiter als eine dünne Oblate. Beim Kelch mit dem Wein stellte ich mich vorsichtshalber lieber nicht an – ich konnte mir schon vorstellen, als was einem der Wein hier verkauft wurde! Wie die anderen Leute kniete ich mich in meine Bank. Ich versuchte mir vorzustellen, dass Jesus jetzt wirklich und echt in mir war, in meinem Magen. Bisher hatte ich mir ja eher vorgestellt, dass er auf irgendeine mystische Weise in meinem Herzen lebte. Der Gedanke, dass er jetzt in meinem Magen verdaut werden könnte, war seltsam … Andererseits wurde das Brot ja gerade durch das Verdauen erst so richtig ein Teil von mir. Und da Gott überall war, warum nicht auch in diesem Brot?

Es war verwirrend.

Nach der Messe stellte Vater mich allen möglichen Leuten aus seiner Gemeinde vor. Offensichtlich platzte er vor Stolz, dass es ihm gelungen war, alle drei erwachsenen Kinder in den Ostergottesdienst zu schleppen. Es tat gut, wenn mal jemand stolz auf mich war! Meiner Mutter war ich immer nur peinlich gewesen …

Zum Mittagessen war ich wieder bei Sorans. Natürlich war der Herr Hofrat auch da, wie immer, wenn es etwas zu essen gab. Wir feierten die Auferstehung des Fleisches, indem wir totes Fleisch (Schinken in Brotteig) auf wundersame Weise in lebendiges Fleisch (Vickis Hüftspeck) verwandelten. Alles in allem war es ein echter Höhepunkt, geistlich wie kulinarisch.

*

In der Woche nach Ostern traf ich mich mehrmals mit Marek, um die Einzelheiten unseres Geländespiels auszutüfteln. Wir saßen in meinem Zimmer auf dem Bett, futterten Chips und waren kreativ.

„Die Kinder kommen in Gruppen von fünf bis sieben Stück, und ich finde, dass jeder was zu tun haben sollte“, sagte Marek.

„Soll nicht jeder einmal auf diese Kletterwand raufsteigen?“

„Ja, das wäre eigentlich die Idee.“

„Aber wir sollten die Option offen lassen, dass einer nicht klettert“, räumte ich ein. „Vielleicht mag ja nicht jeder!“

„Falls er im Rollstuhl sitzt, höchstens!“, entrüstete sich Marek. „Sonst gibt's keine Entschuldigung. Und überhaupt lieben alle Kinder die Kletterei!“

„Gut, gut, ist ja okay!“ Ich hob abwehrend die Hände. „Ich will deiner innig geliebten Kletterwand ja wirklich nicht zu nahe treten! Und was hat das Klettern jetzt mit meinen wunderbaren, geistlich wertvollen Sinnsprüchen zu tun?“

„Ich hab mir das so gedacht“, erklärte er eifrig. „Wir kopieren die Sprüche auf Zettel, einen für jede Gruppe, aber in jedem Satz fehlen ein oder zwei Worte. Also zum Beispiel: *Keinem von uns ist Gott*, und statt *fern* stehen drei Punkte da. Und diese fehlenden Worte, also in meinem Beispiel *fern*, stehen auf kleinen Holzbrettchen, und die hängen oben in der Kletterwand.“

„Und jeder muss ein solches Wort herunterholen“, begriff ich.

„Genau! Und dann müssen sie die Worte in die Sprüche einsetzen. Auf diese Weise müssen sie sich ein bisschen damit beschäftigen, um jedes Wort in den richtigen Spruch und an die richtige Stelle einzusetzen.“

„Genial! Schließlich sollen sie ja drüber nachdenken.“

Ich legte das Kinn auf meine angezogenen Knie und stellte mir die Sache vor. „Die Sache hat nur einen Haken“, stellte ich dann fest.

„Welchen?“

„Wie viele Gruppen kommen denn?“

„Ungefähr fünfundzwanzig, schätze ich.“

„Dann muss fünfundzwanzigmal einer von uns raufklettern, um die Brettchen mit den Worten wieder raufzuhängen!“

„Hm.“ Marek überlegte. „Wir könnten das letzte Kind von jeder Gruppe alles wieder oben aufhängen lassen.“

„Ich weiß nicht ... Ich finde es besser, wenn jeder dasselbe beiträgt und nicht einer so eine Sonderrolle hat ... Weißt du, was ich meine?“

Er nickte nachdenklich. „Okay. Andere Idee: Jeder hängt ein Wort rauf und bringt ein anderes runter.“

„Abgelehnt.“

„Warum?“

„Weil sie dann nie alle Wörter gleichzeitig auf dem Boden haben, um sie mit den Sprüchen zu vergleichen und zu überlegen, welches wohin passt.“

„Auch wieder wahr.“ Er zog ebenfalls die Knie an und legte das Kinn darauf. Eine Zeit lang überlegten wir schweigend. Dann sprang Marek auf.

„Aber jetzt hab’ ich’s: Wir befestigen oben einen Haken und führen eine Schnur drüber, wie bei einem Fahnenmast. Wenn eine Gruppe fertig ist, hängen wir alle Worte dran und ziehen sie hinauf. Na?“

Ich stellte mir die Sache wieder bildlich vor und fand sie perfekt.

„Also“, sagte Marek eifrig. „Wir brauchen Brettchen, Haken, Schnur und den Text. Ich komme morgen wieder und bringe alles mit.“

*

Am Ende der Woche hatten wir endlich alles fertig; unser Text lautete jetzt folgendermaßen:

Keinem von uns ist Gott …
Niemand versteht deine … besser als Gott.
Erwarte dir … von Gott!
Gott gibt uns nicht immer das, was wir uns …,
aber er gibt uns etwas …
Du kannst nie … fallen als in Gottes …

Davon hatten wir 40 Kopien gemacht. (Sicher ist sicher!) Außerdem hatten wir drei Sets von Brettchen gebastelt (in drei verschiedenen Farben, um sie nicht durcheinander zu bringen), die die Worte *fern, Sorgen, viel, wünschen, Besseres, tiefer* und *Hand* trugen und mit Drahthaken versehen waren.

„Perfekt!", freute sich Marek. „Ich hätte nie gedacht, dass ich so ein tolles Religionsspiel erfinden kann!"

„Kannst du auch nicht!", stichelte ich. „Zumindest nicht ohne mich!"

„Eingebildet bist du gar nicht!", zog Marek mich auf. „Aber ich gebe zu, ein kleines Körnchen Wahrheit ist schon dabei."

„Ein kleines? Na warte, Bruderherzchen!" Schon hatte ich mein Kissen aus dem Bett gezogen und bewarf ihn damit.

Er warf es umgehend zurück. „Spar dir deine Kräfte für morgen!", lachte er. „Um halb acht bist du am Rathausplatz, ist das klar?"

„Phh!", machte ich zickig. „Und wenn nicht?"

„Wenn nicht? Dann … dann ruf ich deine Mutter an und sag's ihr!", grinste er.

„Pfui, Petze!", rief ich empört und fiel über ihn her.

Eine kleine geschwisterliche Balgerei – jetzt merkte ich erst, was mir all die Jahre entgangen war!

29. Kapitel

Am Sonntag erschien ich natürlich pünktlich im Morgengrauen am Rathausplatz. Nicht so sehr, weil ich Angst gehabt hätte, Marek könnte mich wirklich bei meiner Mutter verpetzen – aber ich hatte mich jetzt so viel mit den Vorbereitungen für dieses Spiel befasst, dass ich mich schon richtig darauf freute.

Das Rathaus sah mit seinen vielen Fenstern und den filigranen neugotischen Türmchen wie ein Feenschloss aus. Auf seiner höchsten Zinne stand der Rathausmann und blickte seit Jahrhunderten gelassen in die Tiefe, auf den Park, die Springbrunnen und die große freie Fläche, auf der sich heute schon zu dieser frühen Stunde eine Anzahl Pfadfinder mit ihren charakteristischen breiten Hüten tummelte.

Der Kletterturm, eine hohe dreieckige Säule, war bereits mit einem Laster angeliefert worden. Er stand auch schon aufrecht und war mit Drahtseilen gegen schwere Betonklötze verspannt. An jeder der drei Seiten waren Griffe und Vertiefungen angebracht, an denen man hochklettern konnte. Über eine Öse am oberen Ende jeder Wand lief ein Seil für den Sicherungsgurt, und über einen kleinen Karabiner konnte man unsere Sinnspruch-Worte rauf- und runterziehen.

Marek musste schon seit Stunden hier sein und den Aufbau überwacht haben. Da entdeckte ich ihn auch schon. Er lief geschäftig hin und her, begrüßte, erklärte und kontrollierte. Als er mich sah, eilte er auf mich zu und umarmte mich. Ich war solch spontane Herzlichkeitsbezeugungen noch immer nicht gewohnt und reagierte etwas steif.

Marek merkte meine Abwehr und schob mich schnell wieder auf Armeslänge weg. „Hey … guten Morgen!“, stammelte er ein wenig verlegen. Er war im vollen Pfadfinderornat, mit unzähligen Wappen, Abzeichen und Aufnähern an seinem roten Hemd sowie einem Halstuch mit geflochtenem Ring und dem unvermeidlichen Hut.

„Hi, Marek!“ Ich überwand mich und umarmte ihn ebenfalls, damit er nicht verlegen sein musste. Es fühlte sich unerwartet gut an. Vielleicht konnte ich mich doch dran gewöhnen?

„Vicki, das ist der Fluppi“, stellte er mir einen stämmigen Endzwanziger mit blondem Bart vor, der ebenfalls als Oberpfadfinder kostümiert war.

Ich fragte mich im Stillen, was einen erwachsenen Menschen veranlasste, sich mit einem derartigen Spitznamen titulieren zu lassen, sagte aber artig: „Hi, Fluppi.“

„Er sichert die schwierige Seite“, erläuterte Marek. „Du darfst die leichte Seite nehmen, ich hab' die mittlere.“ Er führte mich um die Klettersäule herum und zeigte mir „meine“ Seite. „Zu dir kommen die Wichtel und Wölflinge, das sind die Kinder zwischen sieben und zehn Jahren. Du legst ihnen diesen Brustgurt hier an, schau, so“ – er demonstrierte es an sich selbst – „und ziehst ihn hier fest. Dann sicherst du – warte, der Fluppi zeigt es dir.“

Fluppi zog sich das Seil, an dessen anderem Ende Marek sich festgeschnallt hatte, zwischen den Beinen durch und über die Schulter wieder nach vorne. „Das erhöht die Reibung“, erklärte er. „Falls ein Kind abstürzt, musst du sein Gewicht nicht mit den bloßen Händen halten.“ Marek kletterte an den Griffen der Wand hoch, und Fluppi zeigte mir, wie man das Seil gespannt halten konnte, indem er abwechselnd das von oben kommende Seilstück und das Ende über seiner Schulter straffte.

„Behalte das Kind immer im Auge“, wies Fluppi mich an, „damit du rechtzeitig bemerkst, wenn es abrutscht. Und geh nicht zu weit von der Wand weg, sonst reißt es dich im Fallen nach vorne.“

Marek simulierte einen Absturz, indem er oben in der Wand mit übertriebener Gebärde neben einen Tritt stieg und sich mit einem gekünstelten Aufschrei ins Seil fallen ließ. Fluppi fing den Ruck ab und ließ dann das Seil langsam nach, wodurch Marek sanft zu Boden schwebte. „Durch die Reibung oben an der Öse und an deinem Körper musst du weniger Kraft aufwenden", erklärte er. „Willst du's mal probieren?"

Unter Fluppis Aufsicht ließ ich Marek hinaufsteigen, abstürzen und zu Boden schweben. Obwohl er wahrscheinlich schwerer war als ich, ging es ganz einfach, und mit kleinen Kindern würde es noch viel leichter sein.

„Jö, die Michi!" Marek befreite sich schnell von seinem Brustgeschirr, um eine junge Frau zu begrüßen, die über den Platz geeilt kam. Im Unterschied zu allen anderen Menschen hier trug sie ein hellgraues Business-Kostüm und ein nobles Aktenköfferchen. Ihr blondes Haar war zu einer eleganten Hochsteckfrisur eingerollt (die an mir ungefähr wie ein Krähennest ausgeschaut hätte).

Marek und sie begrüßten einander mit Küsschen links, Küsschen rechts. „Schön, dass du vorbeischaust!", sagte Marek.

„Na ja, wenigstens anschauen wollt' ich's mir doch!", antwortete sie. „Servus, Fluppi!"

„Hallo, Michi!"

Marek zeigte auf mich. „Das ist die Vicki – du weißt schon, meine Schwester. Vicki, das ist die Michaela."

„Hallo!" Die junge Frau streckte mir die Hand hin und drückte sie herzlich. „Ich hab ja schon viel von dir gehört – von der Schwester, die auf wundersame Weise plötzlich aufgetaucht ist!" Das klang nicht sarkastisch, sondern ehrlich, und sie lächelte dabei. Ich fand sie sympathisch. Offensichtlich handelte es sich hier um Mareks Freundin, die es da „so hin und wieder gab", und deswegen *wollte* ich sie auch sympathisch finden. Meine Brüder hatten nette Freundinnen verdient!

Ihr Blick wanderte den Kletterturm hinauf. „Doch wieder die Kletterwand?", wunderte sie sich. „Ich hab geglaubt, du hast diesmal den Schwerpunkt ‚Glauben' ausgefasst!"

„Hab ich auch. Die Vicki und ich haben uns ein absolut geniales Spiel ausgedacht!" Er erklärte ihr die Sache mit den Sprüchen und den fehlenden Wörtern. „Und am Schluss darf jeder ‚*in Gottes Hand fallen*‘ – das heißt, er wird von uns abgeseilt. Na, was sagst du dazu?“ Er strahlte vor Stolz.

Sie nickte anerkennend. „Ich hätte nicht gedacht, dass es dir gelingt, sogar beim Thema ‚Glauben‘ die Kletterwand unterzubringen! Du, jetzt muss ich aber wirklich gehen! Viel Spaß noch, alle miteinander!“ Sie winkte und eilte davon.

„Wohin läuft sie denn so eilig?“, erkundigte ich mich.

„Sie trifft sich mit Kunden.“

„Am Sonntag? Was für Kunden?“

„Sie arbeitet für eine Versicherung, da muss sie darauf Rücksicht nehmen, wann ihre Klienten Zeit haben. Und das ist halt oft am Abend oder am Wochenende. Leider.“

„Ist sie auch eine Pfadfinderin?“

„An sich ja, aber ihr Job nimmt sie sehr in Anspruch, so dass sie jetzt immer weniger Zeit dafür hat.“ Er sah auf die Uhr. „Es müsste bald losgehen! Die Begrüßungszeremonie hat längst begonnen, jetzt werden bald die ersten Gruppen kommen!“

Tatsächlich erschien wenig später eine Hand voll kleiner Mädchen in blauen Pullovern und mit rotkarierten Tüchern um den Hals. Eine dicke Dame in bequemen Gesundheitsschuhen begleitete sie schnaufend. Da es sich um „Wichtel“ handelte (obwohl sie nichts Unbedarft-Zwergiges an sich hatten, sondern ziemlich clever und selbstbewusst waren), wurden sie mir zugeteilt. Die Fliegengewichte kletterten wie die Profis und hätten locker auch die schwierigeren Routen bewältigt. Jede nahm ein Wortbrettchen vom Haken und ließ sich dann mit einem Freudenjauchzer in den Gurt fallen, sodass ich sie langsam runterlassen konnte.

Danach tüftelten sie einige Zeit über den Sätzen. Anscheinend war das Einfüllen der Wörter doch nicht so selbstverständlich klar, wie ich gedacht hatte, jedenfalls gab es heiße Diskussionen, ob es nicht vielleicht „Erwarte Besseres von Gott“ heißen müsste, wobei dann jedoch das Wort „viel“ übrig blieb. Endlich waren sie sich einig geworden und gaben mir ihr Textblatt zur Überprüfung. Ich zählte die richtig eingesetzten Wörter zusammen und trug die Punkte in den Spielepass der Gruppe ein.

Bei Marek und Fluppi waren inzwischen auch Jugendliche eingetroffen, die an den Seilen rauf- und runtergezogen wurden. Marek hatte Recht gehabt: Alle Kinder liebten die Kletterei; schon der Anblick der Klettersäule von ferne versetzte sie in freudige Aufregung. Sogar ein Junge, der seinen Arm in Gips trug, bestand darauf, hinaufzusteigen.

Der Vormittag verging wie im Flug. Schon gab es Mittagspause. Marek teilte seine belegten Brote mit mir, weil ich nichts mitgebracht hatte. Nach dem Essen fühlte ich mich ein bisschen träge, aber da kamen schon wieder Kinder. Bei der nächsten Gruppe war ein Junge dabei, der für sein Alter von 10 oder 11 Jahren ungewöhnlich groß und unglaublich dick war – bestimmt wog er um ein Drittel mehr als ich, und das will was heißen! Dazu trug er auch noch eine enorm dicke Brille, durch die seine Augen groß wie Untertassen wirkten.

„Na, Wolli, schaffst du das?", fragte der begleitende Oberpfadfinder aufmunternd. Ich hoffte insgeheim, dass Wolli nobel verzichten würde (überhaupt: *Wolli*?! Musste man einen dämlichen Spitznamen haben, um Pfadfinder zu werden?!), aber der dicke Junge schluckte tapfer und nickte.

Die Kinder ließen ihre Jacken und Proviant-Rucksäcke irgendwo zu Boden fallen und stritten sich darum, wer anfangen durfte. Ich beschloss, die „Aktion Wolli" hinter mich zu bringen und rief ihn als Ersten auf. Nachdem ich erklärt hatte, worum es ging, schnallte ich ihn fest (der Gurt war zum Glück lang genug) und spannte das Seil. Langsam und unbeholfen kletterte er aufwärts. Die anderen Kinder beobachteten seinen Aufstieg interessiert, aber erstaunlicherweise hänselten sie ihn nicht und lachten ihn nicht aus, sondern gaben ihm hilfreiche Tipps wie „Ein bissel nach rechts!" und „Da oben, der blaue Griff!"

Je höher er kam, desto unbehaglicher schien er sich zu fühlen – ein großer Bergsteiger war an ihm nicht verloren gegangen! Er schwitzte und zitterte und schmiegte sich immer enger an die Wand, wodurch er aber dann die Griffe und Tritte nicht mehr sehen konnte. Ich ging einen Schritt rückwärts, um das Seil besser gespannt halten zu können, ohne Wolli dabei aus den Augen zu lassen.

Da passierte es auch schon: Wolli griff zu kurz, rutschte ab und fiel. Der Ruck seines Sturzes riss mich abrupt nach vorne. (Offenbar war ich zu weit zurückgegangen!) Ich krallte meine Hände fest um das Seil und machte einen schnellen Schritt, um nicht zu fallen, aber genau an dieser Stelle hatte jemand seinen Rucksack abgestellt. Ich stolperte, verhedderte mich im Trageriemen, das gespannte Kletterseil riss mir die Beine weg, und schon knallte ich rücklings zu Boden. Da lag ich nun wie ein Käfer auf dem Rücken und zappelte mit den Beinen. Trotzdem hielt ich reflexartig mit beiden Händen das Seil umklammert, an dem nun in luftiger Höhe Wollis Leben hing.

„Hilfe!", schrieen wir beide – ich unten, Wolli oben.

Endlich reagierte der Begleitpfadfinder. Er stürzte zu mir, wickelte sich das straff gespannte Seil mehrmals um die Hand und rief nach oben: „Keine Angst! Ich hab' dich! Dir kann nichts passieren!"

Wirklich rührend, wie er sich um mich kümmerte. Wahrscheinlich musste ich auch noch dankbar sein, dass er mir nicht aufs Gesicht getreten war!?

Endlich wandte er sich mir zu: „Entschuldigung, darf ich?", fragte er von oben auf mich runter, wickelte mich aus dem Seil und schlang es sich selbst um den Leib. Langsam und unter gutem Zureden ließ er Wolli zu Boden sinken.

Ich saß im Dreck des Rathausplatzes und zitterte. Im Fallen hatte ich mir die Handknöchel aufgeschürft, weil ich ja das Seil fest in der Faust gehalten hatte. Der Rücken tat mir weh und den Kopf hatte ich mir auch angeschlagen. Meine Brille – wo war meine Brille abgeblieben? Die hatte sich irgendwo unterwegs selbstständig gemacht. *Doofi, Doofi, Doofi-Katastrophi!*, intonierte ein Chor imaginärer Stimmen in meinem Hinterkopf. Ich war den Tränen nahe.

„Da, deine Brille!“ Schüchtern hielt mir eines der Kinder das gute Stück entgegen.

Ich brachte ein schiefes Lächeln zustande. „Danke.“ Sie war dreckig und auch ein wenig verbogen.

„Haben Sie sich wehgetan?“ Da Wolli sicher gelandet war, kümmerte sich der Begleit-Typ endlich auch mal um mich und half mir auf.

„Geht schon“, murmelte ich. „Und du?“, wandte ich mich an Wolli, der wie versteinert am Fuß der Klettersäule stand.

„Ja, äh, danke“, stotterte er. Dann richtete er seine untertassengroßen Brillenaugen treuherzig auf mich: „Danke, dass Sie nicht losgelassen haben!“

„Oh, äh – gern geschehen“, antwortete ich überrascht. Was für ein höfliches Kind!

„Vicki, alles in Ordnung?“, schrie Marek von der anderen Seite. Da er selbst ein Kind am Seil hatte, konnte er seinen Platz nicht verlassen.

„Ja ja!“, schrie ich zurück.

„Erholen Sie sich erst mal ein bisschen“, schlug der Begleit-Typ vor. „Ich kann meine Kinder inzwischen selbst sichern.“ Endlich trug er mal was Nützliches bei! Dankbar überließ ich ihm mein Seil und bediente mich erst mal an Mareks Thermoskanne mit Kaffee.

Während der Typ die Kinder rauf- und runterzog und sie den Text ausfüllen ließ, restaurierte ich meine Brille und wusch die Schrammen an meinen Händen mit Wasser aus Mareks Trinkflasche. Das beruhigte. Im Grunde war ja nichts passiert – außer, dass Doofi sich mal wieder zum Narren gemacht hatte …

30. Kapitel

Gegen drei Uhr war die letzte Gruppe fertig. Marek und Fluppi montierten die Haken und Schnüre ab und packten alles ein.

„Der Turm wird später abgeholt“, erklärte Marek. „Magst du noch zur Messe mitgehen?“

Da ich nichts Besseres vorhatte und der Tag bisher (abgesehen von dem kleinen Missgeschick) sehr vergnüglich gewesen war, beschloss ich, auch den Gottesdienst zu besuchen. Es war meine zweite katholische Messe, und sie war ganz anders als die erste. Gotische Säulen und Glasfenster gab es diesmal nicht, weil die ganze Sache im Freien stattfand.

Mitten auf dem Heldenplatz,umgeben von der klassizistischen Rundung der Hofburg, dem Burgtor mit seinen hohen Torbögen und ein paar Reiterstandbildern, versammelten sich 200 Pfadfinder in roten Hemden und bunten Halstüchern auf der Wiese. Der Priester war diesmal auch ziemlich schmucklos, er trug Jeans und eine Windjacke und legte sich einfach eine Stola um den Hals. Statt gewaltiger Orgelklänge gab es ein paar Gitarren, und man sang natürlich auch keine Choräle, sondern schwungvolle Jugendlieder. Die Jugendlichen durften manche Teile der Messe mitgestalten. Alles in allem war es das glatte Gegenteil des Ostergottesdienstes, aber nicht weniger feierlich. Bloß das mit der Brotverteilung wollte ich mir lieber noch mal überlegen …

Bei den Fürbitten traten Kinder ans Mikrofon und trugen vorgefertigte Anliegen vor: für die Kranken, für die Verfolgten, für den Frieden in der Welt und so weiter.

Auf einmal ging mein dicker Freund Wolli vor und sagte: „Lieber Gott, danke für unsere Anführer, die alles für heute vorbereitet haben und die sich auch sonst immer so viel Mühe für uns machen. Danke, dass wir nie tiefer fallen als in deine Hand, und danke für die Frau, die heute ‚Gottes Hand' für mich war. Bitte segne sie alle."

Während die Menge gehorsam „Wir bitten dich, erhöre uns" antwortete, blieb mir die Spucke weg. Wolli sprach von *mir* ... oder? Er hatte sich tatsächlich einen meiner frommen Sprüche gemerkt und meine originelle „Doofi-wälzt-sich-im-Dreck"-Aktion hatte einen bleibenden Eindruck bei ihm hinterlassen.

Was für ein ungewöhnliches Kind.

Was für ein ungewöhnlicher Tag.

In meiner Verwirrung ließ ich mir ein Stück Brot geben (heute war es keine Oblate, sondern eine Art Pizzabrot) und versuchte mir vorzustellen, wie Jesus jetzt ein Teil von mir war.

Oder umgekehrt.

Oder was weiß ich.

*

An diesem Abend telefonierte ich ausführlich mit Dorit, die in den letzten Wochen irgendwie von der normalen Freundin zur geistlichen Beraterin avanciert war. Ich erzählte ihr, dass ich den „Leib Christi" gegessen hatte und dass ich einem dicken Jungen zu einem spirituellen Aha-Erlebnis verholfen hatte. Auf das Erste wusste Dorit nichts zu erwidern, das Zweite fand sie großartig. Das tat gut, denn heute Nachmittag hatte es sich zunächst nicht so großartig angefühlt.

„Manchmal sind Gottes Wege unerforschlich", dozierte Dorit. „Und manchmal, wenn man Glück hat, erkennt man später den Sinn von Gottes Wirken."

Ich überlegte, ob ich diesen Satz in meine Sprüchesammlung aufnehmen sollte. Vielleicht musste man ihn noch ein bisschen umformulieren?

„Oft erst sehr viel später", fügte sie hinzu.

*

In den folgenden Wochen brach in Wien der Frühling aus. In den barocken und weniger barocken Parks grünte und blühte es um die Wette. Auf dem Heldenplatz roch es berauschend nach Flieder, im Prater blühten die Kastanien, und die Liebespaare schossen schneller aus dem Boden als die Pilze (die man hierzulande „Schwammerln“ nannte).

Tante Gabi schleppte mich ins Schloss Schönbrunn, wo ich endlich die leibhaftigen Räumlichkeiten von dero k. u. k. Hoheiten Franz Josef und Sisi bestaunen durfte. Ich lernte, dass Sisi zeitlebens nicht mehr als 50 kg gewogen hatte (ein Gewicht, das ich zuletzt mit 12 Jahren hatte) und täglich drei Stunden lang frisiert wurde. Kein Wunder, dass die Monarchie untergegangen ist! Obwohl – in gewisser Weise war sie ja noch sehr lebendig, besonders hier zwischen Sternparkett, Porzellan-Waschschüsseln und glasierten Kachelöfen.

Mein Eindruck allgegenwärtiger Monarchie verstärkte sich, als Vater mich in das berühmte Burgtheater mitnahm und ich herausfand, dass es in Wirklichkeit „K. u. k. Hofburgtheater“ hieß. Die Fiakerfahrt, die ich ebenfalls aus Vaters Gutscheinheft konsumierte, tat dann ein Übriges: Wenn man nämlich dem Fahrer der Pferdekutsche Glauben schenkte, gab es in ganz Wien kein Haus, das nicht vom guten alten Kaiser Franz Josef persönlich erbaut worden war, oder so ähnlich.

Nur eines schien in diesen Tagen noch allgegenwärtiger zu sein als der Kaiser, und das waren die verliebten Pärchen, die zärtlich umschlungen unter blühenden Bäumen flanierten oder sich auch nur bei McDonald's über einem Cheeseburger küssten. Ihr Anblick tat mir weh.

Zuerst dachte ich, ein wahrer Christ würde es selbstlos schaffen, sich mit den Glücklichen zu freuen. Dann merkte ich, dass ich dazu nicht selbstlos genug oder nicht wahrer Christ genug war, und versuchte mich damit zu trösten, dass die meisten dieser Liebeleien den Frühling nicht überleben würden. Und zuletzt gab ich es einfach zu: Es tat weh, allein zu sein.

So lange war ich die selbstverständliche Hälfte eines selbstverständlichen Paares gewesen – immer war da jemand gewesen, jemand, der zu mir gehörte, jemand, der mir vertraut war ... Ich kannte Dirk seit meiner Schulzeit; wir waren seit 10 Jahren ein Paar und seit 3 Jahren verlobt. Wir kannten einander in- und auswendig, wir wussten, was der andere sagen oder tun würde, wir ... – äh, Moment mal! Ich hatte *nicht* gewusst, dass Dirk mich betrügen würde. Ich hätte nie gedacht, dass er zu so was fähig wäre! Vielleicht hatte ich ihn doch nicht so gut gekannt, wie ich glaubte?

Aber wie auch immer: Er fehlte mir. Um ganz ehrlich zu sein, fehlte mir vielleicht nicht mal konkret Dirks Person, sondern *überhaupt* eine Person. Jemand, der zu mir gehörte. Mir fehlte das Gefühl, zusammen zu sein.

Seufz.

*

„Tante Vicki?"

„Julian?!"

Ein Punker mit blauroter Zackenfrisur, Springerstiefeln und Nietengürtel war auf einem Kinderspielplatz nicht gerade ein alltäglicher Anblick. Ein, zwei junge Mütter stellten sich schnell schützend vor ihre Kinder, als die bedrohliche Gestalt den Spielplatz betrat. Doch Julian setzte sich friedlich neben mich auf die Bank und streichelte Filou, den ich neben mir angebunden hatte. Tommi sah von seiner Beschäftigung (Rindenstückchen lutschen) auf und wackelte näher, um Julians Knie zu umarmen. Seit kurzem konnte er „Lula" sagen, was, abgesehen von „Schnuller", auch „Julian" bedeutete, und darauf war er sehr stolz.

Als die jungen Mütter realisierten, dass Julian weder den kleinen Hund noch das kleine Kind fressen/foltern/rituell opfern wollte, entspannten sie sich wieder.

„Kann ich dich was fragen?", setzte Julian die Konversation zögernd fort.

„Natürlich." Ich hatte nicht angenommen, dass er mir aus bloßer Zuneigung auf den Spielplatz gefolgt war.

„Ich, äh ..." Er druckste herum und fand ewig keinen Anfang. Es schien sich um ein ungeheuer delikates Problem zu handeln. Nach längerem Leiden konnte ich seinem Gestammel entnehmen, dass er an einer Mitschülerin Gefallen gefunden hatte und nun nicht wusste, wie er sie ansprechen sollte.

Es ehrte mich, dass er gerade mich danach fragte, aber meine Erfahrungen im Anmachen von Mädchen waren leider sehr beschränkt. Andererseits sollte meine fast doppelt so große Lebenserfahrung mich doch wohl in die Lage versetzen, ihm Tipps zu geben, was Mädchen mochten, oder?

„Erzähl mir was von ihr – wie ist sie so?", fragte ich.

„Hübsch ... nett ...", murmelte er. Ich merkte schon, wo der Hund begraben lag: typische männliche Kommunikationsschwäche! Mit etwas Mühe entlockte ich ihm eine etwas nähere Spezifizierung von „hübsch" und „nett". Es schien sich bei seiner Tina um ein ziemlich normales, eher konservatives Mädchen zu handeln – also weder gepierct noch auffallend tätowiert, kein Zombie-Make-up oder verkehrte Kreuze, und auch Kleidung und Frisur schienen eher das zu sein, was alte Leute wie ich als „normal" betrachteten.

„Hat sie dich schon bemerkt?"

„Ehrlich, Tante Vicki – ich bin normalerweise nicht der Typ, der mit dem Hintergrund verschmilzt!", bemerkte er entrüstet.

Damit hatte er wohl zweifellos Recht. Aber ob Klein-Tina auf Punker stand?

„Denkst du ... dass ihr dein Outfit gefällt?", fragte ich vorsichtig.

Er zog die Schultern hoch.

„Was willst du denn eigentlich damit aussagen?", fragte ich noch vorsichtiger.

„Äääh ... na ja, dass ich mich was trau'!"

„Was?"

„Na, dass ich mich trau', so was anzuziehen, was sich sonst keiner traut!"

„Du meinst, du willst die Erwachsenen damit provozieren?"

„Die *alten* Erwachsenen", korrigierte er. Offenbar hielt er sich selbst für einen jungen Erwachsenen. Na ja.

„Okay, aber denkst du, dass Tina das auch will?"

Er überlegte. „Ich glaub, die ist eher angepasst. Die traut sich nicht, die Lehrer zu schockieren, weil sie Angst um ihre Noten hat."

„Stört dich das an ihr?"

Er zog wieder die Schultern hoch. „Typisch Mädel eben."

„Also gut. Und was könnte einem Mädchen wie Tina gefallen?"

Er runzelte die Stirn. „Ich weiß nicht ... Mädchenkram? Blumen? Geschenke?"

„Hm, guter Anfang!"

„Ich kann doch nicht einfach in den Schulhof spazieren und ihr ein Geschenk geben", meinte er angewidert. „Ich kenn' sie doch gar nicht! Nein, unmöglich!"

„Natürlich nicht", beruhigte ich ihn. „Wir überlegen ja erst. Was mögen Mädchen sonst noch?"

„Keine Ahnung! Komplimente?"

„Sehr gut!", lobte ich. „Kannst du auf dem Schulhof nicht einfach zu ihr hingehen und ihr was Nettes sagen? Über ihr Aussehen, ihre Haare zum Beispiel?"

Er zog ein Gesicht. „Das ist so ... spießig!"

„Aber es funktioniert meistens!", räumte ich ein. „Jeder hört gern Komplimente. Überleg doch: Wenn dir jemand, den du überhaupt nicht kennst, sagt, dass er dein Outfit absolut cool findet – würdest du den nicht sympathisch finden?"

„Hm." Er starrte nachdenklich vor sich hin.

„Also, ich denke, einen Versuch könntest du machen. Und wenn sie dich dann nett findet, kannst du sie ein paar Tage später fragen, ob sie mit dir was trinken geht oder so. Na?"

Anscheinend hatte er mir zuletzt nicht mehr zugehört, denn er starrte immer noch unbeweglich auf einen Punkt in der Ferne. „Was hat denn *dein* Freund am Anfang gemacht?", fragte er unvermittelt.

Aua.

Das ging mir wie ein scharfer Stich durch die Brust. Wenn es etwas gab, woran ich derzeit nicht denken wollte, dann waren es die romantischen Anfänge meiner Beziehung zu Dirk!

„Na komm, sag schon!", bettelte er.

Ich seufzte. „Er hat … mir ein Gedicht geschrieben."

„Ein Gedicht??"

„Hm, ja. Über mich." Das Ganze war 10 Jahre her, aber ich wusste es noch auswendig: „‚Du hast tolle Locken, die manchmal bocken. Bist rund, doch nicht fett – ich finde dich sehr nett!'" Es reimte sich nicht nobelpreisreif, aber ich fand es natürlich wunderschön. „Tolle Locken", „rund, doch nicht fett" – das waren die Dinge, die man Doofi Katastrophi sagen musste, um sie für sich zu gewinnen! Zumal ich zu Hause ja doch nur ständig hörte, wie unmöglich meine Frisur war und dass ich zu viel Speck auf den Hüften hatte …

„Es war keine Unterschrift dabei", erzählte ich. „Der Zettel lag einfach zwischen meinen Büchern. Eine Woche lang wusste ich nicht, wer ihn geschrieben hatte. Ich schickte alle meine Freundinnen aus, um die Handschriften sämtlicher Jungs in unserer Schule auszuspionieren! Mensch, ich wäre fast geplatzt vor Neugier!"

„Und was hat er dann gemacht?", fragte Julian interessiert.

„Er schrieb noch ein Gedicht: ‚Ich find' dich süß und lecker, drum geh mit mir zum Bäcker! Willst du wissen, wer ich bin? Dann komm' um 6 Uhr zum Haneke hin!'"

„Und? Bist du hingegangen?"

„Natürlich! Ich hatte vorsichtshalber meine Freundin dabei" – *das war Anja! Ich hatte sie bei meinem ersten Rendezvous mit Dirk dabei! Aaahh!!* – „aber die ging dann bald unter einem Vorwand nach Hause.“ *Damals wusste sie noch, was sich gehört!*

„Und ab dann wart ihr zusammen?“, staunte Julian.

„Na ja, nicht gleich. Aber kurz darauf.“ Es tat weh, sich daran zu erinnern. Julian hatte vermutlich keine Ahnung, was er da von mir verlangte!

„Cool“, murmelte er versonnen. „Ich könnte ein bisserl ihre Freundinnen ausspionieren, ob ihr das Gedicht gefällt, bevor ich mich zu erkennen gebe ... Wenn sie's blöd findet, mach' ich einfach nichts mehr. Da hab' ich kein Risiko. Doppel-cool!“

Ich zuckte zusammen. Ich hatte diese Sache immer für besonders romantisch gehalten. Dass es eine kluge Aktion zur Risikominimierung sein könnte, war mir noch nie in den Sinn gekommen! Das war ja ... empörend!

„Danke, Tante Vicki!“ Julian sprang auf. „Das ist eine super Idee!“

Weg war er.

Ich fühlte mich unendlich einsam. Vielleicht sollte ich wirklich auf Tante Gabis Anfrage bezüglich ihres Partnerschaftsbüros zurückkommen ...

31. Kapitel

Auch Irene schwelgte in Frühlingsgefühlen. Wenn in der Apotheke wenig los war und der junge Herr Magister gerade nicht in der Nähe herumschlich, schwärmte sie mir von ihrer jüngsten Eroberung, einem gewissen Ivan, vor. Ihren Aussagen zufolge sah er wie eine Mischung aus Superman und Orlando Bloom aus, war so charmant wie George Clooney und zeichnete sich vor allem dadurch aus, dass er sie auf Händen trug. Dass er nur gebrochen Deutsch konnte und weder eine Arbeit noch eine gültige Aufenthaltsgenehmigung hatte, tat ihrer Begeisterung keinen Abbruch.

„Am Wochenende hat er für mich gekocht“, pries sie ihren Schatz. „Cevapcici, nach dem Rezept seiner Großmutter! Ist das nicht süüüß?“

Ich hielt es für meine Pflicht als Freundin, sie zu warnen. „Meinst du nicht“, fragte ich diplomatisch, „dass er vielleicht nur hofft, durch dich die österreichische Staatsbürgerschaft zu erlangen?“

„Was denkst du denn von ihm?!“, entrüstete sie sich. „Vom Heiraten ist doch keine Rede!“

Ach nein, wie ehrenhaft von ihm.

Meine Warnungen stießen auf taube Ohren, Irene wurde sogar fast böse auf mich. Freundinnenpflichten waren eigentlich nicht sehr angenehm! Langsam verstand ich, wieso niemand mir die Dirk-Anja-Sache hinterbracht hatte. Und so hörte ich mir weiterhin widerstrebend an, welche serbischen Eintopfgerichte Ivan fabriziert hatte und an welchen blumenduftgeschwängerten Plätzen er Irene geknutscht hatte. Wenn ich ihr jetzt gar noch mit Gott und seiner Meinung zum vorehelichen Sex gekommen wäre, dann hätte sie mir vermutlich die Freundschaft aufgekündigt. Ich merkte schon, es war gar nicht so leicht, ein guter Christ oder eine gute Freundin (oder gar beides) zu sein – und ich schätzte jetzt umso mehr, dass Dorit das für mich war.

Das Datum meiner geplatzten Hochzeit rückte näher und damit auch das Datum von Dirks Hochzeit mit Anja. Immerhin waren die beiden zartfühlend genug gewesen, ihre Hochzeit nicht auf „meinen“ Tag zu legen, sondern drei Wochen später, aber das war schlimm genug. Wohl hatte ich längst aufgegeben, auf ein Wunder zu hoffen. Dorit hatte ja Recht – Dirk war in Wirklichkeit nicht das, was ich brauchte. Trotzdem fühlte ich mich, als ob ich vor einer Amputation stünde.

Irenes öffentlich zur Schau gestellte Verliebtheit, Julians Werben um Tina, das er mit mir teilte, und die herannahenden kritischen Daten machten mich mürbe. Ich wollte auch wieder verliebt sein! Flüchtig dachte ich daran, dem jungen Herrn Magister eine Chance zu geben. Aber das hatte gleich zwei Nachteile: Erstens konnte ich ihn schwer wieder loswerden, falls es doch nicht das Gelbe vom Ei sein sollte, weil ich ihn ja in der Arbeit täglich sah, und zweitens glaubte er ja, Marek wäre mein Freund, und diese Tarnung wollte ich nicht mutwillig zerstören.

Also ...?

Letztendlich willigte ich ein, Tante Gabis wählerischen Kunden zu treffen.

*

Ich hatte das erste Rendezvous mit dem geheimnisvollen Herrn Anatol auf den Samstag gelegt, an dem meine Hochzeit hätte stattfinden sollen. An diesem Tag wollte ich um keinen Preis allein sein!

Den Nachmittag, der übrigens freundlicherweise regnerisch und windig und überhaupt nicht romantisch war, brachte ich halbwegs erfolgreich herum, indem ich mit meinem Vater ins Kino ging. Eigentlich hatte ich Julian dazu einladen wollen, aber dank meiner (oder besser: Dirks) genialer, risikominimierender Gedicht-Strategie hatte der sich mit Tina verabredet.

Na ja. Wenn sogar Julian in Liebesdingen erfolgreich war, warum nicht auch ich? Immerhin hatte ich ein Date! Tante Gabi war fast aufgeregter als ich. Im Unterschied zu mir kannte sie Herrn Anatol ja schon. Er war ein VIP-Kunde, was, glaube ich, bedeutete, dass er mehr bezahlte und dafür auch mehr „Partnerschaftsvorschläge“ bekam, und Tante Gabi war sehr bestrebt, ihn zufrieden zu stellen.

„Ich glaub’, er ist aus einem alten ungarischen Adelsgeschlecht“, vertraute sie mir an. (Vermutlich ein direkter Nachfahre des österreich-ungarischen Herrscherhauses, oder wie?) „Jedenfalls gut aussehend, reich, elegant und ein bisserl exzentrisch. Also wunder’ dich nicht, wenn er dir manchmal ein bisserl komisch vorkommt! Aber er ist auf jeden Fall das, was man eine ‚gute Partie' nennt."

Das ging mir ja nun etwas zu weit. Zumindest wollte ich den Monarchie-Abkömmling erst einmal kennen lernen, bevor ich darüber nachdachte, ob ich ihn heiraten wollte! Aber Tante Gabi dachte halt – wahrscheinlich berufsbedingt – in anderen Kategorien als ich.

Ich tüftelte lange an meinem Outfit. Elegant, exzentrisch – was passte denn da? Wir waren in einem Restaurant ganz bei mir in der Nähe verabredet, das den romantischen Namen „Plachutta" trug und ziemlich vornehm war, so mit Stofftischtuch und Kerzenleuchter. Mit Dirk war ich damals ja immer nur in kleine Imbissbuden oder Cafés gegangen – aber erstens war die Auswahl an Lokalen in Moosheim natürlich geringer, und zweitens wollte ich Herrn Anatol nicht mit Dirk vergleichen. Anatol sollte auch eine Chance haben! Und überhaupt wollte ich *gar nicht* an Dirk denken – erst recht nicht heute!!!

Nach langem Hin und Her entschied ich mich für ein dunkelblaues Kostüm mit einer weißen Bluse. Schlicht, elegant, unaufdringlich. (Natürlich von einem mütterlichen Empfang, was sonst?) Das Kostüm musste schon recht alt sein, denn der Rock war eng und endete überm Knie. Bis zu welchem Alter hatte meine Mutter mir solche Röcke erlaubt? Es musste einige Jahre her sein, denn der Rock saß tatsächlich *sehr* eng – um nicht zu sagen knackig. Aber ein bisschen Sex-Appeal zur schlichten Eleganz konnte ja nicht schaden. Ich machte probehalber ein paar Schritte vor dem Spiegel. Es ging, auch wenn ich nur kleine Trippelschritte fertig brachte. Egal, das wirkte umso damenhafter. Und Anatol wollte mich schließlich zum Abendessen ausführen und keine Wettläufe veranstalten, nicht wahr?

Pünktlich um halb acht trippelte ich also in das feine Lokal. In kleinen Nischen, durch hölzerne Gitter diskret voneinander abgeschirmt, standen Tische mit weiß-gelben Tischtüchern und Stühle, die mit grünem Leder bezogen waren. Stoffservietten mit eingewebtem Muster waren zu

Blumen oder Bischofsmützen gefaltet. Kerzen spendeten ein mildes, schummriges Licht. Von irgendwo her rieselte dezente klassische Musik. Ich sah mich suchend um. Sofort trat ein livrierter Kellner zu mir und fragte höflich, ob er mir helfen könnte.

„Ich … äh … bin verabredet“, murmelte ich, ohne jedoch zuzugeben, dass ich nicht wusste, mit wem.

„Ist es der Herr dort hinten?“ Der Kellner ließ sich nicht abschütteln. Da ich nicht eingestehen wollte, dass ich meine Verabredung nicht kannte, blieb mir nichts anderes übrig, als mich zu dem Tisch des allein stehenden Herrn begleiten zu lassen.

„Bitte sehr.“ Endlich ließ der Livrierte von mir ab.

„Äh … guten Tag … sind Sie Herr Anatol?“, fragte ich flüsternd.

Der Mensch am Tisch sah von seinem Suppenteller auf und musterte mich schmunzelnd. „Nein“, sagte er. „Oder … wenn ich mir's recht überlege … vielleicht wäre ich es doch gerne?“

War das nun Anatols angekündigte exzentrische Art, oder verkohlte mich der Kerl? Ich setzte mich ihm gegenüber. „Ich bin Vicki“, stellte ich mich vor.

„Rapottinger“, antwortete er und schüttelte über den Tisch hinweg meine Hand. „Angenehm. Falls Ihr Herr Anatol nicht erscheint, können Sie gerne auf mich zurückkommen!“

Ich floh mit hochrotem Kopf. Das konnte auch nur Doofi Katastrophi fertig bringen, sich zu einem wildfremden Menschen an den Tisch zu setzen! Wie hatte ich mich nur überhaupt auf so ein verrücktes Date einlassen können? Ich unterdrückte den Impuls, nach Hause zu gehen, und ließ mich allein an einem freien Tisch nieder. Nichts konnte schlimmer sein, als am heutigen Abend allein zu bleiben. Selbst wenn Herr Anatol sich als Heiratsschwindler oder Werwolf entpuppen sollte, würde er mir zumindest helfen, diesen Tag herumzubringen – meine Ex-Hochzeit …

„Gestatten Sie, gnädiges Fräulein?" Eine tiefe Stimme riss mich aus meinen Gedanken. Vor mir stand ein Mann, den man allerdings tatsächlich als „gut aussehend und elegant" beschreiben konnte. Groß, breitschultrig, dunkelhaarig und irgendwie – wild. Unter seiner äußerst kultivierten Oberfläche schien ein feuriges Temperament zu lauern. Ungefähr so stellte ich mir Graf Dracula vor, bevor er untot war. Er trug einen hellen Anzug – Anatol, nicht Graf Dracula – und helle Wildlederhandschuhe. Handschuhe!! Sein dichtes schwarzes Haar war sorgfältig gestriegelt, trotzdem wirkte es irgendwie unbezähmbar, so wie der ganze Kerl.

„Anatol", stellte er sich mit einer knappen Verbeugung vor. „Und Sie sind das Fräulein Vicki."

„Ja", stotterte ich unbeholfen.

Er streifte den rechten Handschuh ab, ergriff meine Hand und beugte sich zur Andeutung eines Handkusses darüber. Das war mir unendlich peinlich, weil ich nicht wusste, ob ich sitzen bleiben oder aufstehen sollte und ob ich irgendwas zu sagen hatte. Doch er schien meine Verlegenheit nicht zu bemerken, sondern setzte sich und drapierte seine Handschuhe sorgfältig auf dem Tisch.

„Haben Sie schon bestellt?"

„N-nein, ich wollte auf Sie warten."

Jetzt wäre eigentlich der geeignete Moment gewesen, um sich mit zierlichen Worten für die Verspätung von über zehn Minuten zu entschuldigen, aber so was hatte Graf Dracula offenbar nicht nötig. Er blätterte fachmännisch in der Speisekarte, räsonierte über die verschiedenen Weinjahrgänge und bestellte schließlich für uns beide. Eigentlich wäre ich gerne gefragt worden, aber vielleicht war das die Art, wie ungarische Adelsgeschlechter ihre Frauen verwöhnten?

Immerhin machte er, während wir auf das Essen warteten, sehr angenehme Konversation, ließ mich auch zu Wort kommen und berührte keine peinlichen Themen wie Politik oder verflossene Liebschaften. Er schien belesen und gebildet zu sein, doch er vermied es taktvoll, mich in Verlegenheit zu bringen, wenn er Themen anschnitt, von denen ich nichts verstand. Es war nett, das Essen war gut, und manchmal gelang es mir sogar, eine Viertelstunde nicht an Dirk zu denken.

Nach einem gefüllten Liliput-Huhn (ich glaube, es war eine Wachtel) und einem zarten Stück Rindfleisch in allerlei raffinierten Soßen und Gemüsen ließ Anatol eine kleine Karaffe mit süßem Wein kommen. Warum bestellten bloß alle Männer ständig dieses Zeug? Waren sie nicht Manns genug, mit mir fertig zu werden, solange ich nüchtern war? Oder glaubten sie, ich würde das erwarten?

Ich entschuldigte mich kurz und zog mich in den eleganten, nach Rosenwasser duftenden Waschraum zurück.

Eigentlich ist das unfair, sagte ich zu meinem Spiegelbild, das mir drahthaarig entgegensah. *Der arme Kerl hat's wirklich schwer. Ausgerechnet heute! Und er weiß nicht einmal, was für ein besonders schrecklicher Tag heute für mich ist. So betrachtet, macht er sich eigentlich ziemlich gut!*

Ich machte mich ein bisschen frisch und kehrte voll guter Absichten an den Tisch zurück.

Ratsch!

Ich zuckte zusammen. Das Geräusch, das ich beim Hinsetzen produziert hatte, ließ mich Übles ahnen! Vielleicht hätte ich doch nicht so viel von dem Zwerggeflügel und den gehaltvollen Soßen essen sollen? Oder mich weniger beschwingt hinsetzen sollen? Oder einen weniger engen Rock tragen sollen? Ich lächelte Anatol gewinnend an und tastete unauffällig nach meiner Kehrseite.

Die Rocknaht war vom Bund abwärts aufgeplatzt.

32. KAPITEL

Mein Lächeln erstarrte zu einer Grimasse, während mir die Schweißtropfen auf die Stirn traten. Ich versuchte mich zu erinnern, welche Unterhose ich anhatte. Doch nicht etwa die mit den Herzchen? Da ich nie die Absicht gehegt hatte, Anatol einen Blick auf meine Unterwäsche zu gewähren, hatte ich darauf nicht weiter geachtet. Doch nun würde leider nicht nur Anatol, sondern 50 weitere Besucher des inzwischen gut gefüllten Lokals Gelegenheit haben, meine Herzchen-Dessous zu bewundern – von all den Passanten auf meinem Heimweg einmal abgesehen.

Doofi Katastrophi hatte wieder zugeschlagen!

Ich ging rasch meine Optionen durch. Allzu viele waren es ohnehin nicht. Am besten wäre es, hier so lange sitzen zu bleiben, bis das Lokal Sperrstunde hatte, und dann im Schutze der Dunkelheit unerkannt nach Hause zu huschen. Die Sache hatte bloß zwei Haken: Erstens sah Anatol ganz so aus, als ob er aus Prinzip Damen nach Hause begleiten würde, und zweitens wurde es in der Wiener Innenstadt dank elektrischer Straßenbeleuchtung nicht dunkel genug, um meine Schande zu bedecken.

So lange ich auf meinem Stuhl saß, merkte keiner was. Ich zögerte das Aufstehen hinaus, so lange ich konnte, indem ich Anatol detailliert über seine faszinierende Tätigkeit als Beamter des Verwaltungsbüros für juristische Fragen der Binnenschifffahrt (oder so ähnlich) ausfragte, mehr Mineralwasser und sogar Kaffee bestellte (noch ein Dessert wagte ich aus nahe liegenden Gründen nicht), aber irgendwann musste der Moment der Wahrheit kommen.

Anatol winkte einem der Livrierten. „Getrennte Rechnung, bitte“, orderte er. Ich erschrak. Da er für mich bestellt hatte, hatte ich angenommen, er würde auch bezahlen! War das die Art, wie die österreich-ungarische Monarchie ihre Frauen verwöhnten?! Na danke! Aber vielleicht war er ja gar nicht adelig, das hatte bloß Tante Gabi behauptet. Vielleicht wollte er mir damit nur zu verstehen geben, dass ich ihm keine Dankbarkeit (in welcher Form auch immer) schuldete. Wirklich sehr feinfühlig!

Ich kratzte meine letzten Münzen zusammen, um den erlesenen Preis des erlesenen Menüs zu bezahlen, und wünschte mir, ich hätte einen Mantel mitgenommen. Denn jetzt kam unweigerlich der Augenblick, in dem ich mir eine herzchenbedruckte Blöße geben musste. Und das vor einem untoten Grafen mit Wildlederhandschuhen!

Oder halt. Eine Eingebung durchzuckte mein katastrophengestähltes Gehirn. Ich hatte ja noch meine Kostümjacke! Die war zwar zu kurz, um meinen Hintern zu bedecken, wenn ich sie anzog – aber ich konnte sie mir doch lässig um die Hüften schlingen!

„Eigentlich ist es doch schon frühlingshaft warm, nicht wahr?“, heuchelte ich und knotete mir im Sitzen die Ärmel des edlen Blazers um den Bauch. Meine Mutter würde mich mit dem Bügeleisen erschlagen, wenn sie das wüsste! Tja, Not kennt kein Gebot. Elegant sah's ja nicht gerade aus, aber immer noch besser als die Herzchenunterhose!

Graf Dracula schaute etwas verdutzt, als ich mich erhob und die Jacke sich über meiner Kehrseite bauschte. Ach, was wusste der schon! Immerhin schwieg er taktvoll und bot mir seinen Arm.

„Ist Ihnen wirklich nicht kalt?“, fragte er, als wir hinaustraten.

Ein Mailüftchen, das sich irrtümlich für einen Schneesturm hielt, fuhr mir durch die dünne Bluse. Ich fröstelte. „Nein, gar nicht“, log ich.

„Würden Sie mir dann die Freude machen, mich noch auf einen kleinen Spaziergang zu begleiten? Die Luft ist doch so herrlich.“

Tatsächlich roch die Luft nach Flieder und Rosen, bloß bis zur Temperatur hatte es sich noch nicht herumgesprochen, dass schon Frühling war. Ich fror erbärmlich. Aber ich durfte mir nichts anmerken lassen! Also schmiegte ich mich eng an meinen Begleiter, um ein wenig von seiner Körperwärme zu profitieren, und versuchte nur ganz unauffällig zu zittern. Er, wohlig in Hemd, Weste und Sakko verpackt, warf mir verwunderte Seitenblicke zu.

Wir spazierten über den Rudolfsplatz, auf dem Goldregen und Mandelbäume blühten, und ein Stück den Kai entlang.

Plötzlich hielt Anatol vor einem der palaisartigen Häuser an und sagte: „Da Sie ja sehr kunstverständig sind, würde es Sie vielleicht interessieren, ein Gemälde meiner Urgroßmutter zu betrachten? Es handelt sich um ein unbekanntes frühes Werk von Kokoschka."

Ich hatte keine Ahnung, wann ich mich als kunstverständig geoutet haben mochte, aber mir war inzwischen schon jede Ausrede recht, um wieder ins Warme zu kommen. Also murmelte ich was von „wirklich sehr interessant" und konnte gar nicht schnell genug in Graf Draculas Schloss eintreten.

Es kam, wie es kommen musste: Nach der eingehenden Betrachtung von Kokoschkas Uroma ließ mein Begleiter die kultivierte Anatol-Fassade fallen und kehrte endlich den unbezähmbaren Dracula heraus, der schon die ganze Zeit darauf gewartet hatte. Er erklärte, dass ich bezaubernd wäre und er sich nach mir verzehrte. Und als ich zurückwich und endlich kapierte, was hier abging, lachte er nur: Er wüsste doch, dass ich es auch wollte, alle Frauen wollten doch im Grunde nur eines, und er hätte noch nie eine getroffen, die es nicht gewollt hätte.

Panik! Eingeschlossen in einem gräflichen Palais, mit einem Pseudo-Adeligen, der sich nun doch als Werwolf oder Vampir oder sonst was entpuppte, und der mir nach der Unschuld trachtete, die von einem geplatzten Rock nur unzureichend geschützt war!

Ich wand mich aus seiner fordernden Umarmung. „Ich geh' mich nur schnell frisch machen!", täuschte ich vor, schlüpfte ins Bad und schloss ab.

Mit zitternden Händen fummelte ich meine Handys aus der Handtasche. Ohne nachzudenken drückte ich einfach die erste Kurzrufnummer des Österreich-Handys. Es war Mareks Nummer, die dieser in brüderlicher Bescheidenheit gleich an erster Stelle einprogrammiert hatte.

„Hallo? Vicki?", meldete sich seine erstaunte Stimme.

„Hilf mir!", flüsterte ich panisch.

„Was ist denn los?"

In kurzen Worten schilderte ich meine unselige Lage.

„Ich bin in zehn Minuten bei dir!", rief er. „Kannst du ihn so lange hinhalten?"

„Hinhalten?!" *Einen Vampir? Einen hungrigen Werwolf?* „Ich geh da nicht mehr raus! Ich bleib im Bad!"

„Und wie, bitte, soll ich dich aus dem Bad befreien?"

Anatol rumpelte von draußen an der Tür. „Fräulein Vicki?", fragte er.

Ich machte vor Schreck einen Satz und stolperte gegen die Wand der Duschkabine. „Ich ... äh ... wäre es Ihnen recht, wenn ich schnell eine Dusche nehme?", rief ich hinaus.

„Oh, la la!" Diese Vorstellung schien ihm zu gefallen – sein Opfer auch noch frisch geduscht und duftend gesalbt serviert zu bekommen!

„Okay! Ich bin in ein paar Minuten fertig!", rief ich geistesgegenwärtig. „Wie wär's mit etwas Musik?"

„Aber gern!" Ich konnte an seinem Tonfall hören, wie er selbstgefällig grinste. Dann entfernten sich seine Schritte. Ich drehte das Wasser auf. Das Rauschen würde die Konversation mit Marek hoffentlich übertönen!

„Duschst du jetzt oder was?", fragte Marek, der natürlich alles mitgehört hatte, aus dem Handy.

„Quatsch! Ich halte ihn hin!", zischte ich. „Und dann ... spring ich aus dem Fenster!"

„Ist denn da eins? Und in welchem Stockwerk bist du?"

Ich sah mich um. Tatsächlich gab es über der Toilette eine kleine Luke. Ich schätzte schnell den Querschnitt des

Fensters gegen meinen Hüftumfang ab und beschloss, dass es gehen musste – notfalls mit etwas Quetschen. Ich klappte den Klodeckel runter und stieg hinauf. Das Fenster war lange nicht geöffnet worden; es war eingerostet. Ich drehte das Wasser stärker auf, um die Geräusche zu verdecken. Von draußen klang jetzt irgendeine Schnulzenmusik durch die Tür, also würde Dracula mich hoffentlich nicht hören! Ich werkelte verbissen. Endlich ging das Fenster auf.

„Und?", fragte Marek.

„Ungefähr zwei bis drei Meter bis zum Boden!", flüsterte ich. Ich hatte beim Kommen nicht darauf geachtet, aber wir waren nach der Haustür ein paar Stufen bis zu Draculas Wohnung hinaufgestiegen. Obwohl sie im Erdgeschoss lag, war sie also nicht ganz so ebenerdig, wie ich gehofft hatte.

„Und wo wärst du dann?"

„Na – draußen!"

„Das Klofenster geht auf die Straße?", fragte er skeptisch.

Ich sah hinunter. „Äh, nein – das ist eine Art Hof ... mit Mülltonnen."

„Soll ich dich nicht doch lieber bei der Wohnungstür abholen? Mir fällt schon was ein!"

„Nein!" Keine zehn Pferde brachten mich noch mal zu Dracula raus!

„Na gut. Ich bin unterwegs!"

Kaum hatte er aufgelegt, da kletterte ich schon auf den Spülkasten und beugte mich aus dem Fenster. Ich schätzte noch mal die Höhe. Recht hoch – aber lieber brach ich mir die Beine, als noch mal dem Werwolf in die Arme zu laufen! Ich warf meine Schuhe und meine Handtasche in den dunklen Hof hinunter. Jetzt gab es kein Zurück mehr! Ich beugte mich weit hinaus und ruckelte nach.

Nein. So ging es nicht. Da fiel ich ja mit dem Kopf voran hinaus! Ich zog mich wieder zurück. Die Beine zuerst! Mann, war das schwierig! Ich riss den letzten Rest der hinteren Rocknaht auf, um mich wenigstens frei bewegen zu können, und vollführte eine Art Handstand auf Graf Draculas Klospülung.

Es gibt Situationen, in die komme auch nur ich …

Endlich hatte ich die Beine durchs Fenster gefädelt und ließ sie auf der Außenseite langsam herunter.

„Fräulein Vicki?“, rief Dracula vor dem Badezimmer. „Alles in Ordnung? Haben Sie ein Handtuch gefunden?“

„Alles bestens!“, schrie ich durchs Fenster. „Ich bin gleich soweit!“

Mit diesen Worten rutschte ich ganz zurück. Jetzt hing ich nur noch mit den Fingerspitzen außen am Fensterbrett. Ich streckte einen Arm aus, um das Fenster hinter mir wieder zuzuziehen. Dabei verlor ich den Halt und plumpste mit einem unterdrückten Aufschrei zu Boden.

Aua.

Es war still und finster. Ich saß in meinem zerrissenen Rock auf dem Boden des Innenhofes. Mein rechter Knöchel tat weh. Im Fallen hatte ich mir das Knie aufgeschürft und die Hüfte angeschlagen. Aber ich lebte noch!

Über mir leuchtete das helle Viereck des Badezimmerfensters, aus dem ich soeben gekommen war, und noch weiter oben konnte ich ein ebenfalls viereckiges Stück Himmel mit ein paar Sternen sehen.

Ein Gedanke durchzuckte mich: Wenn Dracula in seiner glutvollen Ungeduld womöglich die Tür seines Badezimmers eintrat, würde er sofort merken, wohin ich verschwunden war! Ich musste mich verstecken! Hastig sammelte ich meine Habseligkeiten ein, meine Brille, die Schuhe, die Handtasche.

Ein Versteck.

Der Hof war eng und kahl. Auf der einen Seite standen die Mülltonnen, auf der anderen führten ein paar Stufen zu einer Tür. Ich humpelte hinauf, doch die Tür war verschlossen. Ich war gefangen! Als einziges Versteck blieben mir nur die Mülltonnen. Ich hatte noch genügend Geistesgegenwart um zu bedenken, dass Altpapier wahrscheinlich weniger eklig war als Biomüll – schon stieg ich in die Papiertonne und schloss den Deckel über mir.

Da saß ich nun zwischen ein paar alten Schuhkartons und betete, dass Marek mich finden würde, bevor Dracula es tat.

33. Kapitel

Wenn man so zwischen alten Cornflakes-Packungen und den Zeitungen von vorgestern in einer sehr engen, unbequemen Position sitzt und außerdem Angst hat, kommen einem ein paar Minuten ziemlich lang vor. Endlich hörte ich Stimmen.

Männliche Stimmen.

War die tiefe Stimme Draculas dabei?

„Hier ist Marek!", rief jemand halblaut. „Bist du da?"

Ich öffnete den Deckel meiner Tonne einen Spalt weit – und schrie auf. Jemand starrte mich an, und dieser Jemand war nicht Marek.

Es war aber Gott sei Dank auch nicht der untote Graf. Ich sah in ein faltiges, unrasiertes Gesicht mit dicken grauen Bartstoppeln und einem Zigarettenstummel.

„Gsindel! Lumpenpack! Raus da, aber schnell!", schrie das Gesicht. Meine Tonne wurde aufgerissen. Ich hob die Hände schützend über meinen Kopf, doch da war eine andere Stimme, die beruhigend auf den Unrasierten einsprach, und dann erschien endlich Marek im Blickfeld – mein großer Bruder, mein Retter, mein persönlicher Schutzengel! Selten war ich so froh gewesen, eine bestimmte Person zu sehen!

„Komm!" Er zog mich aus meiner Tonne und legte schützend den Arm um mich.

Der Unrasierte, ein dicker Mensch in einem schmuddeligen Unterhemd, watschelte schimpfend hinter uns her. „Zigeuner! Miststierer! Wo gäb's denn so was! Des is ein anständiges Haus! Wie san Sie überhaupt da herein kommen? Gsindel!"

Ich hatte ja durchaus meine eigene Meinung darüber, wie anständig es in diesem Hause zuging, aber ich konnte mich zurückhalten. Barfuß in zerrissener Kleidung und Herzchenunterhose nachts aus dem Müll gezogen zu werden erhöht die Glaubwürdigkeit eines Menschen im Allgemeinen nicht sehr. Außerdem wollte ich nichts anderes als weg von hier.

Unter dem Geschimpfe des Unrasierten bugsierte Marek mich durch den Hausflur und endlich auf die Straße. „Hast du alles?", fragte er. „Schuhe, Brille, Tasche?"

Ich nickte.

„Vielen Dank für Ihre Hilfsbereitschaft", strahlte Marek den dicken Hausmeister an und drückte ihm einen Geldschein in die Hand. „Gute Nacht!" Das Haustor schloss sich. Über uns ging hinter erleuchteten Fenstern Graf Dracula auf und ab und fragte sich wahrscheinlich, warum ich noch immer nicht mit Duschen fertig war …

Marek schob mich um die nächste Ecke zu einem Motorrad. Er setzte sich einen Helm auf und reichte mir einen zweiten. „Komm, steig auf! Ich bring dich nach Hause."

„Nein!" Ich hob abwehrend die Hände. „Bloß nicht nach Hause! Tante Gabi wartet bestimmt auf mich und will mich sofort ausfragen – das übersteh' ich nicht!"

Marek zuckte hilflos die Achseln. „Wohin sonst? Möchtest du noch was trinken gehen?"

In meinem Aufzug? Zerrissen, zerzaust, zerschunden und total aufgelöst?? In dieser Verfassung könnte ich höchstens ins Panoptikum gehen – als Schaustück in der Gruselabteilung! Ich schüttelte den Kopf und wischte mir mit dem Ärmel übers Gesicht.

„Oder möchtest du zu mir kommen und dich ein bisserl waschen?"

Waschen!

Ich nickte. „Ja, bitte", piepste ich und zog mir den Helm über die devastierte Frisur.

Marek schüttelte den Kopf. An seinen Augen hinter der Plexiglasscheibe seines Helms erkannte ich, dass er grinste. „Vicki, Vicki! Du wirst auch nicht gescheiter, gell? Gehst an *einem* Abend mit *zwei* fremden Männern in die Wohnung!?"

Er meinte das scherzhaft, aber ich konnte darüber im Augenblick gar nicht lachen. Marek wusste doch ganz genau, dass er nicht fremd war, und ein Mann im engeren Sinne war er auch nicht (zumindest nicht für mich)! Ich schlang nur fröstelnd die Arme um mich und sah trotzig zu Boden. Dass ich doof war, wusste ich wahrlich selbst, das brauchte er mir nicht unter die Nase zu reiben!

Er zog seine Lederjacke aus und legte sie mir um. „Komm, zieh das an. Dir ist ja kalt! Und beim Fahren ist es auch sicherer."

Ich verzieh ihm seine Frechheit, schlüpfte dankbar in die vorgewärmte Jacke und setzte mich hinter ihn aufs Motorrad. Direkt ein Glück, dass mein Rock komplett durchgerissen war, sonst wäre das nie gegangen! Marek ließ den Motor aufheulen und brauste los.

*

„Besser?"

Ich nickte.

„Ich hab einen heißen Kakao gekocht, angeblich mögen Mädchen ja so was."

Meine Lebensgeister kehrten zurück. Ich ließ mich auf das Sofa plumpsen und schlürfte einen Schluck Kakao. Nach einer heißen Dusche – diesmal einer richtigen! – fühlte ich mich schon etwas besser. Marek hatte mir eine Hose und einen Pullover von sich gegeben, weil mein Kostüm ja zerfetzt war. Seine Sachen passten nicht, aber immerhin hatte ich bequem Platz darin und musste nicht mehr frieren.

Während ich im Bad war, hatte Marek sein Bett in ein Sofa verwandelt. Da saß ich nun in seiner winzigen Junggesellenwohnung und sah mich um. Die Wohnung bestand neben Bad und Flur nur aus einem einzigen Zimmer. Es gab eine Kochnische, einen Schreibtisch mit Computer, einen Schrank, Bücherregale und das Ausziehsofa, das nachts zum Bett werden konnte. Alles war sehr übersichtlich und ordentlich. Kein Hauch von Dofinsky'schem Chaos. Ob man sich das abtrainieren konnte?

„Jetzt erzähl doch mal, was war denn eigentlich los?", fragte Marek.

Ich erzählte ihm, warum ich eingewilligt hatte, Tante Gabis Problemkunden zu treffen. Wie alles anfing schief zu laufen, als der Rock platzte, und wie mir dann so kalt wurde, dass ich bereitwillig mit in die Wohnung ging.

„ ... und plötzlich hat er sich in Graf Dracula verwandelt und hat angefangen, mich zu bedrängen. Na ja, und den Rest weißt du ja." Ich ließ bedrückt den Kopf hängen.

„Na komm, so schlimm ist es ja auch wieder nicht", sagte er tröstend. „Es ist ja nichts passiert. Morgen lachst du darüber, wetten?"

Ich senkte den Kopf noch ein Stückchen tiefer. „Eigentlich hätte das heute meine Hochzeitsnacht sein sollen", flüsterte ich. Und dann kamen die Tränen.

Marek schleppte eine Schachtel Papiertaschentücher herbei und ließ mich erst mal heulen. Brüderlich legte er seinen Arm um mich, und ich lehnte mich dankbar an ihn.

„Was war das eben mit der Hochzeitsnacht?"

„Heute war der Tag, an dem ich heiraten wollte", schluchzte ich. „Drei Jahre lang hatte ich mich auf diesen Tag gefreut! Heute wäre die Nacht gewesen ... wo ich dem Mann meines Lebens meine Unschuld zum Geschenk machen wollte ... und stattdessen ..." Ich konnte nicht mehr weitersprechen.

Marek streichelte mir über die Drahtlocken, die noch vom Duschen feucht waren. „Unschuld?", fragte er zögernd. „Versteh ich dich richtig – du bist noch Jungfrau?"

Ich nickte und heulte in seine Schulter.

„Wow“, murmelte er. „Du musst diesen blöden Dirk ja wirklich sehr geliebt haben!“

Ich richtete mich auf, um einen Schluck Kakao zu nehmen. „Wie meinst du das?“ *Etwa ironisch?!*

„Na ja … das find ich wirklich ein ganz tolles Hochzeitsgeschenk … Überhaupt heutzutage … So was gibt's ja kaum noch! Und es ist sicher nicht leicht, sich so lange Zeit zurückzuhalten, obwohl man verliebt ist.“

„Dirk *konnte* sich ja auch nicht zurückhalten!“, platzte ich verbittert heraus. „Und statt dass er jetzt die Strafe dafür kriegt – oder Anja –, heiraten die beiden in drei Wochen, und ich bin wieder mal die Doofe. Und dieser Tag wird noch viel schlimmer für mich sein als heute. Das ist so unfair!“

„Das Leben ist nicht immer fair“, seufzte Marek. „Aber ich bin sicher, dass du jemand anderen finden wirst, der … äh … deine Liebesgabe richtig zu schätzen weiß.“

„Jemand wie Graf Dracula?“, ätzte ich.

„Na ja, nicht ganz … Ich dachte mehr an jemanden wie … wie mich, zum Beispiel.“ Er grinste mich an. „So einen richtig netten Kerl eben, den du sicher wahnsinnig glücklich machen wirst!“

Ich betrachtete trübsinnig den Inhalt meiner Tasse. „Richtig nette Kerle wie dich gibt's offenbar nicht sehr viele“, bemerkte ich bekümmert. „Nein, ich glaube, das war mein letzter Versuch. Ich sagte doch gleich, dass eine neue Beziehung nicht in Frage kommt, und dabei hätte ich auch bleiben sollen. Ab sofort gibt es in meinem Leben keine Männer mehr.“ Ich trank den Kakao aus. „Nur noch Väter und Brüder“, fügte ich leise hinzu.

„Die sind schließlich keine Männer“, murmelte Marek.

Ich nickte. „Ich werde eine schrullige alte Jungfer. Die verrückte Tante oder so. Jede Familie sollte so was haben, findest du nicht?“

„Also, selbst wenn du tatsächlich allein bleiben solltest, musst du doch deswegen nicht gleich schrullig oder verrückt sein“, protestierte er. „Nicht alle allein stehenden Leute sind automatisch auch schrullig. Schau mich an, zum Beispiel!“

„Ich werde auf jeden Fall schrullig“, behauptete ich. „Ob allein oder nicht.“

Marek schwieg. Wir hingen beide unseren Gedanken nach. „Und was ist mit ‚*Erwarte viel von Gott*‘?“, fragte er schließlich.

„Hm?“

„Das hat mir so zu denken gegeben! Du hast von Gott so vertraut gesprochen – ich dachte, er wäre dein Freund, und du könntest … na ja, etwas von ihm erbitten, was du dir wünschst.“

„‚*Er gibt uns nicht immer das, was wir uns wünschen, aber er gibt uns etwas Besseres*‘“, zitierte ich einen anderen Spruch. „Vielleicht ist es Gottes Plan für mich, eine verrückte Tante zu werden. Vielleicht brauchen die Soran-Kinder so etwas! Oder Gott möchte, dass ich Nonne werde. Oder Kinderdorf-Mutter. Oder Missionarin in China. Oder Astronautin. Irgendsowas, bei dem Männer nur stören. Und wenn Gott das für mich plant, dann ist es eben besser für mich als das, was ich selbst plane.“

„Sehr glücklich siehst du aber nicht gerade aus.“

„Das kommt schon noch“, murmelte ich düster (und wenig überzeugend). Aber schließlich konnte man doch wohl erwarten, dass der Plan, den Gott für mein Leben hatte, mir auch ein bisschen Freude machen würde – oder? Bestimmt würde Dorit das auch sagen.

Marek drückte mich unvermittelt an sich. „Meine Güte, Vicki – du bist so ein Goldstück! Und das Schönste daran ist, dass du’s selbst noch nicht einmal bemerkt hast!“

Ich hatte keine Ahnung, was diese Bemerkung jetzt plötzlich sollte, aber sie tat trotzdem irgendwie gut. „Du auch“, gab ich das Kompliment zurück. „Hast du noch mehr Kakao?“

Er sprang auf und holte den Topf vom Herd in der Kochnische. Die winzige Wohnung hatte zumindest den

Vorteil, dass man keine weiten Strecken zurücklegen musste.

„Jetzt sag mal“, wechselte ich das Thema, weil mir mein Weltschmerz schon selbst auf die Nerven ging, „wie kommt es, dass so ein *richtig netter Kerl* wie du an einem Samstagabend schon um zehn Uhr im Bett liegt, und zwar allein?“

34. Kapitel

Marek sah betreten zur Seite. „Wer sagt denn das?“

„Als wir kamen, war das Sofa zum Bett ausgerollt“, erklärte ich, „und offenbar hatte schon jemand drin gelegen! Wer sollte denn das gewesen sein, außer dir?“

„Na und, könnte es nicht sein …“, setzte er an, doch ich unterbrach ihn: „Du warst so schnell bei mir – ich kann mir kaum vorstellen, dass du in dieser Zeit auch noch deine Freundin rausgeworfen hast. Und hier ist ja wohl auch keine mehr, oder?“ Ich schickte mich an nachzusehen, ob eine Frau unterm Sofa versteckt war.

„Gut, okay, ich war heute Abend allein – na und? Ist das verboten? Muss man denn jeden Samstag eine Verabredung haben? Darf man nicht einmal früh schlafen gehen, wenn man müde ist?“

Mittlerweile war Mitternacht vorbei, und er wirkte gar nicht müde. Dafür aber plötzlich ziemlich gereizt – ich musste wohl einen wunden Punkt getroffen haben!

„Was ist los mit dir und deiner Michi?“, fragte ich so sanft wie möglich. „Hat sie wieder keine Zeit für dich?“

„Pfff!“ Er ließ sich kraftlos auf das Sofa zurücksinken. Dann hob er hilflos die Arme. „Wenn du’s unbedingt genau wissen musst: Es ist im Moment etwas … äh … schwierig zwischen uns.“

Er sah auf einmal richtig sorgenvoll aus. Ich begriff, dass

der lustige, strahlende Marek, der immer ein Grinsen im Gesicht und eine Frechheit auf den Lippen hatte, nur ein Teil seiner Persönlichkeit war. Er war gar nicht immer so gut drauf, wie es schien – er ließ sich nur nicht in die Karten schauen!

Ich goss mir Kakao in meine Tasse. Es tat mir ehrlich Leid, dass er auch Beziehungsprobleme hatte. (Obwohl es natürlich auch gut tat, nicht die Einzige zu sein!)

„Arbeitet sie zu viel?“, fragte ich und hoffte, dass ich nicht neugierig, sondern einfühlsam klang.

„Jaaa … das auch.“ Er holte sich eine Tasse und nahm sich nun auch etwas vom Kakao. „Seit sie diesen Job hat, sehen wir uns viel weniger … sie kommt auch kaum noch zu den Pfadfindern. Früher haben wir dort alles gemeinsam gemacht, aber jetzt ist ihr der Job eben wichtiger …“

Ich nickte verstehend.

„Aber es ist nicht nur das“, gab er zögernd zu.

„Hm?“

„Ich glaub, sie interessiert sich für einen anderen.“

„Oh.“

„Noch dazu für meinen Freund. Den Fluppi“, murmelte Marek düster.

Ich starrte ihn an. „Ehrlich? Oh, Marek – das tut mir so Leid!“, flüsterte ich und fuhr ihm tröstend durch sein braunes Haar. „Ich weiß, wie schlimm das ist – ich hab das selbst gerade erlebt!“

Er drehte seine Kakaotasse in den Händen. Lange Zeit schwiegen wir beide. Wir saßen im selben Boot – von unseren Liebsten betrogen, von unseren besten Freunden hintergangen. Es tat weh. Aber wenigstens waren wir nicht allein.

„Es … es ist wahrscheinlich meine eigene Schuld“, murmelte Marek schließlich.

„Hä? Wieso?“

„Ich hab … also … es gibt da ein Mädchen, das ich erst seit kurzem kenne … und ich hab vielleicht ein bisserl zu viel von ihr geredet …“

„Waaas?!“

„Na ja … wir haben uns sowieso grad auseinander entwickelt, die Michi und ich, und da …“

„Wirklich, ihr Männer seid doch alle gleich!“, platzte ich entrüstet heraus.

„Was? Ich hab geglaubt, ich bin kein richtiger Mann!“, bemerkte Marek mit einem Anflug seines frechen Grinsens.

„Für mich nicht, aber für die Michi ja wohl schon!“, schnitt ich ihm das Wort ab. „Mensch, Marek, du kannst doch nicht mit einer anderen was anfangen und dann noch erwarten –“

„Halt, halt!“, unterbrach er mich. „So war's ja nun auch wieder nicht! Ich hab' mit niemandem ‚was angefangen‘! Ich hab ein süßes Mädel kennen gelernt, okay – aber die weiß, glaub ich, gar nichts davon, dass ich sie süß finde. Und anscheinend interessiert sie sich auch überhaupt nicht für mich. Auf jeden Fall hab ich ganz bestimmt nichts ‚angefangen‘! Was denkst du denn von mir? Dass ich ein Casanova bin?!“ Er war richtig aufgebracht.

„Okay, okay, entschuldige“, beschwichtigte ich ihn. „Aber wie konntest du auch ausgerechnet deiner Michi von dieser Neuen vorschwärmen? Jetzt sitzt du zwischen allen Stühlen.“

„Jaaa … sieht so aus“, seufzte er.

*

Irgendwann in dieser schrecklichen Nacht muss ich eingeschlafen sein. Als ich erwachte, lag ich zugedeckt auf Mareks Sofa, und er schlief neben mir auf dem Fußboden. Da ich das Sofa besetzt gehalten hatte, konnte er es nicht zum Bett aufklappen, und statt mich einfach zu wecken, hatte er sich lieber auf den Boden gelegt. Der Gute! Es stimmte, er war tatsächlich ein „richtig netter Kerl“, auch wenn er bei der Behandlung seiner Freundinnen vielleicht keine ganz glückliche Hand hatte. Tja, zum Glück war er ja nicht mein Freund, sondern mein Bruder. Das war eben doch was ganz anderes!

Ich streckte mich. Zusammengerollt auf einem zu kurzen Sofa zu schlafen, noch dazu in voller Bekleidung (und nicht einmal meiner eigenen), hatte irgendwie nicht den gleichen Erholungswert wie das eigene Bett. Aber zumindest würde ich jetzt die Kraft aufbringen, Tante Gabis Fragen standzuhalten.

Ich beschloss, Marek nicht zu wecken. Auf Zehenspitzen stieg ich über ihn hinweg zum Schreibtisch, schrieb quer über ein Blatt Papier „Danke für alles“ und schlich leise aus der Wohnung.

Ich hatte gestern nicht darauf geachtet, wohin wir gefahren waren, und da ich nie zuvor in Mareks Wohnung gewesen war, hatte ich keine Ahnung, wo ich mich befand. Aber ich hatte schon gelernt, dass die meisten Straßenbahnen, deren Nummer höher als 30 ist, früher oder später auf die pompöse Ringstraße treffen, die die Innenstadt umrundet. Also wanderte ich durch die Stille des Sonntagvormittages, bis ich auf Straßenbahnschienen stieß, fuhr ein paar Stationen und kam auch wirklich zum Ring. Durch den blühenden Volksgarten ging ich langsam nach Hause.

Tante Gabi saß im Morgenmantel beim Frühstück und fütterte Tommi mit Honigbrot. Sie war sehr erstaunt, dass ich jetzt erst heimkam, und zog natürlich prompt die völlig falschen Schlüsse (auch wenn sie das nicht aussprach).

„Na, wie war der Abend?“, fragte sie scheinheilig. Was sie insgeheim meinte, war, ob ich eine tolle Nacht gehabt hatte! Nun, ich erzählte ihr von meinem Abend. Und wie ich ihr das erzählte! Das heißt – dass ich aus meinen Kleidern geplatzt war, ließ ich weg. Solche überflüssigen Details hätten meine Erzählung bloß unnötig in die Länge gezogen, ähem. Aber wie ihr gehätschelter VIP-Kunde sich verhalten hatte, das schilderte ich ihr ausführlich!

„Ist ja kein Wunder, dass er sich mit keiner Dame öfter als einmal trifft!“, ereiferte ich mich. „Der ist ein Jäger und Sammler! Der sammelt Frauen wie Trophäen! Und überhaupt – warum sollten sich die *Frauen* ein zweites Mal mit *ihm* treffen? Wenn er sich schon beim ersten Mal wie Dracula benimmt?!“

Tante Gabi war völlig fassungslos über meine Erzählung. Sie fuhr sich durch ihr zerzaustes Dofinsky-Haar, schüttelte den Kopf und murmelte: „Ich kann's gar nicht glauben – nein, so was! Das muss doch ein Missverständnis sein! Meiner Seel', wer hätte das gedacht?“

Tommi nutzte ihre Verwirrung, um sein Honigbrot ohne Hilfe aufzuessen. Das führte dazu, dass Brotstücke und Honig so gut wie überall waren, zumindest an jedem Punkt der Wohnung, den er von seinem Hochstühlchen aus erreichen konnte. Die bodennahen Bereiche wurden allerdings von Filou sofort wieder sauber geschleckt.

„Es wundert mich, dass sich noch nie jemand über diesen Herrn Anatol beschwert hat!“, sagte ich.

„Ich werde dem nachgehen!“, beteuerte Tante Gabi. „Ich werde alle Damen anrufen, die ihn getroffen haben. Das geht doch nicht, das schadet ja dem Ruf unseres Institutes!“

„Genau!“, bekräftigte ich. Dracula musste seiner gerechten Strafe zugeführt werden – und zwar über die Unannehmlichkeit hinaus, dass sein Badezimmer vermutlich mittlerweile knietief unter Wasser stand …

*

Wieder einmal war Dorit meine Klagemauer, der ich meine jüngsten Missgeschicke und Demütigungen vorweinte. Ihr erzählte ich sogar, dass ich den Rock gesprengt hatte. Vor ihr hatte ich keine Geheimnisse. Aber Fragen hatte ich.

„Bin ich nicht eine Prinzessin, eine Königstochter?“, jammerte ich. „Darf und soll ich nicht viel von Gott erwarten? Hm? Und selbst wenn ich nicht kriege, was ich mir wünsche – sollte ich nicht etwas Besseres bekommen? Also warum passieren mir dann dauernd solche Sachen, die ich mir nicht wünsche und die ganz sicher nichts ‚Besseres‘ sind?“

„Ich bin sicher, dass Gott alles voll unter Kontrolle hat", versuchte sie Gott zu verteidigen. Fast klang es ein bisschen trotzig. „Immerhin ist dir ja nicht wirklich was passiert – du bist in seine Hand gefallen!"

„Ha, ha!", bemerkte ich grimmig. „Ich bin aus dem Klofenster in den Hof gefallen und hab mir die Knie aufgeschürft! Wo, bitte schön, war Gottes Hand?"

„Da war ein Papiercontainer", gab sie zu bedenken, „und dein Bruder, der bereit war, mitten in der Nacht einen Hausmeister zu bestechen. So was hat nicht jeder!"

Das konnte ich tatsächlich nicht abstreiten. Mareks promptes Erscheinen war ein Pluspunkt auf Gottes Seite. „Na schön, aber wann kommt endlich Gottes genialer Plan für mein Leben?", nörgelte ich weiter. „Dieses ewige Chaos kann's doch noch nicht sein, oder?"

„‚*Meine Gedanken sind nicht eure Gedanken, und eure Wege sind nicht meine Wege – so spricht der Herr*'", zitierte Dorit. „Wusste schon Jesaja. Du musst einfach Vertrauen haben. Lass Gott doch erst mal machen! Manche Sachen brauchen eben Zeit, aber ich bin sicher, Gott arbeitet daran – was auch immer am Ende herauskommen wird."

Ich konnte mir beim besten Willen nicht vorstellen, was diese unselige Anatol-Affäre mit Gottes Plan für mein zukünftiges Leben zu tun haben könnte. Leise Zweifel machten sich bemerkbar. Wusste Gott wirklich, was er tat? Kannte er meine Sorgen besser als die Städtische Versicherung? Und nahm er sie ernst? ‚*Lass Gott doch erst mal machen*' – ha! Dorit hatte gut reden! In *ihrem* Leben passierten schließlich niemals Dinge, die es erforderten, nachts aus Klofenstern in Mülltonnen zu fallen!

Aber was blieb mir schon anderes übrig, als Gott zu vertrauen und ihn ‚*machen zu lassen*' – auch wenn mir seine Methoden gelegentlich etwas merkwürdig vorkamen? Ich konnte es ja sowieso nicht ändern …

*

Marek rief gegen Abend an und fragte, ob es mir gut ging. Ich antwortete ihm wahrheitsgemäß, dass ich schon mal enthusiastischer gewesen war, aber dass ich es überleben würde.

„Braves Mädchen", lobte er. „Und falls du bis Donnerstag überleben solltest – fühlst du dich dann stark genug, mich in meiner Pfadi-Gruppenstunde zu unterstützen?"

Oh, darauf hatte ich tatsächlich Lust! In Moosheim hatte ich so viele Aktivitäten gehabt – Chor, Kindergruppe, Kaffee trinken mit den Mädels –, irgendwie fehlte mir das hier.

Ich hatte zwar in den vergangenen Wochen ungeheuer viel erlebt, und die turbulente Familie samt Hund und Hofrat sorgte auch täglich dafür, dass mir nicht langweilig wurde. Aber einen richtigen Freundeskreis hatte ich hier natürlich noch nicht, und die Vereinsmeierei ging mir doch ein bisschen ab. Und da ich nun beschlossen hatte, eine alte Jungfer zu werden, statt eine Familie zu gründen, war es ja höchste Zeit, mir einen anderen Wirkungskreis zu suchen. Daher sagte ich zu, ohne zu ahnen, worauf genau ich mich eigentlich einließ.

35. Kapitel

Der Frühling gebärdete sich weiterhin kühl und regnerisch. Mein Vater, der es sich zur Lebensaufgabe gemacht hatte, mir Wien nahe zu bringen, verschob alle Ausflüge an Orte wie Belvedere, Gloriette und Hermesvilla und ging stattdessen mit mir in eine Operette namens „Fledermaus". Wir waren eine ganze Gruppe, denn der Hofrat war auch dabei (obwohl es nichts zu essen gab!), und Dorota kam mit ihrer Cousine Renata. Das war die ältere Dame, die ab und zu von Polen nach Wien kam, um sich mit Kochen und Putzen etwas dazuzuverdienen, und die dann in Vaters Gästezimmer wohnte. Ich hatte sie schon ein oder zwei Mal bei meinen Besuchen gesehen, aber noch nie wirklich mit ihr gesprochen. Sie konnte nur gebrochen Deutsch, aber sie lachte genauso gern wie Dorota.

Zu fünft besetzten wir eine halbe Reihe in der Volksoper. Der Hofrat platzierte sich zwischen Renata und mich, erklärte uns zwei Ausländerinnen die Handlung und amüsierte sich prächtig. Da mein Vater gleichzeitig von der anderen Seite auf mich einflüsterte, war ich mit Erklärungen wirklich bestens versorgt. Ab und zu konnte ich sogar etwas von der Musik hören, die locker und schwungvoll war und einen in fröhliche Stimmung versetzte.

Anschließend wurde ich mit einer weiteren Wiener Institution bekannt gemacht: dem „Heurigen". Das waren, wie sich herausstellte, Weinlokale in den ländlichen Vororten Wiens, wo man außer Wein auch noch eine kleine Auswahl äußerst deftiger Speisen zu sich nehmen konnte.

Jetzt war der Hofrat erst recht in seinem Element! Hingebungsvoll erläuterte er Renata und mir die Unterschiede zwischen Schweinsbraten, Surbraten und G'selchtem und begleitete seinen Vortrag mit praktischen Übungen.

„So ein Weinderl braucht ein bissel eine Unterlag'!", erklärte er und tätschelte seinen Kugelbauch. „Und nachher an Dopfenstrudel!"

Der „Topfenstrudel" entpuppte sich als Blätterteig mit süßer Quarkfülle und schmeckte wirklich ziemlich lecker. Ich war froh, dass ich ein locker sitzendes Kleid trug – ich hätte meine Erfahrung mit dem engen Kostüm im „Plachutta" nur ungern wiederholt!

Später, als ich leicht beschwipst in meinem Bett bei den Sorans lag, überlegte ich, ob das Gottes Plan für mich sein könnte: die niedliche, lustige Tochter (Nichte/Cousine/Tante) zu sein, die auf die Kinder aufpasste, mit anderen allein stehenden Verwandten gesellige Abende verbrachte und dabei immer runder wurde. War das meine Berufung? Oder sollte ich mehr erwarten?

Aber bevor ich noch zu einer Antwort gelangte, war ich eingeschlafen.

*

Am Donnerstag erschien ich etwas später als verabredet bei der Pfadfinderstunde. Das lag aber nur daran, dass ich den falschen Ringwagen genommen hatte – die Straßenbahn, die rechtsherum um den Ring fuhr, und nicht die linksherum. Dadurch dauerte es nicht nur länger, bis ich die richtige Haltestelle erreicht hatte, sondern ich ging von dort aus auch spiegelverkehrt weiter. Marek hatte mir nämlich erklärt, dass ich „in Fahrtrichtung" weitergehen müsste, ohne einzuplanen, dass ich aus der falschen Richtung kommen könnte. (Wie hatte dieser Mensch bloß bisher in einer Dofinsky-Familie überleben können?) Zum Glück rief er mich an, als ich nicht pünktlich erschien, und dirigierte mich telefonisch. Ich war froh, dass ich wenigstens im Handy-Zeitalter leben durfte. Nicht auszudenken, was alles passieren konnte, wenn jemand wie ich zum Beispiel Mammuts jagen müsste …!

Endlich erreichte ich etwas abgehetzt einen verwinkelten Hinterhof, in dem eine Hand voll Jungs in der Blüte ihrer Pubertät brüllend einem Ball nachrannten. Marek stand daneben und spähte nach mir aus, aber mitten in der Horde der Fußballspieler entdeckte ich Freund Fluppi mit dem blonden Bart.

Das überraschte mich. Fluppi hatte Marek doch gerade die Freundin ausgespannt, oder hatte ich da irgendwas nicht richtig mitgekriegt? Wieso leiteten die beiden trotzdem einträchtig ihre gemeinsame Gruppe? Ich in der vergleichbaren Position würde nie im Leben mit Anja gemeinsam eine Kindergruppe leiten wollen – ich würde ihr höchstens die Augen auskratzen! Wie sollte ich denn jetzt reagieren? Ich war auf Fluppi sauer gewesen – aus Sippenhaftung, weil er meinem Bruder wehgetan hatte –, aber ich hatte nicht damit gerechnet, ihn so bald wiederzusehen!

Marek begrüßte mich mit der üblichen Umarmung (die ich schon viel weniger steif entgegennahm als beim letzten Mal) und rief den Jungs zu: „Schluss jetzt, Burschen, die Mädchen sind da!"

Die Mädchen?! So dick war ich ja nun auch wieder nicht, dass er im Plural von mir sprechen musste! Ich sah mich um und erkannte, wen Marek gemeint hatte. Eine Anzahl Mädchen im gleichen Alter wie die Jungs strebte dem Eingang zu, hinter dem sich die Gruppenräumlichkeiten befanden.

Wir folgten ihnen in einen großen, ziemlich abgewetzten Raum, um den ringsherum eine Bank an der Wand entlanglief. In einer Ecke standen Tische und Stühle übereinander gestapelt. An der Wand hing ein Regal mit einigen Pokalen und daneben ein Gemälde (Wasserfarbe auf Packpapier) in einem selbst gezimmerten, etwas schiefen Rahmen. Es zeigte einen melancholisch blickenden Greis mit Pfadfinderhut. Die Unterschrift wies ihn als „BiPi, unser Gründer" aus.

Die Kids setzten sich rundherum auf die Bank und Fluppi erklärte, was heute auf dem Programm stand. Offenbar hatte die Gruppe vor kurzem einen Besuch in einem Hospiz gemacht, darum lautete das heutige Thema „Tod". Fluppi hatte einen Rucksack voller Bücher und Zeitschriften mitgebracht, aus denen sollten die Jugendlichen Informationen zusammentragen, wie verschiedene Kulturen und Religionen mit dem Tod umgingen.

Ich begann zu ahnen, warum Marek mich gerade heute eingeladen hatte. Anscheinend hielt er mich für eine Expertin in allen Fragen, die irgendwie auch nur entfernt mit Gott zu tun hatten!

Während die Kinder arbeiteten, stellte Marek mir ein junges Mädchen namens Fanny vor, das derzeit die Mädchengruppe alleine leitete. „Kommst du jetzt statt der Michi?", fragte sie mich.

„Hm? Was?"

„Na ja ... ich hab nur gedacht ... weil die Michi halt jetzt so selten kommt ... Es ist doch fad, wenn ich die Gruppe ganz allein führ'!"

„Was ist denn eigentlich los mit dieser Michi?", flüsterte ich ihr zu, weil Marek und Fluppi gerade außer Hörweite waren.

„Keine Ahnung! Erst war sie mit dem Marek zusammen, dann hat sie sich anscheinend für den Fluppi interessiert, und jetzt kennt sich keiner mehr aus. Ich glaub ja, dass sie hauptsächlich karrieregeil ist. Jedenfalls kommt sie kaum noch."

„Und ... ist sie nun mit Fluppi zusammen?"

„Was weiß ich? Ich seh' sie ja nie!" Anscheinend war das Thema „Michi" für Fanny erledigt.

Obwohl die Arbeit der Jugendlichen immer wieder von Streitereien und heftigen Diskussionen unterbrochen wurde, bei denen man schlichtend eingreifen musste, waren die Ergebnisse durchaus beeindruckend. Eine Gruppe hatte sich auf Begräbnisrituale im Altertum spezialisiert, eine andere verglich die Jenseits-Theorien der verschiedenen Weltreligionen, und eine dritte befasste sich mit modernen Formen des Umgangs mit dem Tod. Sie präsentierten ihre Erkenntnisse zwar nicht unbedingt professionell, aber selbstbewusst und engagiert.

„Super", lobte Fluppi, als alle fertig waren. „Und jetzt möchte ich noch wissen, was ihr selbst so glaubt. Gibt es ein Leben nach dem Tod? Und wie schaut es aus?"

Zuerst meldete sich keiner. Offenbar ein Thema, über das sie noch nicht viel nachgedacht hatten!

Dann hob ein älterer Junge die Hand. „Ich glaube, dass nach dem Tod gar nichts mehr kommt." Einige Köpfe nickten zustimmend. „Man sollte das Beste aus seinem Leben machen und nicht auf irgendein Jenseits hoffen, oder so. Das ist doch blöd."

Auf seine Worte folgte ein Schweigen. Schließlich konnte ich mich nicht mehr beherrschen und platzte heraus: „Es ist doch interessant, dass keine einzige der Kulturen und Religionen, von denen wir gerade gehört haben, auch so denkt wie du. Überall auf der Welt und zu jeder Zeit der Geschichte glaubten die Menschen, dass es irgendein Leben nach dem Tod gibt. Nur du glaubst was anderes!?“

Der Junge zuckte die Achseln. „Ist doch meine Sache“, brummte er trotzig.

„Ja, aber könnte das nicht gefährlich sein? Stell dir vor, du irrst dich, und die anderen haben Recht! Da würdest du nach deinem Tod aber ganz schön dumm gucken, nicht?“

„Also, ich glaube schon, dass meine Oma irgendwo da oben ist und auf mich aufpasst“, piepste ein Mädchen. Sie erntete teils Zustimmung, teils höhnisches Gelächter.

„Na, und ihr anderen? Was denkt ihr?“, fragte Marek.

Nur zögernd kamen Meldungen. Schließlich kristallisierten sich mehrere verschiedene Ansichten heraus. Die einen meinten, nach dem Tod sei alles aus. Die anderen glaubten, dass man nach seinen guten oder schlechten Taten beurteilt wurde, und danach kam man entweder ins Paradies oder in die Hölle. Einige glaubten an Wiedergeburt, und manche gaben zu, dass sie noch nicht darüber nachgedacht hatten.

„Und? Wer hat jetzt Recht?“, fragte ein Junge herausfordernd.

„Ja, los, jetzt müsst ihr auch sagen, was ihr glaubt!“, verlangten einige.

„Also“, begann Fanny, „ich finde die Idee hübsch, nach meinem Tod als Baby wieder auf die Welt zu kommen. Da weiß man wenigstens, was auf einen zukommt.“

Ich zuckte zusammen. Dieses Kind wollte eine christliche Jugendgruppe leiten und glaubte an Reinkarnation? Wussten das ihre Vorgesetzten?

Fluppi glaubte an eine Art Jüngstes Gericht mit Belohnung und Bestrafung. Marek ließ mir den Vortritt.

„Ich glaube an Auferstehung“, sagte ich. „Und an Erlösung. Aber nicht *ich* verdiene mir durch meine guten Taten einen Platz im Himmel, sondern Jesus hat mich erlöst, durch seinen Tod am Kreuz. Wenn ich das glaube, dann brauche ich nicht vors Jüngste Gericht! Ich kann gleich direkt zu Gott gehen und für immer in seiner Nähe leben. Jesus ist der einzige Weg dorthin."

Uff. Ich atmete tief durch. 27 Jahre christliche Erziehung hatten sich endlich einmal bezahlt gemacht!

„Wieso bist du da so sicher?", fragte ein älteres Mädchen.

„Weil das in der Bibel so steht. Jesus hat es selbst gesagt. Äh, habt ihr vielleicht eine Bibel da? Ich kann es, glaube ich, raussuchen."

Unter Fluppis Büchern fand sich auch eine Bibel, und nach einigem Suchen fand ich die Stelle im Johannesevangelium. (Dorit hätte sie bestimmt viel schneller gefunden.) „Jesus sagt: ‚*Amen, amen, ich sage euch: Wer mein Wort hört und dem glaubt, der mich gesandt hat, hat das ewige Leben; er kommt nicht ins Gericht, sondern ist aus dem Tod ins Leben hinübergegangen.*'"

„Ja, aber wer sagt denn, dass in der Bibel die Wahrheit steht?", konterte das Mädchen. „Das ist doch alles so oft abgeschrieben und verändert worden, das stimmt doch längst nicht mehr! Vielleicht ist überhaupt alles erfunden!"

Diese Kinder waren eine echte Herausforderung. Ich merkte, wie mir der Schweiß auf die Stirn trat.

„Wenn du ... äh, wenn du Jesus dein Leben anvertraust, dann spürst du ihn auch ...", stotterte ich. „In deinem Herzen, verstehst du? Du *weißt* einfach, dass es wahr ist!"

„Oh, Hilfe!", hauchte das Mädchen, hielt sich theatralisch die Hand vor die Stirn und simulierte einen Schwächeanfall. „Helft mir, ich höre Stimmen!"

Mehrere Kinder lachten.

„Hey!" Ich sprang auf. Verkohlen lassen musste ich mich ja nicht!

Ritsch.

Plötzlich wurde es finster, und dann brandete brüllendes Gelächter auf. Ich blickte an mir hinunter. Auf einmal hatte ich eine riesige Halskrause auf den Schultern ...? Und dann begriff ich: Ich hatte im Aufspringen das hässliche Packpapier-Gemälde von der Wand gerissen! Es war mir über den Kopf gekippt, der Rahmen war schwer, das dünne

Papier zerriss, und jetzt schaute mein Kopf aus dem Rahmen, als ob sich das gemalte Gesicht plötzlich aus dem Bild erhoben hätte.

Ich lief dunkelrot an. Nein, war das peinlich! Und noch dazu mitten in einer wichtigen theologischen Diskussion! Hätte Doofi Katastrophi nicht noch ein paar Minuten warten können, bevor sie mich wieder einmal blamierte? Ich merkte, wie mir die Tränen kamen.

„Okay, lacht mich nur aus!“, rief ich trotzig. „Das mit Jesus ist trotzdem wahr – auch wenn ich im Moment vielleicht nicht sehr glaubwürdig aussehe!“

Damit stürzte ich hinaus.

36. Kapitel

Draußen im Hof kämpfte ich mit dem windschiefen Rahmen und versuchte, mir das Bild über den Kopf zu ziehen, ohne es noch mehr zu beschädigen. Schon eilte Marek mir nach und half mir. Er ging jedoch nicht sehr zartfühlend vor, sondern zerfetzte das Papier, wie es gerade kam. Dabei lachte er, dass ihm die Tränen runterliefen.

„Meine Güte, Vicki – mit dir wird's wirklich nie langweilig!“, japste er und klaubte mir einen Papierfetzen vom Kopf, der sich in meinem Haar verfangen hatte.

„Freut mich, wenn du Spaß hast!“, brummte ich beleidigt. „War das ein wertvolles Bild? Muss ich es ersetzen?“

„Das ist es ja gerade!“ Marek schüttelte sich vor Lachen. „Dieses Bild …“ Er rang nach Luft. Anscheinend hatte ich etwas wirklich unsagbar Lustiges getan. „Dieses Bild hat der Sohn von unserem Elternvereinsobmann gemalt. Alle finden es schrecklich, aber keiner hat sich bisher getraut, es runterzunehmen, verstehst du? Aber jetzt ist es kaputt – so ein Pech aber auch!“ Er hob den Rahmen hoch, der unversehrt auf meinen Schultern gelandet war. „Allein dieser Rahmen! Schief, verwortakelt, krallawatschert! Aber sooo lieb selbst gebastelt … Was für ein Jammer, dass er nicht mehr zu reparieren ist!“ Mit diesen Worten trat er gegen die Holzlatten, so dass sie krachten und die Nägel rauskamen. „Ich werde unserem Obmann persönlich berichten, dass es ein bedauerlicher Unfall war. Das hast du toll gemacht!“

Fluppi schaute aus der Tür. „Alles okay bei euch?“, fragte er. „Hast du dir wehgetan?“

„Geht schon!“, rief ich zurück. Gegen meinen Willen fand ich Fluppi eigentlich ganz nett – auch wenn er Marek möglicherweise die Freundin ausgespannt hatte oder auch nicht. Flüchtig schoss mir der Gedanke durch den Kopf, ob Fluppi vielleicht was für mich sein könnte. Aber nein – ich hatte nun einmal den Entschluss gefasst, die Finger von Beziehungen zu lassen, und im Lichte der Ereignisse vom vergangenen Wochenende war das auch sicher besser so.

Wir kehrten in den Gruppenraum zurück, wo die Kinder sich von ihren Lachkrämpfen erholten. Ich biss mir auf die Lippen. Ich konnte mich einfach nicht daran gewöhnen, der Gegenstand allgemeinen Gelächters zu sein, obwohl ich doch langjährige Erfahrung darin hatte!

„Wow, das war ur-cool!“, raunte ein Junge mir zu, und ein anderer fragte, ob ich das mit Absicht getan hätte. Hielten sie mein Missgeschick wirklich für eine Show-Einlage?

Ich setzte mich still und bescheiden auf die Bank, wobei ich sorgfältig darauf achtete, ob etwas hinter mir war. Da gab es noch das Regal mit den Pokalen, zum Beispiel …

Marek erklärte den Kindern, dass er noch nicht genau wusste, was er bezüglich des Lebens nach dem Tod glauben sollte, aber dass er dazu neigte, sich meiner Ansicht anzuschließen.

„Sie kann nämlich sehr überzeugend sein“, behauptete er, „wenn sie gerade kein Bild auf dem Kopf hat!“

*

Zehn Tage nach dem anregenden Erlebnis in Graf Draculas Gemächern erhielt ich einen Brief. Er war auf hellblauem Papier mit Leinenstruktur geschrieben (unsere Fabrik in Moosheim stellte ein ähnliches her, allerdings nicht in diesem Blauton) und nur an *„Fräulein Vicki"* adressiert. Tante Gabi brachte ihn mir aus ihrem Büro mit, wo er für mich abgegeben worden war.

Der Absender war – Anatol.

Ich erschrak. Was wollte der wilde Mann von mir? Ich hatte gehofft, nie wieder etwas von ihm zu hören, und hatte Gott gedankt, dass er weder meinen Namen noch meine Adresse kannte! Wollte er vielleicht die Renovierungskosten seines Badezimmers bei mir einfordern?

Nach dem Familienabendessen öffnete ich den Brief in meinem Zimmer. Anatol schrieb mit einem Füllfederhalter und mit großen, ausladenden Buchstaben.

Sehr geehrtes, gnädiges Fräulein!

Ich bin zutiefst bestürzt über die Vorkommnisse des verwichenen Samstages und möchte Ihnen mein aufrichtiges Bedauern übermitteln. Hätte ich geahnt, welch zartbesaitete Seele Sie Ihr Eigen nennen, dann hätte ich selbstverständlich alles unterlassen, was Ihnen als Bedrängnis erscheinen konnte.

Offenbar habe ich Ihr Verhalten falsch gedeutet und mich auch meinerseits missverständlich verhalten. Ich bin zutiefst erschüttert über die drastischen Maßnahmen, die Sie ergreifen zu müssen glaubten. Ein Wort von Ihnen, und ich hätte Sie zur Tür begleitet oder nach Hause gebracht!

Ach, warum trauten Sie mir so wenig? Erschien ich Ihnen gar so gefährlich? Holde Weiblichkeit will doch erobert werden! Es ist für einen Mann in der heutigen Zeit gar nicht einfach, die richtige Balance zwischen höflicher Distanz und werbender Annäherung zu finden. Dass mir dies in Ihrem Falle so gänzlich misslungen ist, dafür bitte ich ergebenst um Verzeihung.

Es wäre mir eine unaussprechliche Ehre, wenn Sie mir noch eine Gelegenheit gäben Ihnen beweisen zu dürfen, dass ich nicht das Ungeheuer bin, für das Sie mich nunmehr halten müssen.

In der Hoffnung auf Antwort
Ihr ergebener Anatol

*

Ich glotzte das himmelblaue Papier in meiner Hand an und glaubte es nicht. Der Kerl besaß tatsächlich die Frechheit, mich um ein zweites Treffen zu bitten?! „Werbende Annäherung" nannte er den Versuch, mich zu vergewaltigen? Obwohl – wenn man es nüchtern betrachtete, musste ich zugeben, dass er mich nicht gewaltsam bedrängt hatte. Vielleicht hatte er bloß versucht, mich zu verführen, und ich hätte leicht ablehnen können? Immerhin hatte er mir ja nicht die Kleider vom Leib gerissen (das hatte ich ja schon selbst besorgt, ähem). Konnte es sein, dass wir einander bloß gründlich missverstanden hatten?

Sein Brief war ja tatsächlich eine Konzentration erlesener Höflichkeit. Er vermied es sogar, mir etwas darüber zu schreiben, wie er wieder in sein Badezimmer gekommen war und was die Reparatur gekostet hatte. (Schlüsseldienst? Tür eingetreten? Fußboden überflutet? Wasser im Keller?) Und was für Ausdrücke er drauf hatte! „Verwichener" Samstag! „Ergebenst"! Noch nie hatte ich so einen Brief gekriegt. Dirk hatte Knüttelverse gemacht, aber das war ja wohl ganz was anderes.

Julian steckte seinen Kopf zur Tür herein. Das ging jetzt leichter, weil er neuerdings öfter mal einen Mittelscheitel trug, statt sein kinnlanges Haar zu Punkerzacken aufzurichten, und diese Frisur war natürlich für den Alltag wesentlich praktischer. (Nur böse Zungen würden einen Zusammenhang zwischen der neuen Frisur und der neuen Liebesbeziehung unterstellen …)

„Tante Vicki? Stör ich?"

„Nein, komm nur rein!" Ich faltete Anatols Brief schnell zusammen und schob ihn halb unter mein Bein.

„Kann ich dich was fragen?"

„Klar, immer!"

„Also … diese Idee mit dem Gedicht … du weißt schon … die hat super funktioniert!"

„Freut mich."

„Ja, ich hab der Tina einen Zettel in ihr Lateinheft gesteckt. Ohne Unterschrift. Eine Woche hab ich sie zappeln lassen. Sie hat ihre Freundinnen zum Spionieren ausgeschickt – genau wie du damals! Danach war sie praktisch handzahm."

Irgendwie wollte es mir nicht recht gefallen, wie er über seine Eroberungs-Strategie sprach. Ob Dirk damals auch so berechnend gewesen war? *Ade, Romantik! Willkommen, Kosten-Nutzen-Rechnung …*!?

Tja. Dirk würde in zehn Tagen heiraten, und egal ob es nun romantisch oder berechnend war, es war vorbei.

Es tat immer noch weh. Auch nach fast drei Monaten.

„Und was wolltest du jetzt fragen?", seufzte ich.

„Na ja, also …" Er strich sich eine Haarsträhne hinters Ohr. „Meinst du, soll ich ihr noch … mehr Gedichte schicken?"

„Auf jeden Fall!"

„Aber sie weiß ja schon, dass sie von mir sind."

„Schon, aber Nettigkeiten und Komplimente kann man gar nicht genug kriegen. Und wenn sie dann noch schriftlich sind und sogar gereimt, dann ist es überhaupt was Tolles!"

„Hat dein Freund dir noch weiterhin Gedichte gemacht?"

Schon wieder. Ich *wollte* nicht über dieses Thema sprechen! Zartfühlend wie ein Elefant im Porzellanladen, dieser Junge!

„Ja, ab und zu", sagte ich widerstrebend. „Zu besonderen Anlässen. Geburtstag, Jahrestag, und so."

„Und worüber?"

Könnten wir endlich über was anderes reden?!

„Über ... mich. Wie hübsch und nett ich bin, und so. Über uns – unsere Liebe und wie wichtig sie ist."

„Okay." Er zog ein Papier aus der Tasche und las mir seine Entwürfe vor: „‚Tina, du Süße, du hast so schöne Füße. Wenn ich dich begrüße –' ... äh, ja, jetzt weiß ich nicht weiter. Wie wär's mit ‚dann jucken meine Nüsse'?"

„Nein-nein-nein, auf keinen Fall!", wehrte ich entsetzt ab. „Das ... ist zu plump. Sexuelle Anspielungen sind unromantisch. Außerdem reimt sich's nicht richtig. Es muss ein langes ‚ü' haben. So wie ... Düse, Gemüse, Kombüse."

„Drüse?", schlug er hoffnungsvoll vor. *Jungs!*

Nach einigem Hin und Her einigten wir uns auf „Tina, du Süße, du hast so schöne Füße, seh' ich dich nur von ferne, dann funkeln alle Sterne." Einen Literaturpreis würden wir dafür wohl nicht kriegen, aber für Tina war es sicher schön genug.

„Und was versteckst du da?", fragte Julian und griff nach Anatols Brief, den ich durch Draufsitzen zu verbergen versucht hatte.

„Ach, nichts – nur ein Brief." Ich zog ihn weg.

„Aha! Von einem Verehrer, stimmt's?"

„Quatsch!"

„Doch, ich seh' doch, wie du rot wirst! Aber Tante Vicki" – sein Tonfall wurde gönnerhaft – „das ist doch keine Schande! Warum sollte man in deinem Alter nicht auch noch verliebt sein?" Er stand auf und ging zur Tür. Dabei schwenkte er den Zettel mit Tinas Gedicht. „Wenn du meinen Rat hören willst – schreib dem Kerl auch ein Gedicht. Wirkt Wunder!"

Mit einem aufmunternden Grinsen verschwand er.

Ich hätte ihm gern etwas nachgeschmissen, am besten etwas Zerbrechliches.

Warum sollte man in deinem Alter nicht auch noch verliebt sein? Mann, das hatte ich jetzt echt gebraucht ...!

37. Kapitel

Seit Mareks Auftritt damals an meinem Geburtstag legte der junge Herr Magister etwas mehr Distanz an den Tag. Zumindest starrte er mich nicht mehr so unverfroren an. Aber ganz aufgegeben hatte er noch nicht. Er bemühte sich immer, besonders höflich und zuvorkommend zu mir zu sein, was besonders Irene bemerkte, weil er zu ihr nämlich nicht so war.

Je länger Marek sich nicht mehr blicken ließ, desto mehr Chancen rechnete der Magister sich offenbar aus. Denn wenn Marek wirklich mein fester Freund gewesen wäre, hätte er mich doch öfter mal abgeholt, oder? Doch da er seit fast zwei Monaten nicht mehr aufgetaucht war, wagte der Herr Magister schließlich einen erneuten Vorstoß und lud mich wieder zum Essen ein.

Ich wurde ein wenig schwankend. Immerhin hatte er beim letzten Mal für mich bezahlt – was man nicht von all meinen Herrenbekanntschaften behaupten konnte! Aber ich hatte mich nun mal dafür entschieden, eine schrullige, allein stehende Tante zu werden, und diese Karriere wollte ich auch standhaft und konsequent verfolgen – alles andere endete ja doch nur im Chaos. Und überhaupt, Liebeleien am Arbeitsplatz ... da konnte nichts Gutes rauskommen!

„Oh, vielen Dank, sehr liebenswürdig“, antwortete ich ihm daher. „Aber wäre nicht zuerst Irene mal dran?“

Er blinzelte irritiert. Ich unterstellte ihm ja, dass er einfach alle seine Angestellten der Reihe nach ausführte, und entwertete so seine Einladung.

„Ja … so … Da haben Sie ganz Recht“, stotterte er.

Das war eigentlich eine recht mannhafte Reaktion. Vielleicht hätte ich doch mit ihm ausgehen sollen? So übel war er im Grunde gar nicht. *Ach, Doofi! Wie war das Leben einfach gewesen, solange ich meinen Dirk hatte und alles klar und eindeutig vor mir lag …*

*

Ich begann, regelmäßig am Donnerstagabend zur Pfadfinderstunde zu gehen. Jede zweite Woche würden Fanny und ich mit den Mädchen allein sein, in den Wochen dazwischen würde die Stunde gemeinsam mit den Jungs unter der Leitung von Marek und Fluppi stattfinden.

Es machte Spaß, sich wieder für irgendwas zu engagieren. Ich lernte eine Menge neue Leute kennen – in erster Linie Teenies – und versprach, gleich im Herbst einen Pfadfinder-Ausbildungskurs zu besuchen. Außerdem hoffte ich, wenigstens hin und wieder die geheimnisvolle Michi zu sehen. Vielleicht könnte man sie und Marek wieder zusammenbringen? Ein bisschen Kuppelei gehörte doch sicherlich auch zum Job der schrulligen Tante!

*

Tante Gabi hatte sich bei einigen Damen erkundigt, die sich mit ihrem schwer vermittelbaren Anatol getroffen hatten, doch keine hatte sich über ihn beklagt.

„Ich versteh' das nicht“, schüttelte sie den Kopf. „Entweder hat er's bei denen nicht versucht – oder sie wollten es wirklich alle!“

„Oder die Frauen schämen sich und geben es nicht zu“, warf ich ein.

„Nur, jedenfalls kann ich gar nichts gegen ihn unternehmen“, seufzte sie und hob hilflos die Schultern. „Du warst die Einzige, die sich beschwert hat, und bei dir hat er sich ja entschuldigt."

Um die Sache zu einem Abschluss zu bringen, und auch, um meinen Schrullige-Tanten-Weg konsequent zu gehen, beschloss ich, Anatols Brief zu beantworten.

„*Sehr geehrter Herr Anatol!*", schrieb ich. Dann stockte ich schon. Eigentlich „ehrte" ich ihn nicht, schon gar nicht „sehr"! Aber wie sollte ich ihn sonst anreden? „Lieber Herr Anatol"? Oder „Werter Herr"? War er denn „lieb" oder „wert"? Plötzlich fiel mir ein, dass auch er ein wertvolles Geschöpf Gottes war und von diesem geliebt wurde wie sein Augapfel. Schwer vorstellbar! Da konnte man mal sehen, wie viel liebesfähiger Gott war als ... na ja, als ich zum Beispiel.

Also gut. *Sehr geehrter.*

„*Sie versetzten mich allerdings in Schrecken*", schrieb ich. „*Als gläubige Christin kommt Sex außerhalb der Ehe grundsätzlich für mich nicht in Frage, was ich von Ihnen jedoch nicht annehme. Sie können sich sicher vorstellen, dass ich nicht unbedingt gerade für Sie eine Ausnahme von meinen Prinzipien machen wollte. Da wir in einem so wichtigen Punkt verschiedener Ansicht sind, wird es wohl auch wenig bringen, wenn wir uns noch mal treffen. Die Erfahrung mit Ihnen hat übrigens unter anderem dazu beigetragen, dass ich mich entschlossen habe, lieber allein zu bleiben als eine Beziehung einzugehen, die nicht rundherum passt. Ihre Vicki.*"

Ich las den Brief zweimal durch. Diesmal würde Doofi nichts falsch machen! Zu „*freundlichen Grüßen*" oder dergleichen konnte ich mich nicht aufraffen, auch wenn Gott ihn liebte. (Sollte doch Gott ihm freundliche Grüße schicken!) Obwohl ich eigentlich Anatols Adresse kannte, gab ich den Brief Tante Gabi mit und bat sie, ihn weiterzuleiten. (Briefmarke gespart.) Damit war das Kapitel „Anatol" oder überhaupt „Männerbekanntschaften" für mich abgehakt. Endgültig.

Ehrlich!

*

„Victoria, meine schöne Tochter!“, tönte meines Vaters Stimme leutselig aus dem Telefon. „Hast du für nächstes Wochenende schon was vor?“

Ich schluckte. Samstag, der 12. Juni. Der Tag, an dem Dirk heiraten würde. Unwiderruflich. Mir graute vor diesem Wochenende.

„Jetzt, wo's endlich ein bisserl warm g'worden ist“, fuhr mein Vater fort, „hab ich mir gedacht, wir könnten einmal in den Wurstelprater gehen, hm? Die Buben täten auch mitgehn – na, was sagst? Samstag ab Mittag, und am Abend zum Heurigen?“

Diesen Vorschlag schickt der Himmel!

„Ich kann mir nichts Schöneres vorstellen!“, rief ich aus. *An diesem Tag allein zu sein, das hielte ich nicht aus! Während Dirk und Anja mit Pomp und Trara unter der Anteilnahme der ganzen Moosheimer Bevölkerung in die Kirche einziehen, muss ich mich ablenken, sonst werde ich trübsinnig.*

„Is' es dir eh Recht, wenn die Buben auch kommen?“, fragte mein Vater. Die „Buben“, das waren Marek und Sebastian.

„Natürlich!“

„Und die Renata? Die wird auch grad' in Wien sein.“ Dorotas Putz-Cousine.

„Je mehr, desto lieber! Ich mag gern viel Familie.“

„Na, dann frag doch die Gabi und ihre Familie, ob sie auch mitkommen. Die Kinder wollen bestimmt in den Wurstelprater.“

„Das mach' ich. Ich freu mich riesig!“

*

Der gefürchtete Tag brach an. Ich versuchte lange zu schlafen und ausgiebig zu frühstücken, um den Vormittag herumzubringen. Dabei versuchte ich, nicht an das Brautpaar zu denken. Ob Dirk sehr nervös war? Ob Anja es wagte, ein weißes Kleid zu tragen? Oder gar einen Myrtenkranz? Ob man die Schwangerschaft schon sah? Sie musste doch mindestens im vierten Monat sein …? Ob meine Freundinnen hingehen würden, Dorit, Johanna, Monika? Ob … NEIN!! Ich wollte doch gerade *nicht* daran denken!

Endlich kam mein Vater und holte uns ab. Uns, das waren außer mir noch Didi und Julian sowie Tina, das Mädchen mit den Gedichten. Das junge Glück konnte derzeit keinen getrennten Samstagnachmittag verkraften. Tante Gabi, Onkel Leo und Tommi wollten gegen Abend zum Heurigen nachkommen, aber Filou durfte mit uns gehen, um auf den weiten Praterwiesen einmal so richtig viel Auslauf zu genießen.

Wir fuhren zum Praterstern, einem mindestens achtspurigen Kreisverkehr, auf dem mir schon als Beifahrerin schwindlig wurde. Ich hatte zwar einen Führerschein, aber kein Auto, und in ganz Moosheim gab es nur einen einzigen kleinen Kreisverkehr. Aber Vater wechselte souverän die Spuren, es schien ihm gar nichts auszumachen. Schon sah ich das Riesenrad, eines der Wahrzeichen von Wien, und gleich darauf parkten wir. Dorota, Renata, Marek und Sebastian warteten beim Eingang zum Riesenrad auf uns. Sebastian hatte seine Freundin Lisa mitgebracht, und zu meiner Überraschung war auch der Herr Hofrat mit von der Partie.

Zu elft füllten wir eine ganze Gondel im Riesenrad. Wir schwebten empor, hoch über die Häuser und Bäume, und hatten einen weiten Blick über die von Wegen und Teichen durchzogenen Wiesen und Wälder des Praters und über die ganze Stadt. Nach diesem eher beschaulichen Ausflug ging's dann mitten ins Vergnügen: Hochschaubahn, Riesenrutsche, Autoscooter, Schiffsschaukel, Spiegelkabinett. Weil das Wetter endlich einmal sonnig und mild war, drängten sich Heerscharen von Einheimischen und Touristen in kurzen Hosen und bunten Hemden zwischen den Attraktionen und Schaubuden. An jeder Ecke wurden Getränke und

Eis verkauft, Zuckerwatte, Würstchen und Langos, eine Art rundes Hefegebäck, das durchdringend nach Knoblauch roch.

Der Hofrat bestand darauf, mich auf ein solches Langos-Ding einzuladen. Da ich vermutlich heute nicht mehr in die Verlegenheit kommen würde, jemanden zu küssen (oder auch in den nächsten 300 Jahren), ließ ich mich darauf ein. Schrullige alte Tanten konnten ruhig nach Knoblauch stinken! Es schmeckte toll.

Tief drinnen im Wurstelprater kamen wir, schon etwas ermattet vom Gehen und von den vielen Eindrücken, bei einer besonderen Attraktion an: dem alten Pferdekarussell.

„Da drinnen gibt's ein mechanisches Orchester aus der Kaiserzeit", erklärte Vater. „Das musst du dir anschauen!"

Die Musikorgel war an der Außenwand einer runden Hütte angebracht, die auch das Dach der Anlage trug. Da gab es Flöten und Pfeifen, Pauken und Xylophone, Blasebälge, Hämmerchen, Hebel und Zahnräder. Rings um die Hütte liefen pompöse Wagen auf Schienen im Kreis. Zwischen je zwei Wagen war ein Pferd eingespannt, das melancholisch an den Zugstangen knabberte. Innerhalb des Wagenkreises gab es noch Pferde, die zum Reiten gedacht waren.

Vater und Dorota setzten sich in einen Wagen, Renata und der Hofrat ihnen gegenüber. Die beiden jungen Liebespaare, Julian und Tina sowie Sebastian und Lisa, knutschten im nächsten Wagen. Die drei Singles, Didi, Marek und ich, teilten sich den dritten.

Gerade als Didi sagte, dass sie eigentlich lieber reiten wollte, ging es los. Eine metallene Musikwalze mit Noppen setzte das mechanische k. u. k. Orchester in Gang, und es orgelte mit Pfeifen, Dröhnen und Trillern los, dass es eine Freude war. Ich glaubte eine gewisse Ähnlichkeit mit dem Radetzkymarsch herauszuhören, aber vielleicht war es auch irgendeine andere k. u. k. Militärmusik. Die Pferde setzten sich auf dieses Signal hin in Bewegung und trabten um das Schauspiel herum. Ich beobachtete im Vorbeifahren fasziniert, wie die Maschine mit kleinen Hämmerchen auf der Pauke und auf den Tasten des Xylophons spielte, wie Blasebälge Luft in die Orgelpfeifen bliesen und metallene Becken schallend aneinander schlugen. So etwas hatte ich noch nie gesehen!

„Na? G'fallt dir das?", fragte Vater, als die Fahrt vorbei war. Die Musik endete mit einem jubelnden Triller, dann standen all die Hebel und Räder still.

„Das ist unglaublich toll!", schwärmte ich. „Können wir nicht einfach hier stehen bleiben und dieser Musikwalze zusehen?"

„Ich wollte lieber reiten!", quengelte Didi.

„Zum Reiten ist es aber dort besser!", sagte Tina und zeigte auf ein großes, eingezäuntes Stück Wiese in der Nähe. „Dort geht's nicht nur im Kreis!"

Unsere Gruppe setzte sich in Bewegung und zog zum Ponyreiten hinüber. Didi und Tina wurden auf Ponys gesetzt, Lisa stieg auf ein großes Pferd. Mein Vater und der Hofrat redeten mir zu, dass ich doch auch mitreiten sollte. Nun, warum nicht? Alle Pferde wurden von irgendwelchen Stallburschen am Halfter geführt, da konnte ja wirklich nichts passieren. Da ich für ein Pony zu schwer war, hievte man mich auf ein Pferd von ehrfurchtgebietender Größe hinauf. Der Rest der Gruppe blieb am Gatter stehen, um zuzusehen. Filou, der gern endlich frei herumgerannt wäre, kläffte unterm Gatter hindurch die Pferde an.

Mein Stallbursche, ein langer, dünner Lulatsch von höchstens 16 Jahren, zerrte am Halfter und brachte mein Pferd dazu, ein paar widerwillige Schritte zu machen. Der riesige Rücken des Tieres schwankte unter mir. Huh! Schnell klammerte ich mich am Sattel fest. Nach ein paar weiteren Schritten hatte ich den Rhythmus raus und stellte mir vor, ich wäre die zarte Kaiserin Sisi hoch zu Ross bei einem kaiserlichen Jagdausflug. Stolz und glücklich schaute ich von meinem erhöhten Platz auf den Lulatsch herab und drehte mich um, um meiner Familie zuzuwinken.

Ein profanes Klingelgeräusch riss mich aus meinen kaiserlichen Fantasien. Lulatschs Handy läutete, und er hob auch noch ab!

„Ja ... ja ... nein ...", murmelte er. „WAS?! Spinnt die?" Überwältigt von der Wucht der Nachricht, die er gerade erhielt, vergaß er seine Pflichten und blieb stehen, um in unverständlichem Wienerisch in sein Telefon zu fauchen. Das Pferd nutzte die Gelegenheit, blieb ebenfalls stehen und begann gemächlich ein paar Grashalme abzurupfen. Durch das Hinunterbeugen des Kopfes wurde das Vieh aber vorne niedriger, und ich wäre beinahe kopfüber runtergepurzelt.

Da saß ich nun ziemlich blöd vornüberhängend auf einem grasenden Pferd mitten in der Wiese, während Lulatsch geistesabwesend mit dem Halfter spielte. So war das aber nicht gedacht! Ich zerrte an den Zügeln, um den Pferdekopf wieder auf die richtige Höhe zu bringen, doch das Pferd blieb völlig unbeeindruckt.

Wie machten das die Cowboys in den Filmen immer? Sie stießen ihrem Pferd die Sporen in die Seiten, um es zum Laufen anzutreiben. Das konnte ich auch! Zaghaft stupste ich meine Fersen gegen das Fell, und als nichts passierte, trat ich etwas fester zu.

Das führte zum Erfolg – wenn auch nicht zum gewünschten. Vielleicht hatte ich eine kitzlige Stelle getroffen, jedenfalls riss das Tier plötzlich den Kopf hoch, schnaubte erschrocken und sprintete los!

38. Kapitel

Mit einem überraschten Aufschrei ließ der Lulatsch den Riemen fahren. Ich hingegen war viel zu erschrocken, um noch schreien zu können. In Panik klammerte ich mich bäuchlings am Hals des Tieres fest. Meine Drahthaare wehten im Fahrtwind, während das verrückte Vieh ungebremst über die Wiese galoppierte. Und da vorne kam schon der Zaun!

„Bleib stehen!“, kreischte ich dem Gaul ins Ohr, aber das spornte ihn nur zu weiteren Höchstleistungen an. Ich erwischte irgendwie einen Zügel, der mir ins Gesicht flatterte, und zog daran, aber das Pferd schnaubte nur ärgerlich, schüttelte den Kopf und riss mir den Zügel wieder aus der Hand. Wir näherten uns dem Zaun. Ich schloss die Augen und krallte mich in die Mähne.

Mein Leben zog an mir vorüber – meine vaterlose Kindheit … ein glücklicher Urlaub an der Ostsee mit meiner Mutter und meinen Großeltern … das Weihnachtsspiel der zweiten Klasse, in dem ich der Ochse sein durfte, weil man meine Haare zu Hörnern flechten konnte … mein erstes Treffen mit Dirk … meine Verlobung … In einer Sekunde rauschte alles vorbei.

Das war es also. Das war Gottes Plan für seine kleine Prinzessin. Ich sollte zu ihm kommen, obwohl ich noch so jung war, und eine Braut Jesu werden.

Wenn es Gottes Plan war, dann war es wohl richtig so …

Ich komme, Herr!

Aua.

Das konnte aber nicht das Paradies sein, wenn mir alle Knochen wehtaten?! Ich öffnete vorsichtig ein Auge. Über mir zog eine Wolke über den blauen Himmel. Also, wenn der Himmel noch da oben war, dann musste ich wohl noch unten sein …?

Ich hörte Geschrei, und schon war ich von einer Gruppe Menschen umringt, die alle mehr oder weniger meinen Namen riefen. Eine feuchte Nase stupste meine Wange; dann war Filous felliges Gesicht über mir, und seine raue Zunge schleckte über meine Nase.

„Victoria! Lebst du noch? Hast du dir wehgetan? Vicki! Sag doch was!“ So riefen die Stimmen durcheinander.

Ich ächzte. Mehr war nicht drin, denn ich war noch damit beschäftigt mir klarzumachen, dass ich doch nicht im Himmel war. Verschiedene Gesichter erschienen in meinem Blickfeld. Ich wälzte mich zur Seite, rieb mir den Hinterkopf und setzte mich vorsichtig auf. In meiner linken Hand, die ich noch fest zur Faust geballt hielt, hatte ich ein Büschel dicker schwarzer Pferdehaare.

Meine Familie stand, kniete und hockte um mich herum und redete aufgeregt auf mich ein. Weiter hinten drückte sich der Lulatsch herum und warf ängstliche Blicke auf mich. Ich drehte vorsichtig den Kopf (es ging noch) und stellte fest, dass das dämliche Pferd mich einfach über den Zaun geschleudert hatte. Da saß ich nun im Gras, und das hinterhältige Vieh stand drüben auf seiner Seite des Zaunes, mampfte gemütlich und tat, als könnte es kein Wässerchen trüben.

„Kannst du aufstehen?", fragte Vater sanft. Ich nickte. Vater und Marek griffen mir vorsichtig unter die Arme und zogen mich hoch. Ich stand! Etwas knieweich zwar, aber ich stand!

„Wow, das war ein Stunt!", bemerkte Julian anerkennend. „Ein richtiger Salto mortale!"

„Eine professionelle Hechtrolle!", stimmte Sebastian zu. „Durch das Abrollen hast du den Sturz gut abgefangen, gratuliere!"

Eigentlich hatte ich gar nichts gemacht ... außer die Augen fest zugekniffen. Den Rest musste jemand in die Hand genommen haben, der meine Sorgen besser verstand als ich selbst (und vor allem viel schneller)!

„Was is denn eigentlich bassiert?", fragte der Hofrat.

„Wieso das Pferd ist plötzlich weggelaufen?", wunderte sich auch Dorota.

Ich zog es vor, eine Gedächtnislücke vorzutäuschen. Sollte ich zugeben, dass Doofi Katastrophi mal wieder zu kurz gedacht hatte und den Cowboy spielen wollte?

„Ich dachte, mein letztes Stündlein wäre gekommen", antwortete ich ausweichend. „Eigentlich war ich überrascht, euch zu sehen – ich rechnete jeden Augenblick damit, Jesus zu treffen …“

Inzwischen waren auch Tina, Lisa und Didi von ihren Pferden gesprungen und wollten wissen, was passiert war. Irgendjemand fand sogar meine Brille im Gras. Durch den Aufruhr alarmiert eilte der Geschäftsführer der Reitanlage herbei und ohrfeigte erst mal den Lulatsch, der das gleichmütig hinnahm.

Es dauerte eine Weile, bis alle Standpunkte geklärt waren. Der Hofrat wies schon mal vorsorglich darauf hin, dass ich eng mit einem Rechtsanwalt verwandt war, der Geschäftsführer schob alle Schuld auf den Lulatsch, und am Ende einigten wir uns darauf, dass wir unser Eintrittsgeld zurückbekamen sowie einen Gutschein für 20 Mal Gratisreiten.

Ich hielt mich aus der Diskussion raus. Erstens war ich damit beschäftigt, meine Gliedmaßen nachzuzählen, und zweitens war ein Gutschein fürs Gratisreiten sicher nicht das, was ich gerade am allernötigsten brauchte. Den mochte das Jungvolk unter sich aufteilen! Was ich brauchte, war …

„Ein Eis!“

„Ja, genau!“

„Ein Eis auf den Schrecken!“

Der Hofrat spendierte eine Runde Eis für alle. Weil ich die Hauptleidtragende des dummen Vorfalls war, durfte ich mir sogar fünf Sorten in meine Tüte türmen lassen: Vanille, Schoko, Pistazie, Erdbeer und Stracciatella. Das Kühle, Cremige, Süße brachte meine gute Laune schnell zurück.

Etwas langsamer – wegen meiner wackeligen Knie – zogen wir weiter. Ich hatte alle Vorschläge abgelehnt, mich zu Hause hinzulegen. Still und ohne Ablenkung im Bett ruhen und an Dirk und seine Hochzeit denken?! Niemals! Lieber amüsierte ich mich hier zum Krüppel!

Der Nachmittag war warm. Ich kam kaum nach damit, all das herunterrinnende Eis aufzuschlecken, bevor es mir über die Hand fließen konnte. Der hoch aufgetürmte Eisberg geriet ins Rutschen, und als Filou mir zwischen die Beine lief und ich einen schnellen Schritt machen musste, ging auf einmal eine größere Erdbeer-Stracciatella-Lawine ab und ergoss sich (wie auch anders?) talwärts auf mein T-Shirt.

Die plötzliche Abkühlung auf meiner Brust war eigentlich gar nicht unangenehm, aber die rosa-weiße, mit Schokostückchen gesprenkelte Lawinenschneise auf dem Hemd sah doch irgendwie doof aus. Ich erkannte in diesem Augenblick, dass jemand wie ich einfach niemals aus dem Haus gehen sollte – egal, zu welchem Anlass –, ohne einen kompletten Satz Reserveklamotten dabeizuhaben.

„Mach dir nichts draus", tröstete Sebastian mich jovial. „Es harmoniert großartig mit den Grasflecken am Rücken!"

„Ich finde, es bringt deine Augen toll zur Geltung!", flötete Marek grinsend. Und etwas sachlicher fügte er hinzu: „Vielleicht kann man's abwaschen? Ich glaube, irgendwo muss es eine öffentliche Toilette geben!"

Aber Julian hatte eine bessere Idee: „Bei der Schießbude da hinten kann man T-Shirts gewinnen!"

Die Männer, die doch alle irgendwo im Grunde ihres Herzens Jäger waren, wurden sich schnell einig, dass sie mir ein frisches T-Shirt erlegen wollten. Vater und der Hofrat zahlten abwechselnd, und Julian, Marek und Sebastian schossen abwechselnd, bis sie die nötigen Punkte beisammen hatten. Während Julian und Sebastian noch weiter auf kleine Plastikhülsen zielten, um ihren Freundinnen Lebkuchenherzen oder wenigstens eine Rose schenken zu können, durfte ich aus den angebotenen T-Shirts eines auswählen.

Es gab eine ganze Menge. Eines trug die Aufschrift „Ich bin über 30, bitte helfen Sie mir über die Straße", bei einem anderen stand quer über die Brust „Greif zu" und ganz klein darunter „wenn du dich traust", ein weiteres war mit Wiener Sehenswürdigkeiten und dem Schriftzug „Vienna" bedruckt. Außerdem gab es launige Sprüche, die irgendwie mit Bier zu tun hatten, Mozartköpfe mit „Wien – Hauptstadt der Musik" und bunte Bonbons mit „Süßes Mädel".

„Da – das ist es!", sagte Marek und zeigte auf „Süßes Mädel".

„Ich dachte gerade an dieses da", entgegnete ich und deutete auf „Vienna". „Das ist das klassische Souvenir-Shirt, so was braucht man als Ausländerin!"

„Du bist keine Ausländerin!", stellte er klar. „Du bist gebürtige Halb-Wienerin!"

„Und wieso gerade ‚Süßes Mädel'?"

„Na, wieso wohl!", spöttelte er.

„Weil ich mir Eis draufgekleckert habe?", riet ich. „Oder weil ich so gern Süßes esse?"

„Das auch", sagte Marek. „Aber nicht nur."

*

Der Rest des Nachmittags verlief ohne Zwischenfälle. Ich vermied alle Attraktionen, die irgendwie mit körperlicher Erschütterung einhergingen, und überließ diese Kopfüberrüttelschüttel-zentrifugal-Sturzflüge den Jüngeren. Als Frau gesetzten Alters durfte man seine Grenzen kennen. Ich fuhr lieber mit den Älteren in der Grottenbahn, wo ich Märchenszenen und liebliche Landschaften zu sehen bekam. Später am Abend trafen wir uns mit Tante Gabi, Onkel Leo und Tommi bei einem Heurigen in Grinzing, und der Hofrat setzte seine Vortragsreihe für Renata und mich mit einem Exkurs über Pfefferoni, Senfgurken und Perlzwieberl fort.

Gegen elf Uhr nachts schließlich schlief Tommi tief und fest in seinem Buggy, und auch Didi gähnte ununterbrochen. Sorans brachen daher auf; Julian wollte noch seine Tina nach Hause bringen. Dorota und Renata nötigten Vater auch zum Heimgehen, und Sebastian und Lisa wollten noch auf einer Studentenfete vorbeischauen. Schließlich saßen der Hofrat, Marek und ich allein am Tisch.

„So, noch ein kleines Dessert, dann is's Zeit zum Heimgehen", stellte der Hofrat fest, der schon leicht beschwipst war.

„Soll ich dich nach Hause bringen?", bot Marek an. „Ich bin mit dem Motorrad da!"

„Marantjosef!", wehrte der Hofrat ab. „Keine zehn Bferde brächten mich auf so ein Deufelszeug! Ich nehm' mir ein Daxi, ich bin noch zu jung zum Sterben, nedwahr?"

„Und du?", fragte Marek, als auch der Hofrat gegangen war. „Du traust dich aber schon auf mein Motorrad, gell? Du bist ja schon mitgefahren."

„Ja." Ich schaute auf die Uhr. „Aber ich würde gern noch bleiben ... Bleibst du auch noch?"

„Gern, wenn du möchtest! Würdest du denn auch ganz allein hier bleiben?"

Ich seufzte.

„Ich möchte so müde oder so betrunken sein, dass ich zu Hause dann sofort einschlafe."

Er sah mich lange an. „Die Hochzeit von deinem Ex?", fragte er leise.

Ich sah überrascht auf. „Du ... du weißt das?"

Er nickte. „Du hast es mir in dieser Nacht gesagt, in der ich dich aus dem Mistkübel geholt hab'. Das wäre damals deine Hochzeit gewesen, hast du gesagt, und drei Wochen später ist die von deinem Ex. Ich hab's mir leicht ausrechnen können."

Ich nagte nachdenklich an meiner Unterlippe. „Dann ... war das deine Idee?"

„Was?"

„Dass wir heute eine große Familien-Action machen?"

Er nickte wieder. „Bist du sauer?"

„Warum sollte ich? Das war ein großartiger Vorschlag! Der Tag war so lustig ... ich weiß nicht, wie ich ihn sonst überstanden hätte!"

„Oh, danke."

„Du bist also wieder einmal mein Retter aus der Not,

mein persönlicher Schutzengel. Du machst dich gut in der Rolle!"

„Bei deinem Sturz heute hab ich dich aber nicht beschützen können", murmelte er, und seine braunen Augen verdunkelten sich.

„Das hat ein anderer getan."

Sein Blick wurde wieder lebhaft. „Sag mal, dir ist das wirklich ernst, gell?"

„Was?"

„Das mit ... Gott. Nach deinem Sturz hast du gesagt, dass du erwartet hast, Jesus zu treffen. So was denkt man sich doch nicht aus ... oder? Nicht in so einer Situation. Du hättest dir den Hals brechen können!"

„Ja, ich dachte wirklich, jetzt ist es aus!"

„Und, hast du keine Angst gehabt?"

„Hmm ... nein, eigentlich nicht. Nicht wirklich. Es war fast ... wie Neugier. Wie wird es sein, wenn ich Jesus wirklich sehen kann?"

Marek schüttelte in einer Mischung aus Bewunderung und Unglauben den Kopf. „Ich beneide dich um deine Sicherheit."

„Die könntest du auch haben."

„Jaaa ... seit ich mit dir zum ersten Mal über diese Dinge geredet hab, hab ich viel nachgedacht ... Weißt du, diese Kletterwand-Sprüche: Du hast dich so angehört, als ob du sie alle für bare Münze nehmen würdest: ‚Erwarte viel von Gott', und so."

„Ja, tu ich auch. Und?"

„Na ja ... noch nie hat jemand, den ich kenne, so von Gott gesprochen. Gott war immer so ... fern. Aber für dich ist er ganz real."

„Ja, das ist er."

„Und wie kommt man dahin? Ich meine, du bist von frühester Kindheit an damit aufgewachsen ..."

„Deine Eltern gehen aber doch auch in die Kirche", warf ich ein.

„Meine Mutter ist sehr katholisch. Aber Vater geht

eigentlich mehr ihr zuliebe hin und weil er jetzt auch all die Leute dort kennt. Und für mich ist das immer ein Ritual geblieben, das irgendwie nicht sehr ... mit Inhalt gefüllt war. Vielleicht war das in deiner Gemeinde ja anders."

„Eigentlich nicht."

„Nicht?" Das überraschte ihn. „Und wie ...?"

Ich erzählte ihm von meinem Erlebnis im Stephansdom. „Ich hab Gott einfach gebeten, in mein Leben zu kommen – und er tat es. Und da füllten sich alle leeren Rituale und Sprüche plötzlich mit Inhalt."

„Hm", machte Marek. „Ich werd' mal drüber nachdenken." Er sah auf die Uhr. „Meinst du nicht, dass die Hochzeit schon vorbei ist? Oder willst du dich die ganze Nacht hier betrinken?"

Ich zog die Schultern hoch und nahm statt einer Antwort einen Schluck Wein.

„Schau", meinte Marek tröstlich, „die Hochzeitsnacht wird eh nix Besonderes. Diese beiden haben sich ja bekanntlich *nicht* für diesen speziellen Anlass aufgespart. Außerdem ist die Braut schwanger und müde – ich wette, da passiert heute gar nichts mehr. Und ab morgen ist das Kapitel für dich abgehakt, okay? Dann sind sie verheiratet und brauchen dich gar nicht mehr zu interessieren. He, Vicki, lass doch nicht so den Kopf hängen! So bist du doch sonst nicht!" Er nahm mich brüderlich in den Arm. „Das ist jetzt wie wenn einem ein eitriger Zahn gezogen wird: Es tut weh, aber danach wird's besser. Bestimmt!"

„Versprochen?", piepste ich.

„Aber sicher. Glaub deinem alten Bruder. Und jetzt kannst du wählen: Soll ich dich müde machen, indem ich dich im Dauerlauf nach Hause hetze, oder soll ich dich lieber betrunken machen und noch Wein bestellen?"

Das nötigte mir ein Lächeln ab. „Ich glaube, ich bin schon müde genug."

„Aber wehe, wenn nicht! Dann kitzel' ich dich eigenhändig, bis du vor Erschöpfung umfällst!"

39. Kapitel

Den halben Sonntag schlich ich um das Telefon herum wie die Katze um den heißen Brei. Schließlich siegte meine Neugier und ich rief Dorit an.

„Warst du dort?“, fragte ich.

„Wo?“

„Na, bei Dirks Hochzeit!“

„Hör mal, Vicki ... lass es doch gut sein. Warum willst du dich mit Einzelheiten quälen? Sie sind verheiratet, und fertig. Kannst du nicht einfach einen Schlussstrich ziehen?“

Ich seufzte. „Ja, du hast Recht“, gab ich zu.

„Das Leben hat sicher noch eine Menge schöne Überraschungen für dich bereit. Gott arbeitet daran, das weiß ich!“

Okay, das reicht! „Danke, Dorit. Du bist eine wahre Freundin. Was täte ich ohne dich?“

Und tschüs. Als Nächstes rief ich Johanna an, die Tochter des Botschafters und somit quasi meine Stiefschwester, die kannte solche Skrupel nicht. Von ihr ließ ich mir in selbstquälerischer Genauigkeit alle Details berichten.

„Es gab zwei Brautjungfern, Anjas Schwester und eine Cousine oder Nichte oder so was, die war erst vier und heulte schon beim Einzug.“

„Was hatte Anja für ein Kleid?“

„Also, weiß war’s nicht. Eher so cremefarben. Gerade, knöchellang, ärmellos, runder Ausschnitt. Perlenkette, Ohrclips und Blumen im Haar eingeflochten. Der Brautstrauß war aus rosa Rosen und noch irgendwas.“

„Kein Myrtenkranz?“

„Nein, also wirklich nicht!“, lachte Johanna. „Die Geschichte mit ihrer Schwangerschaft hatte doch in ganz Moosheim die Runde gemacht – das hätte sie sich nicht erlauben dürfen!“

„Wieso trug sie ein gerades Kleid? Konnte man nicht

schon ihren Bauch sehen? Wäre nicht ein Kleid mit weitem Rock vorteilhafter gewesen?“

Johanna überlegte. „Nein … komisch, man hat keinen Bauch gesehen. Aber du weißt ja, Anja ist so eine Bohnenstange –“

„Ich dachte, bei denen sieht man’s viel früher, die haben nicht so viel Platz zum Verstecken wie die Dicken! In welchem Monat ist sie denn?“

„Keine Ahnung. Sie müsste mindestens im vierten sein, meinst du nicht? Aber ich weiß nicht, ob man da schon was sieht. Schwangerschaften sind nicht mein Spezialgebiet!“

„Aha.“ Was Dirk getragen hatte, brauchte ich sie nicht zu fragen, das wusste ich genau. „Und – sahen die beiden denn glücklich aus?“

„Aaach“, druckste Johanna herum, „du weißt doch, wie das ist – bei solchen Anlässen lächelt doch jeder, als ob er’s bezahlt bekäme. Allein schon für die Fotos. Aber wie sie sich wirklich fühlten – keine Ahnung. Ich war auch nur ganz kurz zum Empfang. Und ich wünschte ihnen bloß ‚Alles Gute‘ und nicht ‚Viel Glück‘ – das war ich dir schuldig!“

„Oh, danke!“ Ich sah zwar nicht ganz, wo da der Unterschied war, aber es freute mich, dass Johanna sich mit mir solidarisch zeigte.

Ich hätte viel mehr Brautjungfern gehabt. Und von denen hätte keine geheult. (Schon deshalb, weil keine jünger als 18 war.) Aber das war Schnee von gestern. Die Zukunft hielt viele schöne Überraschungen bereit, ich durfte viel erwarten, und über meine zukünftige Rolle als schrullige Tante hatte ich auch schon einiges gelernt. Dass sie nach Knoblauch riechen durfte und dass sie sich nicht von durchgeknallten Gäulen abwerfen lassen musste, sondern ganz gemütlich mit der Grottenbahn fahren durfte. Man musste die Dinge einfach nur positiv sehen.

*

Anfang Juli begannen die Sommerferien. Julian fuhr zu einem Sportcamp in die Berge, Didi reiste zu einer Freundin nach Niederösterreich, und die Eltern Soran brachen mit Tommi und Filou für vier Wochen an den Attersee auf. Ich war plötzlich ganz allein in der Soran-Wohnung, wenn man von Sushi und Sashimi einmal absah.

Obwohl ich in Moosheim schon mehrere Jahre allein gewohnt hatte, ging mir plötzlich was ab. Hier in Wien hatte ich doch noch keinen so großen Freundeskreis, und die chaotische Familie fehlte mir irgendwie. Hinzu kam, dass Marek, Fluppi und Fanny mit allen Pfadfindern ins Zeltlager gefahren waren; ich durfte nicht mit, weil ich dafür eine Ausbildung gebraucht hätte. Außerdem bekam ich ohnehin noch keinen Urlaub von der Apotheke.

Ich überlegte mir sogar, ob ich nicht wenigstens für kurze Zeit bei Vater und Dorota einziehen könnte, weil ich mich zu Hause so einsam fühlte. Leider hielt Renata, die sonst nur alle zwei Wochen für ein paar Tage nach Wien kam, das Gästezimmer den ganzen Sommer über besetzt. Sie hatte irgendeinen Aushilfsjob gefunden.

Also ging ich mit Irene und ihrem angebeteten Ivan zu einer Grillparty, auf der hauptsächlich serbokroatisch gesprochen wurde und wo man mich mit Ivans Cousin dritten Grades zu verkuppeln versuchte. Ich traf mich mehrmals mit Vater und Dorota zum Essen und zu einem Open-Air-Kinobesuch. Und ich ließ mich vom Herrn Hofrat in seine bevorzugte Konditorei am Stephansplatz ausführen. Wenn ich gerade zufällig keinen geheimen Goldfisch dabei hatte, war das ja auch kein Problem.

In der Mitte der ersten Ferienwoche erhielt ich eine Ansichtskarte von Marek, Fluppi und Fanny, die mir vorschlugen, sie in ihrem Zeltlager zu besuchen. Das gab mir Auftrieb! Ich studierte eingehend alle Fahrpläne und Karten, um auch ja an den richtigen Ort zu gelangen. Diesmal würde Doofi keinen Umweg über Heggy-Sheggy oder sonst ein k. u. k. Kuhdorf machen!

Tatsächlich kam ich Samstagvormittag plangemäß im

tiefsten Waldviertel an. Die Segnungen der modernen Telekommunikation ermöglichten es, dass Fluppi und Marek mich mit einem uralten, klapprigen Bus abholten. Wir kauften dann gleich noch astronomische Mengen von Nahrungsmitteln ein und fuhren zu der Wiese, wo die Zelte standen.

Es wurde ein tolles Wochenende! Abends grillten wir Würstchen am Lagerfeuer, die Jugendlichen sangen, spielten Gitarre und unterhielten einander mit Gruselgeschichten. Später übernachtete ich in meinem eigens neu gekauften Schlafsack zusammen mit Fanny und Michi in einem Zelt. Ja, die selten gesehene Michi war auch erschienen! Diesmal trug sie kein Business-Kostüm, sondern alte Jeans, aber sogar darin sah sie irgendwie korrekt aus. Genau wie ich kam auch sie nur fürs Wochenende zu Besuch. Na, immerhin. Ich hatte ja gedacht, dass Michi mit Fluppi zerstritten und/oder mit Marek spinnefeind sein müsste, aber bei dieser Truppe wunderte mich inzwischen schon gar nichts mehr. Umso besser! Denn die Schrulle in mir brannte darauf, ein weiteres Tanten-Privileg auszuprobieren: das der Kupplerin! Ich wartete nur auf eine Gelegenheit.

Am Sonntag wurde ein Priester eingeflogen, der unter freiem Himmel die Messe las. Gegen Ende der Predigt mussten wir alle in das große Versammlungszelt flüchten, weil es zu regnen begann, aber das hinderte die Pfadis nicht daran, ihr Mittagessen später wieder auf offenem Feuer zu kochen. Zum Glück gab es einen Vorrat an trockenem Holz, sonst hätten wir alle verhungern müssen. Nach dem Essen pilgerten die Kids zu einem nahen Bach, um dort ihre Teller abzuwaschen.

Das war die Gelegenheit, auf die ich gewartet hatte! Rasch sagte ich zu Michi: „Wollen wir beide den Abwasch für alle Anführer machen? Dann können die mal ein Mittagsschläfchen genießen!“

„Bravo!“, rief Fluppi, ohne Michis Antwort abzuwarten. „Diese Frau ist gut! So gut, dass sie morgen in die Suppe kommt!“

„Lieber nicht!“, wehrte ich ab. „Fettes Essen ist ungesund.“ Damit begann ich die Teller abzuräumen. Michi half mir ganz bereitwillig. Gemeinsam gingen wir zum Bach und suchten eine flache Stelle. Das Wasser war entsetzlich kalt.

„Hast du jetzt ganz aufgehört mit den Pfadfindern?“, eröffnete ich das Gespräch.

„Ich bin beruflich so eingespannt“, meinte sie entschuldigend, „es geht einfach nicht mehr.“

„Und ... mit Fluppi hat das nichts zu tun?“, wagte ich einen Vorstoß.

„Mit dem Fluppi? Wieso?“

„Oh – ich dachte nur – also, ich hörte das Gerücht, du wärst nach der Trennung von Marek mit Fluppi befreundet gewesen ...“

„Was? Aber nein!“ Mit gleichmäßigen, routinierten Bewegungen seifte sie die Teller ein. „Das heißt: ja – aber nicht so! Der Fluppi ist einfach ein guter Freund, und wie das mit dem Marek und mir ... Also, wie sich das so auseinander entwickelt hat, hab ich mich öfters bei ihm ausgesprochen. Weil er doch uns beide kennt. Aber sonst war da nie was.“

„Und stimmt das, dass Marek sich in eine andere verknallt hat?“

Sie maß mich mit einem belustigten Blick. „Das müsstest du doch wohl eher wissen als ich!“

Oh. Na, wenn Marek mir als Schwester schon mehr erzählt hatte als seiner Damals-noch-Freundin, dann war es um diese Beziehung wohl wirklich schlecht bestellt! „Ja und ... magst du ihn noch?“, fragte ich.

„Den Marek? Natürlich! Er ist wirklich sehr nett, lustig und hilfsbereit und all das. Aber ...“ Sie seufzte und strich sich mit dem Unterarm eine blonde Haarsträhne aus dem Gesicht. „Wir passen einfach nicht zusammen. So als Paar, meine ich. Wir ... unsere Lebensplanung ist verschieden. Wir haben nicht dasselbe Tempo, glaube ich. Ich denke, es ist besser, wenn wir einfach Freunde sind.“

Ich fragte mich, ob ich je die menschliche Größe aufbringen könnte, mit Dirk „einfach Freunde“ zu sein. Aber natürlich war die Situation hier ganz anders.

„Schade“, meinte ich. „Ich fand, ihr würdet ein sehr schönes Paar abgeben.“

„Wieso beschäftigt dich das?“

„Ach – nur so. Ich würde ihn gern glücklich sehen.“

Sie betrachtete mich nachdenklich. Dann nickte sie, als ob sie es jetzt verstünde.

„Ah ja.“

Okay, das war kein voller Erfolg auf dem Gebiet der Kuppelei. Aber ich übte ja noch.

40. Kapitel

Da die ganze Familie Soran im Urlaub war, hatte ich an meinen Kindermädchen-Tagen niemanden zu betreuen als die beiden Fische, die glücklicherweise pflegeleicht waren und auch keine Anzeichen von jäh bevorstehendem Ableben erkennen ließen.

Daher hatte ich jetzt lange Dienstage und Freitage, an denen es nichts zu tun gab. Spazieren gehen machte ohne Filou nur halb so viel Spaß, fürs Schwimmbad war es meistens zu regnerisch, und die wichtigsten Sehenswürdigkeiten hatte ich schon durch. Es wurde ein bisschen besser, als Marek vom Lager zurückkam und wieder zu arbeiten begann. Denn jetzt konnten wir wenigstens manchmal am Abend ins Kino oder Theater gehen.

Auch Irene, der Herr Hofrat und mein Vater kümmerten sich um mich. So kam es, dass ich an einem Dienstag Ende Juli sogar zwei Verabredungen hatte: Erst wollte der Hofrat mich zum Rathausplatz ausführen und dort würde Marek mich dann abholen, um schwimmen zu gehen, falls das Wetter es erlaubte.

Mit einem Badeanzug und einem Handtuch in einer großen Tasche zog ich los. Auf dem Rathausplatz fand jeden Sommer ein zwei Monate dauerndes Festival statt. Jeden Abend wurde auf einer riesigen Leinwand ein Konzert oder eine Oper gezeigt. Dort, wo ich vor ein paar Monaten ein Kletterseil festgehalten und einem dicken Jungen damit ein geistliches Aha-Erlebnis verschafft hatte, standen jetzt Dutzende von hölzernen Stuhlreihen unter freiem Himmel. Auf dem restlichen Platz gab es zwei Reihen von Imbissbuden mit Speisen aus allen möglichen mehr oder weniger exotischen Ländern. An den Abenden war der Platz so brechend voll von Menschen, dass man kaum gehen konnte, aber jetzt, am Nachmittag, fand man noch leicht einen Sitzplatz an einem kleinen Tisch neben den Springbrunnen im Park oder unter einem großen, Schatten spendenden Baum.

Der Hofrat bugsierte mich zielstrebig an Indien, Australien, Dalmatien, den USA und China vorbei zum Österreich-Stand. Hier gab es eine Auswahl der von ihm bevorzugten Mehlspeisen und „an guten Wiener Kaffee" (Betonung auf dem „ee"), wie der Hofrat ihn liebte.

„Guten Dag! Kundschaft is da!", rief er über die Theke.

Eine dicke Frau erhob sich und kam auf uns zu.

Es war Renata.

Das also war ihr Sommerjob!

„Joi, der Herr Hofrat!", lachte sie. „Guglhupf, bitte scheen? Und Gaffee, gell?" Sie füllte ihm eine Tasse. „Viel Milch, bissel Zucker, bitte scheen? Ja?"

„Die Frau Renata weiß genau, wie ich's gern hab'", strahlte der Hofrat. „Aber dem Fräul'n Vicki müssen'S auch was geben! Was hamma denn für Dorten?"

„Bitte scheen, Guglhupf, Apfelstrudel, Nusstorte, Topfentorte hamma da! Wünschen auch Gaffee, ja?"

Ich nickte und ließ mir einen Kaffee geben. Dazu wählte ich die Käsesahnetorte, die hier Topfentorte hieß. Renata berieselte unsere Kuchen noch extra mit Zucker, und der Hofrat gab ihr ein dickes Trinkgeld, das sie mit vielen Dankesworten einsteckte.

Wir balancierten unseren Imbiss zu einem Tisch in der Nähe des Springbrunnens und setzten uns.

„Ja, die Frau Renata“, seufzte der Hofrat schwärmerisch. „Die weiß, was ich mag. Den Guglhupf backt sie selber – jeden Dag frisch! Da, brobier!“ Er schob ein Häppchen seines Kuchens zu mir rüber. „Na, is das was? Flaumig, saftig – so muss ein Guglhupf sein!“

Ich grinste. „Mir scheint, Sie haben sich meinen Vorschlag richtig zu Herzen genommen!“

„Welchen Vorschlag meinst denn?“

„Na, dass Sie sich ruhig mal unter den Damen umsehen könnten! Haben Sie da vielleicht schon eine entdeckt, die interessant sein könnte?“

„Geh, Bupperl, was du wieder denkst!“, wehrte er errötend ab. „In meinem Alter, meiner Seel’, das wär’ was! Ein alter Esel wie ich!“

„Aber gar nicht!“, widersprach ich. „Mir kommt es sogar so vor, als ob die Renata nicht abgeneigt wäre! Wie die Sie angestrahlt hat ...!“

„Sie is eben eine sehr freundliche Berson“, sagte er fast barsch. „Aber wie is es denn bei dir? G’fallt dir denn gar keiner, du Brinzessin auf der Erbse?“

Ich seufzte schwer. „Den einen oder anderen Verehrer hätte ich ja schon ...“, gestand ich. *Zum Beispiel den serbokroatischen Cousin dritten Grades von Irenes arbeitslosem Illegalen oder einen notgeilen Magister oder einen wilden untoten Grafen, lauter echte Schnäppchen!*

„Aber?“

„Aber ... so richtig nett ist irgendwie keiner.“

„Und der Marek?“

„Jaaa ... der Marek, der ist nett. Wenn so einer wie er daherkäme, dann könnte ich vielleicht schwach werden. Aber solche Typen wie ihn gibt’s halt nicht viele.“

Der Hofrat schmunzelte und leckte sich den Zucker von den Fingern. „Und warum, du Erbsenbrinzessin, nimmst ned den Marek selber?“

Ich starrte ihn entgeistert an.

„Weil er mein Bruder ist!!“ *Will dieser Mensch mir etwa zu einem inzestuösen Verhältnis raten??*

Der Hofrat begann zu lachen. Er lachte so sehr, dass er sich an einem Gugelhupf-Krümel verschluckte und man ihm heftig auf den Rücken klopfen musste.

„Bupperl“, lachte er, als er wieder Luft bekam, „der Marek is doch ned wirklich dein Bruder!“

„Mein Halbbruder“, präzisierte ich empört.

„Aber nein! Hör mir doch zu! Den Marek hat die Dorota in die Ehe mitgebracht. Meiner Seel’, hast du das wirklich ned g’wusst? Das weiß doch die ganze Welt!“

Mir wurde schwindlig.

„Sie meinen … mein Vater ist gar nicht Mareks Vater?“

„Genau! Jetzt hast es kabiert! Der Vater vom Marek war irgendein Gspusi von der Dorota, damals, in Bolen, aber der hat’s ned heiraten können. Der Marek und du, ihr seid’s überhaupt ned verwandt!“

„Aber …“ Ich begriff gar nichts mehr. „Wieso heißt er dann Dofinsky, wenn er gar nicht Vaters Sohn ist?“

„Damit das Kind an Namen hat. Wie schaut denn das aus, wenn in einer Familie jeder anders heißt? Also hat dein Vater den Marek nach der Hochzeit umschreiben lassen. Aber verwandt seid’s deswegen noch immer ned.“

Ich fasste es nicht. Man hatte mich angelogen! Mich im Dunklen gelassen! Schon wieder!!! Genau wie meine Mutter, die mir den Tod meines Vaters vorgelogen hatte, hatte Marek mir ein Verwandtschaftsverhältnis vorgelogen, das es gar nicht gab, und sich so mein Vertrauen erschlichen. *Mit Doofi kann man’s ja machen!*

Und da kam er auch noch. Fröhlich grinsend schlenderte er über den Platz auf uns zu und schwenkte seine Badetasche. „Auf, auf!“, rief er munter und stibitzte einen Bissen von meiner Torte. „Genug Kalorien aufgenommen! Jetzt gehen wir ein paar abtrainieren! Das Wetter ist schön, wir fahren an die alte Donau und schwimmen!“

Das reichte.

„Du gemeiner Lügner!“, schrie ich. Die Leute an den

Nachbartischen drehten sich irritiert um. Und dann, ehe ich noch richtig nachgedacht hatte, versetzte ich Marek eine Ohrfeige, dass es nur so klatschte. „Wie konntest du nur – du Marek Kieselpiesel!"

„Ksiezopolski", korrigierte er verdattert.

Ich merkte, wie mir die Tränen in die Augen stiegen. Schnell schnappte ich meine Badetasche und stöckelte so hoheitsvoll davon, wie ich es nur fertig brachte.

Die Leute schauten mir verdutzt nach. Im Weggehen hörte ich noch, wie der Hofrat seufzte: „Ja ja, die Frauen", und dann fragte Marek: „Was hat sie denn?"

Tja, das mochte der Hofrat ihm auseinander setzen. Ich war mit dem Typen fertig!

41. Kapitel

Bereits am Abend war meine Mailbox voll mit Nachrichten von Marek. Es ehrte ihn, dass er sich so bemühte, aber ich wollte nichts hören. Ich konnte es einfach nicht fassen, dass ich mich *schon wieder* hatte reinlegen lassen! Und dann noch ausgerechnet von Marek, der in den vergangenen Wochen irgendwie so was wie mein Rettungsanker geworden war! Mein rettender Engel in mehr als einer Situation. Konnte man heutzutage nicht einmal mehr den Schutzengeln trauen?!

Zum dritten Mal innerhalb eines halben Jahres wurde mir der Boden unter den Füßen weggezogen. Erst Dirks Verrat, dann Mutters Lebenslüge, und jetzt hatte auch Marek mich betrogen. Gab es überhaupt noch Wahrheit auf der Welt?

Es war hart.

Und dann kamen mir wieder Zweifel – Zweifel, ob Gott die Situation wirklich unter Kontrolle hatte. Warum mutete er mir das alles zu? Gab es denn wirklich einen Plan für mein Leben oder ging es bloß wie gewohnt einfach drunter und drüber? Vielleicht entpuppte sich die ganze Sache mit Gott als der nächste große Irrtum?

*

Anfang August trudelte wenigstens meine liebe Chaos-Familie wieder ein. Bis auf Didi, die mit ihren Großeltern nach Korsika fliegen durfte, kamen alle zurück. Julian trat einen Ferienjob bei der Post an und war ansonsten jede freie Minute mit seiner Tina zusammen. Da auch Tante Gabi wieder zur Arbeit ging, verbrachte ich ab sofort die Dienstage und Freitage wieder mit Tommi.

Der süße kleine Schatz hatte im Urlaub große Fortschritte gemacht. Er konnte jetzt „Viggi" sagen, und wenn ich dann antwortete: „Ja, Tommilein?", dann strahlte er über das ganze pausbäckige Gesicht. Je öfter wir dieses intelligente Spiel wiederholten, desto mehr freute er sich, ja, er quietschte richtig vor Vergnügen und klatschte in seine Händchen. Vermutlich war Tommi der einzige Mann, der wirklich ehrlich mit mir war …

Schon nach wenigen Tagen brachte Tante Gabi mir Post nach Hause. Es war ein Brief auf blauem Leinenstruktur-Papier, Füllfeder, ausladende Buchstaben.

Anatol.

Er gab nicht auf. Hartnäckig war er, das musste man ihm lassen!

„*Sehr verehrtes, liebes Fräulein Vicki!*", schrieb er. „*Ich habe größte Hochachtung vor Ihrer Einstellung zur Sexualität. Sie werden mir jedoch zustimmen, dass ich damit in der heutigen Zeit nicht rechnen konnte. Ihre voreheliche Keuschheit macht Sie zu einem Anachronismus, wenn auch zu einem entzückenden. Bitte verzeihen Sie einem vom Zeitgeist desillusionierten Mann, dass ich Sie falsch eingeschätzt habe! Selbstverständlich respektiere und bewundere ich Ihre Haltung und würde mich freuen, wenn Sie mir unter diesen nunmehr geklärten Bedingungen noch einmal die Ehre Ihrer Gesellschaft gewähren würden.*

Ich werde für Samstag, den 21. August, einen Tisch für zwei im ‚Plachutta' reservieren und ab acht Uhr auf Sie warten. Ich hoffe sehr, dass Sie meiner Einladung folgen werden!

Ihr ergebenster Anatol"

Natürlich kam es überhaupt nicht in Frage, dass ich da hinging. Anatol würde dort vergeblich auf mich warten und danach an gebrochenem Herzen sterben – oder auch nicht. (Untote können ja nicht mehr sterben, oder?) Tja, das konnte ich ihm nicht ersparen. Er war auch einer von jenen gewesen, die meine Naivität ausgenutzt und mich hintergangen hatten!

Schluss damit! Ich würde seinen Brief nicht einmal beantworten, um ihm abzusagen. Nein! Einmal wollte ich diejenige sein, die am längeren Hebel saß! Ha!

*

Aber auch Marek war hartnäckig. Es verging kein Tag, an dem er nicht anrief und, da ich nie ranging, eine Nachricht auf der Mailbox hinterließ. „Ich kann es dir erklären", lautete die Botschaft, oder: „Gib mir doch eine Chance, nur eine einzige!"

Einmal wagte er sogar das, was er schon zuvor erfolgreich versucht hatte: Er verfolgte mich in meine Mittagspause. Ich saß nichts ahnend über einem Eibrötchen und las, als sich plötzlich Mareks Gesicht zwischen mich und das Buch schob. Ich zuckte so heftig zusammen, dass ich meine Apfelschorle vom Tisch fegte. Während Marek sich bückte, um die Scherben aufzuheben, stand ich schnell auf und ging.

Das musste er doch endlich kapieren!

Aber an diesem Tag ging er mir nicht mehr aus dem Kopf. Sein liebes Gesicht, seine treuherzigen braunen Augen – fast drei Wochen hatten wir uns nicht mehr gesehen oder auch nur miteinander gesprochen, und ich musste zugeben, dass er mir fehlte. Wir hatten immer so viel Spaß miteinander gehabt. Seine unbekümmerte Art, seine ewigen frechen Sprüche – irgendwas ging mir ab.

Nein. Aus und vorbei! Ich hatte den Männern abgeschworen, und seit Marek nicht mehr mein Bruder war, war er ja wohl auch nichts weiter als ein Mann – noch dazu einer, der sich unter Vorspiegelung falscher Tatsachen in mein Vertrauen geschlichen hatte!

Ich versuchte, mich auf mein Buch zu konzentrieren, aber es ging nicht. Schließlich bot ich Tante Gabi an, ich würde Tommi heute Abend ins Bett bringen, so dass sie ausgehen konnte. Da hatte ich wenigstens eine Beschäftigung. Doch als Tommi dann schlief, war ich erst recht allein in der stillen Wohnung.

Warum konnte ich nicht einfach einen Schlussstrich ziehen und meinen Seelenfrieden finden? Warum konnte Marek nicht weiterhin mein Bruder sein? Wir beide als schrullige Tante und schrulliger Onkel – das wäre doch was!

Ich seufzte tief.

Julian stürmte herein und trampelte in sein Zimmer. „Bin gleich wieder weg!“, rief er durch die Tür. „Ich zieh’ mich nur um!“

Gleich darauf kam er in seinen „stadtfeinen“ Nietenhosen heraus – allerdings ohne Punkerfrisur. Neuerdings trug er einen kleinen Pferdeschwanz. Auch das Hundehalsband sah man nur noch selten an ihm.

„Wo sind denn meine Altvorderen?“

„Ins Kino gegangen“, brummte ich wortkarg.

„Okay – sag ihnen nur, dass es spät werden kann. Babaa!“

„Ja ja.“ *Schön, wenn wenigstens er ein erfolgreiches Liebesleben hat!*

„He, sag einmal, was ist denn mit dir los?“ Schon halb im Gehen drehte er sich noch einmal um und fasste mich scharf ins Auge. „Hat der Filou dir das Abendessen weggefressen oder was?“

Ich zuckte die Achseln. Ja, wenn ich nur selber wüsste, warum ich so unleidlich war …

„Ah, ich weiß es!“ Verstehen blitzte in Julians Augen. (Teenager müsste man sein – die hatten auf alles eine Antwort!) Er grinste über beide Ohren. „Du hast Liebeskummer, stimmt's? Ich sag' da nur eines: Ge-di-hicht!“ Und damit war er draußen.

Ich ärgerte mich. *Liebeskummer, pah!* Was verstand der Junge schon von den komplexen Schwierigkeiten, die das Erwachsenenleben mit sich brachte?!

Und dann fiel es mir endlich wie Schuppen von den Augen.

Ich saß da wie vom Donner gerührt.

Wie hatte ich nur so blind sein können – meinen eigenen Gefühlen gegenüber? Ich war in Marek verliebt! Natürlich, das war es! Wieso hatte ich das nicht bemerkt?

Es war aber auch zu vertrackt. Ich hatte nicht begriffen, dass ich verliebt war, weil ich ihn für meinen Bruder hielt. Und ich hätte nie die Chance gehabt, mich in ihn zu verlieben, wenn ich ihn nicht für meinen Bruder gehalten hätte – weil ich mich dann gar nicht erst mit ihm abgegeben hätte! Und jetzt, wo ich endlich begriff, dass meine Zuneigung zu ihm keineswegs nur geschwisterlicher Natur war, da war es zu spät. Der Vertrauensbruch war passiert, das war nicht mehr zu reparieren. Und ich hatte ihn geohrfeigt. Sogar öffentlich. Auch das war nicht wieder gutzumachen.

Oder eigentlich … warum nicht? Marek hatte mir vielfach per Mailbox gesagt, dass er alles erklären könnte. Vielleicht sollte ich ihm noch eine kleine Chance geben …?

Nein, unmöglich. Ich konnte doch nicht nach drei Wochen einfach anrufen und so tun, als ob nichts wäre! Selbst Doofi Katastrophi hatte ihren Stolz und demütigte sich ungern mehr als unbedingt notwendig.

Gedicht.

Was sein musste, musste eben sein.

*

Der nächste Tag war ein Freitag. Tommi-Tag. Da Tommi zum Glück keine großen Ansprüche an die Unterhaltung stellte – Hauptsache, das „Viggi-Tommilein"-Spiel war dabei, und wenn möglich ein Spielplatz –, unternahm ich einen kleinen Ausflug mit ihm. Ich wusste, dass Marek sicher mindestens bis Mittag arbeitete, daher konnte ich vormittags ungesehen einen Besuch bei seiner Wohnung abstatten.

Es war gar nicht einfach, mit Buggy, Hund und Stadtplan in der Hand in die Straßenbahn ein- und auszusteigen. Aber mein eiserner Wille trieb mich an, und ich fand die richtige Adresse. Die Haustür war zu, doch die Hausmeisterin ließ mich rein. Endlich schob ich meine Nachricht unter Mareks Wohnungstür durch. Uff! Geschafft!

Danach besuchten wir einen Spielplatz, den wir noch nicht kannten, und vertrödelten den Tag nach besten Kräften. Immer wieder ging mir das Gedicht durch den Kopf, das ich in schlafloser Nacht ausgetüftelt hatte:

Du kannst alles erklären?
Das will ich jetzt hören.
Am Samstag um fünf
mach dich auf die Strümpf'!
Da steh' ich vorm Dom –
doch nicht dem in Rom.
Sei bloß pünktlich, gib Acht,
ich wart' nicht bis zur Nacht!

Keine Unterschrift. Aber wenn Marek es wagen sollte, nicht zu kapieren, von wem die Botschaft war, dann verdiente er mich sowieso nicht!

Es reimte sich besser als das Gedicht, das Julian und ich für Tina gedichtet hatten. Aber war es auch gut genug? „Fünf" und „Strümpf" war kein besonders toller Reim … Wäre „Am Samstag um vier treff' ich mich mit dir" besser gewesen? Oder „Am Samstag um drei, da komme herbei“? Oder gar „Am Samstag um zehn, da will ich dich sehn“? Tja, zu spät. Und hatte ich alles gesagt? Würde Marek wissen, welchen Samstag (den morgigen natürlich) und welchen Dom ich meinte? Ach, Unsinn! Wie viele Dome gab es denn schon in Wien?

An diesem Tag rief Marek nicht an. Es war so ziemlich das erste Mal seit unserem Streit, dass er nicht mit meiner Mailbox telefonierte! Je später es wurde, desto unruhiger wurde ich. Hatte er den Zettel nicht gefunden? Ausgeschlossen! Oder hatte ich mich nun doch zu weit vorgewagt? Ach, verflixt! Hätte ich mich doch lieber gedemütigt und ihn einfach angerufen! Aber dafür war es nun definitiv zu spät ...

Es wurde eine lange Nacht. Und es wurde ein sehr, sehr langer Samstag. Hätte ich Marek doch bloß zum Frühstück bestellt! Ich hatte ihn zappeln lassen wollen. Und nun zappelte ich selbst. Um halb fünf hielt ich es nicht mehr aus und schlich zum Stephansplatz.

Da saß er. Er hockte auf dem Boden vor der großen Spendenbox am Haupteingang, in die die Touristen ihr ausländisches Kleingeld werfen konnten. Obwohl er viel zu früh dran war, hatte er nichts zu lesen dabei, sondern beobachtete die Passanten. Schnell versteckte ich mich hinter einem Fiaker, der auf Kundschaft wartete (obwohl ich neuerdings eine gewisse Scheu vor Pferden hatte), und sah ihm unter dem Pferdebauch hinweg zu. Tatsächlich, er beobachtete die Leute, die den Dom betraten, um mich ja nicht zu verpassen! Der Gute!

Ungesehen huschte ich nach Hause. Die nächste halbe Stunde war wohl die längste in meinem Leben, und gleichzeitig ging sie rasend schnell vorbei! Ich überlegte krampfhaft, was ich anziehen sollte. Die sommerliche Hitze ließ ohnehin nur wenige Varianten zu. Ein hübsches Kleid? Oder ein Rock mit T-Shirt? Endlich kam mir die Erleuchtung: Ich würde das T-Shirt mit dem Aufdruck „Süßes Mädel“ anziehen. Das hatte Marek mir zwar nicht direkt geschenkt, aber immerhin für mich ausgesucht. Das sollte mein Versöhnungsangebot für ihn sein. Außerdem war es blau und stand mir gut. Ich schlüpfte noch in einen luftigen geblümten Rock und machte mich auf den Weg.

42. Kapitel

Obwohl der Weg zum Stephansplatz ja nun wirklich kurz genug war, musste ich mich zwingen, nicht zu laufen. Wie hätte das denn auch ausgesehen!

Marek sprang auf, als er mich kommen sah. „Hallo, Vicki!" Er umarmte mich. *He, hab ich dir das erlaubt?*

„Es tut mir Leid", begann er. *Das ist ein guter Anfang, so was hört man gern!*

„Was genau tut dir Leid?", erkundigte ich mich.

„Dass ich keine Strümpfe anhab'!", grinste er und zeigte auf seine Füße, die nackt aus den Sandalen schauten.

„Hä?"

„‚Samstag um fünf mach dich auf die Strümpf'!", zitierte er. „Aber mir war einfach zu heiß. Verzeihst du mir?"

Ich schüttelte den Kopf und verbiss mir ein Grinsen. Der Mensch war wirklich unmöglich! Aber genau das mochte ich ja so an ihm.

„Was ist, willst du hier Wurzeln schlagen oder lieber einen Eiskaffee trinken?", fragte er.

„Blöde Frage!"

„Na, dann komm!" Er nahm mich am Arm und zog mich in das nächstgelegene Kaffeehaus. Es handelte sich um die vom Hofrat bevorzugte Konditorei, in der ich das Sushi-Erlebnis gehabt hatte. Marek stieg zielstrebig ins Obergeschoss hinauf. Unterwegs begrüßte ich im Halbstock die Klofrau wie eine alte Bekannte, und Juniorchef Schnösel winkte mir zu.

„Kennst du den?“, staunte Marek.

„Ich bin hier Stammgast“, behauptete ich.

Marek hatte vorausschauend einen Tisch reserviert, und so hatten wir trotz des nachmittäglichen Touristenandranges eine Fensternische ganz für uns allein. Während wir auf den Eiskaffee warteten, schauten wir auf das sommerliche Treiben unten auf dem Platz und schwiegen uns bedeutungsvoll an.

„Du wolltest mir was erklären“, begann ich, als der Kaffee endlich kam.

„Hm, ja“, murmelte er verlegen und versteckte sich hinter dem Sahne-Vanilleeis-Gebirge auf seinem Glas. „Der Hofrat hat mir gesagt, dass du nicht gewusst hast, dass wir nicht verwandt sind, und dass du deswegen so unheimlich sauer warst ... Stimmt das?“

„Woher hätte ich es denn auch wissen sollen?!“, brauste ich auf. „Du hast mich ja angelogen, du –“

Er hob abwehrend die Hand. „Dazu kommen wir noch!“, unterbrach er mich. „Ich muss nur wissen: Bist du sauer, weil wir nicht wirklich Geschwister sind, oder bist du nur sauer, weil du's nicht gewusst hast?“

„Ich bin sauer, weil *du* es mir nicht gesagt hast!“

„Okay.“ Er nahm meinen Löffel, schaufelte etwas Sahne drauf und schob sie mir über den Tisch hinweg in den Mund. „Iss ein bisserl Schlagobers, das beruhigt!“ Da war wieder dieses freche Grinsen. Überrumpelt ließ ich mich füttern. Er hatte Recht, es beruhigte wirklich.

„Also, erstens“, begann er umständlich. „Ich habe dich nie angelogen. Ich habe nicht behauptet, dein Bruder zu sein.“

„Was? Du hast –“, fuhr ich auf, doch er unterbrach mich wieder.

„Ich habe dir wahrheitsgemäß berichtet, dass ich unehelich geboren bin und früher Ksiezopolski geheißen habe. Und dass ich erst nach der Hochzeit auf Dofinsky umgeschrieben wurde. Stimmt's?“

„Ja, aber –“

„Nichts aber! Jetzt lass mich einmal ausreden! Dass Walter Dofinsky mein leiblicher Vater ist, habe ich nie behauptet. Das hast du dir selber zusammengereimt!“

Ich klappte den Mund auf und wieder zu. Verblüffenderweise hatte er Recht.

„Na ja …“, erklärte ich schwach, „er war siebenundzwanzig Jahre lang mein Vater, ohne von mir zu wissen – es war doch nahe liegend, dass ihm dasselbe mit dir passiert ist! Und schließlich hieß es immer, Dorota wäre seine Jugendliebe gewesen. Er kannte sie also schon, bevor er meine Mutter heiratete. Warum hätte er nicht schon ein Kind mit ihr haben sollen? Das hätte ja zeitlich hingehauen!“

„Tatsächlich haben sich die beiden schon gekannt, lange bevor es mich gegeben hat“, räumte Marek ein. „Da waren sie beide ganz jung, noch keine zwanzig. An Heirat war damals noch nicht zu denken, und überhaupt war der Ostblock ja noch zu. Dein Vater kehrte in den Westen zurück und heiratete deine Mutter. Und meine Mutter hatte eine kurze Beziehung mit einem anderen Herrn, der sich jedoch bald aus dem Staub machte. Ich habe keinerlei Erinnerung an ihn. Na ja, und ein paar Jahre später, nach dem Ende seiner Ehe mit deiner Mutter, kehrte dein Vater nach Polen zurück und stellte fest, dass er und Dorota sich immer noch liebten. An Alter und Lebenserfahrung gereift scheuten sie weder Kosten noch Mühen, um Dorota aus Polen rauszuholen, und danach lebten sie glücklich und in Freuden bis an ihr seliges Ende. Und der kleine Marek hieß fürderhin Dofinsky.“

„Warum hat Vater nicht einfach Dorotas Namen angenommen?“

„Das war damals in Österreich noch nicht erlaubt. Und überhaupt – wer kann denn ‚Ksiezopolski‘ aussprechen, hm?“

„Stimmt auch wieder.“

„Siehst du. Ich hab dann ziemlich schnell Deutsch gelernt, noch bevor ich in die Schule gekommen bin, und mit der Ankunft der kleinen Nervensäge war das Familienglück perfekt."

„Nervensäge?"

„Sebastian, unser Bruder! Der ist tatsächlich dein Halbbruder. Und meiner auch."

Ich schlürfte nachdenklich an meinem Eiskaffee. „Aber trotzdem – du hast zwar vielleicht nicht behauptet, mein Bruder zu sein, aber du hast auch nichts getan, um die Lage aufzuklären! Du hast mich einfach im Unklaren gelassen und dich widerrechtlich in mein Vertrauen eingeschlichen!"

„Das bringt mich zu zweitens", verkündete Marek theatralisch und stieß eine Waffel ins Vanilleeis. „Zweitens ist es tatsächlich wahr, dass ich dich über unser verwandtschaftliches Verhältnis oder vielmehr Nichtverhältnis im Dunkeln gelassen habe – und zwar bewusst."

„Waaas?", fuhr ich auf. „Du gibst es also zu?"

„Warte doch, bis ich es dir erklärt habe! Ich ... also ... äh ..." Auf einmal begann er herumzudrucksen und zu stottern. „Damals, bei unserem allerersten Treffen in der Wohnung meiner Eltern –"

„Da, siehst du!", fiel ich ihm aufgebracht ins Wort. „Du sagst ‚*meine* Eltern'! Und du hast immer von meinem Vater, also, von Walter Dofinsky, auch als ‚*mein* Vater' gesprochen! Ist das vielleicht keine Lüge?"

„Walter Dofinsky ist der einzige Mann, zu dem ich jemals ‚Vater' gesagt habe", bemerkte Marek würdevoll. „Er war immer wie ein Vater zu mir. Ich habe keinen anderen. Also, weiter jetzt: Damals bei diesem Treffen – du weißt schon, wo du dich in die Erdbeertorte gesetzt hast –, da hast du gesagt, du schaust keine Männer mehr an. Nur noch Väter und Brüder. Erinnerst du dich?"

„Natürlich", brummte ich.

„Da war mir klar, dass ich nur mit dir zusammen sein kann, wenn du mich für einen ungefährlichen Nicht-Mann hältst. Für einen Bruder eben. Darum habe ich mich absichtlich ein bisserl vage ausgedrückt. Denn sonst hättest du ja gar nicht mehr mit mir gesprochen."

„Also hast du wirklich mit Absicht die Bruder-Tarnung benutzt, um dich in mein Vertrauen einzuschleichen?!"

„Wenn man es böswillig auslegt, könnte man es so nennen, ja", seufzte er.

„Und wie nennt man es, wenn man weniger böswillig ist als ich?", fragte ich kratzbürstig.

„Kommst du nicht drauf?"

Ich zuckte die Achseln. Worauf wollte er hinaus?

„Also, fragen wir mal so", setzte er an wie ein geduldiger Quizmaster, der dem Kandidaten goldene Brücken baut. „Was habe ich mit dem erschlichenen Wissen gemacht? Habe ich die intimen Geheimnisse, die du mir in geschwisterlichem Vertrauen zugeflüstert hast, an die Mafia verkauft? Oder für viel Geld in der Zeitung veröffentlicht?"

„Glaub nicht", murmelte ich.

„Warum sollte es mir dann wichtig sein, dass du mit mir sprichst und mir vertraust?"

„Keine Ahnung."

Er maß mich mit einem langen, zärtlichen Blick seiner braunen Augen. „Weil ich dich liebe", flüsterte er dann.

*

Der Eiskaffee in meinem Magen spielte Revolution. Eine Hitzewelle lief durch meinen Körper.

„Was?", hauchte ich.

„Ich liebe dich", wiederholte er etwas lauter. „Und zwar nicht nur auf eine brüderliche Art."

„Ja ... aber ...", stotterte ich. „Warum hast du nie was gesagt?"

„Hab ich doch", behauptete er. „Zum Beispiel an deinem Geburtstag. Da hab ich vor deinem Chef so getan, als ob ich dein Freund wäre."

„Das war aber eben nur so ‚als ob'", murmelte ich.

„Und damals in der Mistkübel-Nacht ... deine abgesagte Hochzeit ... da hab ich gesagt, dass du einmal jemanden wie mich sehr glücklich machen würdest."

„Jemanden *wie* dich – aber doch nicht dich!"

„Ich dachte, das wäre deutlich", brummelte er. „Und dann hab ich dir von mir und der Michi erzählt, und –"

„Eben!", konterte ich. „Du hattest doch überhaupt deine Michi!"

„Aber nicht mehr lange! Ich habe dich vom ersten Tag an gemocht. Und ... ich hab dann erst gemerkt, dass die Michi und ich eigentlich nicht wirklich zusammenpassen."

„Ja, aber du sagtest in jener Nacht auch, dass du dich in eine andere verknallt hättest!"

Marek nickte gedankenschwer. „Ja, genau."

Mir dämmerte die Erkenntnis. „Da ... damit war *ich* gemeint?"

„Ich hab gesagt, ich hätte ein ‚süßes Mädel' kennen gelernt, erinnerst du dich?"

Ich nickte.

„Na, und?" Er deutete über den Tisch hinweg auf meine Brust. Ich folgte seinem Blick, weil ich dachte, ich hätte mich mal wieder mit Eis bekleckert, doch mein T-Shirt war ausnahmsweise unversehrt. „Was steht da?"

„‚Süßes Mädel'!", begriff ich.

„Und wer hat das für dich ausgesucht? Hm?"

Endlich verstand ich. Wie hatte ich nur so blind sein können?

„Ich hab gehofft, dass du irgendwann schon rausfinden wirst, dass wir nicht verwandt sind", fuhr Marek fort. „Dass es so einen ... Knalleffekt gibt, hätte ich allerdings nicht erwartet." Er strich sich erinnernd über die Wange, wo ich ihn geschlagen hatte, und grinste schief.

Ich schwieg beschämt.

„Und?", fragte Marek nach einer Weile.

„Was und?"

„Na, hör mal!", entrüstete er sich. „Der junge Held geht durch Feuer und Wasser, legt sich mit Magistern, Hausmeistern und wilden Pferden an, harrt aus bis zum Schluss, gesteht dann unter romantischen Geigenklängen der Heldin seine zarten Gefühle – soweit wären wir ja nun. Sollte jetzt nicht die Szene kommen, wo die Heldin sich in seine starken Arme wirft und ‚Ja, ich liebe dich auch' haucht, oder was Ähnliches?" Er grinste wieder, aber ich spürte dahinter seine Unsicherheit. Er hatte eine Heidenangst, ich könnte jetzt so was sagen wie „Lass uns weiter wie Geschwister sein" oder dergleichen!

Ich ergriff seine Hand. „Ja, Marek", gestand ich. „Ich liebe dich auch."

„Brüderlich?"

Ich schüttelte den Kopf. „Nein, richtig."

„Puh!" Er wischte sich mit dem Handrücken über die Stirn und warf einen Blick nach oben. „Danke, Gott!"

Und dann wechselte er endlich den Sitzplatz, kam neben mich und küsste mich.

43. Kapitel

Hand in Hand schlenderten wir durch den warmen Sommerabend. Was hatten wir uns nicht alles zu erzählen! Zwar kannten wir uns schon fast ein halbes Jahr, aber nur als Geschwister. Als Liebende gab es noch so viel zu entdecken!

„Hast du als Kind eigentlich einen Spitznamen gehabt?", fragte Marek im Plauderton.

Ich erschrak. Musste ich mein Geheimnis lüften, meine verhasste Zweit-Identität offenbaren? Natürlich. Ich hatte die Heimlichkeiten satt! Nichts sollte mehr zwischen Marek und mir stehen.

„Ich … also …", setzte ich an. Es war gar nicht so leicht! „Äh …" Ich versuchte es anders. „Haben deine Freunde nie deinen Namen verballhornt?"

„Nein … an ‚Marek' gibt's eigentlich nicht viel zu verballhornen!"

„Ich meinte ‚Dofinsky'."

Er runzelte fragend die Stirn. War es möglich, dass er nicht verstand?

„Dofinsky – Doofi", murmelte ich widerstrebend. „Doofi Katastrophi. Das ist mein Spitzname."

„Im Ernst?" Er sah mich an und konnte mir wohl vom Gesicht ablesen, *wie* ernst das war. „Mensch, Vicki!" Er zog mich in seine Arme, als müsste er mich noch nachträglich beschützen. „Das ist so was von gemein! Wie konntest du mit so einem Namen überhaupt ein Selbstvertrauen entwickeln?!"

„Mit Mühe", gab ich zu, aber weil ich es in seine Schulter murmelte, hörte er es nicht.

„Und es stimmt auch überhaupt nicht!", entrüstete er sich. Das erstaunte mich. Immerhin hatte er schon einige meiner Kleinkatastrophen live miterlebt! „Du bist spontan", räumte er ein. „Und du hast jede Menge Humor. Das finde ich doch gerade so liebenswert an dir! Aber doof bist du wirklich nicht!"

„Nein?" Ich schöpfte Hoffnung. Gab es ein Leben ohne Doofi Katastrophi?

„Nein", bekräftigte er. „Schon allein deswegen, weil das Wort ‚doof' in Wien nicht gebräuchlich ist!"

„Wie sagt man denn hier dazu?"

„Blöd. Deppert. Patschert. Nichts davon klingt auch nur annähernd so ähnlich wie ‚Dofinsky', also – keine Gefahr!"

„Ich *liebe* Wien!", platzte ich heraus. Und vorsichtig setzte ich hinzu: „Aber bin ich vielleicht trotzdem … blöd, deppert, patschig?"

„Patschert", korrigierte er. „Keinesfalls! Du bist …" Er suchte nach einem geeigneten Wort. „Du bist ein g'spritztes Henderl!"

„Ein was??"

„Ein süßes, liebenswertes, leicht verrücktes Huhn." Er drückte mich an sich. Ich seufzte glücklich. Ein süßes Huhn war doch viel besser als Doofi Katastrophi!

„Weißt du übrigens, dass ich sicherheitshalber schon um fünf Uhr früh beim Dom war?", wechselte Marek das Thema.

„Ehrlich?"

„Ja! Bei einem verrückten Huhn wie dir kann man nie wissen! Du hast ja nicht dazugeschrieben, für welches ‚fünf' ich mich auf die Strümpf' machen soll. Und ich wollte dich keinesfalls verpassen."

„Du bist ja süß!" Ich küsste ihn. Es fühlte sich gut an. Daran könnte ich mich gewöhnen! Plötzlich fiel mir ein, dass ich ihn auch noch etwas fragen wollte. „Was hast du übrigens vorhin gemeint mit ‚Danke, Gott'? Meintest du ‚Gott sei Dank', dass ich dich auch mag?"

„Ungefähr. Aber ich hab es wirklich so gemeint, wie ich es gesagt habe."

Ich sah ihn fragend an.

„Na ja ...", erklärte er. „Du hast mir so viel von Gott vorgeschwärmt ... Also, nachdem du mich am Rathausplatz geohrfeigt hast, habe ich es auch mal mit Beten versucht. Und dann hab ich mir gedacht, wie kann ich Gott um etwas bitten, wenn ich ihn gar nicht richtig kenne? Also hab ich das gemacht, was du vorgeschlagen hast ... Jesus in mein Leben eingeladen."

„Und was geschah dann?"

Er grinste wieder dieses freche Grinsen, das ich so gern hatte. „Zwei Tage später wurde ein mysteriöser Zettel unter meiner Tür durchgeschoben!"

Ich blieb stehen. Schon wieder dämmerte mir eine Erkenntnis. *O mein Gott! DAS war dein Plan! All diese Missverständnisse und Kalamitäten MUSSTEN passieren, damit Marek dich kennen lernen konnte und damit wir zusammenfinden konnten! Plötzlich fügt sich alles wie ein Puzzle zusammen! Doofis Verstand war wüst und leer, aber Gottes Geist schwebte über dem Chaos ... und es wurde Licht!*

„Wir sollten ihm danken, findest du nicht?", flüsterte Marek in mein Haar.

*

Nach unserem ersten gemeinsamen Gebet in der Kapelle des Stephansdoms wanderten wir weiter ziellos durch die Innenstadt. Der Abend war so schön, und keiner von uns wollte sich vom anderen trennen.

In der Rotenturmstraße wälzte sich ein Menschenstrom, der hauptsächlich aus Italienern und Japanern bestand, in beide Richtungen.

„Komm, wir gehen zum Stadtpark", schlug Marek vor und bog in die Wollzeile ein. Wegen einer Baustelle war sie für Fahrzeuge gesperrt, aber am Samstagabend wurde natürlich nicht gearbeitet. Wir schlenderten die stille Gasse entlang und konnten schon die ersten Bäume des Stadtparks sehen, als plötzlich eine Stimme in unsere Zweisamkeit eindrang und uns aus unserem Liebesgeflüster riss.

„Fräulein Vicki! Sie sind wirklich gekommen! Ich bin hoch erfreut, so eine Ehre!"

Es war Anatol.

Erschrocken griff ich nach Mareks Arm. „Ist heute der 21. August?", zischte ich. „Wie spät ist es?"

„Fünf nach acht", flüsterte Marek zurück. „Wer ist denn das?"

Anatol, der trotz der sommerlichen Hitze eine Weste unter seinem hellen Anzug trug und natürlich die unvermeidlichen Wildlederhandschuhe, ergriff meine Hand und verbeugte sich zur Andeutung eines Handkusses.

„Wie ich sehe, haben Sie zum Schutze Ihrer Tugend einen Begleiter mitgebracht. Nun, ich versichere Ihnen, dass das eine absolut überflüssige Vorsichtsmaßnahme ist, aber wenn Sie sich so sicherer fühlen, dann sollen Sie beide heute meine Gäste sein. Zwar habe ich nur für zwei reserviert, aber bestimmt kann man einen weiteren Sessel dazustellen. Bitte, folgen Sie mir!"

Während er in das Lokal voranschritt, rollte ich die Augen zu Marek und flüsterte: „Das ist Anatol – Graf Dracula – der Mülltonnen-Typ!"

„Was will der von dir? Lass uns doch einfach verschwinden!"

Bevor ich etwas erwidern konnte, wandte Anatol sich um, ergriff galant meinen freien Arm und nötigte mich auf einen Stuhl.

Marek blieb steif hinter dem Stuhl stehen, den ein Livrierter auf Anatols Wink herbeigeholt hatte. „Ich glaube, hier liegt ein Missverständnis vor", sagte er förmlich.

„So?" Anatols buschige schwarze Augenbrauen wanderten hoch auf seine Stirn hinauf. Sein Blick ging von mir zu Marek und wieder zurück.

„Äh, ja ...", stotterte ich verlegen. Was würde dieser wilde Mann tun, wenn ich ihm die Wahrheit sagte? Sich in einen Werwolf verwandeln und uns beide zerfleischen?

„Das ... ist nicht mein Bodyguard", brachte ich hervor, „sondern mein ... Verlobter."

Jetzt waren es Mareks Augenbrauen, die erstaunt in die Höhe gingen.

Anatols fahles Gesicht wurde noch um eine Nuance bleicher. Ich konnte richtig sehen, wie sein Temperament unter der Oberfläche brodelte. Doch dann reagierte er wahrhaft edel. „Ich gratuliere", krächzte er. „Sind Sie schon länger ... verlobt?"

„Ungefähr zwei Stunden", gestand ich. „Ich wollte es Ihnen nur sagen." Das war natürlich eine platte Lüge, ich hatte nicht im Entferntesten an Anatols Einladung gedacht, aber wenn er sich schon so mannhaft beherrschte, wollte ich ihn nicht über Gebühr kränken.

„Oh." Seine Kiefermuskulatur arbeitete. „Nun gut. Dann möchte ich nicht länger stören. Bitte, seien Sie meine Gäste." Er küsste mir noch einmal die Hand, verbeugte sich knapp in Richtung Marek und schritt von dannen.

Marek setzte sich neben mich. „Was war denn das jetzt für ein Auftritt? Wieso hast du mit dem eine Verabredung?"

Während ich ihm erklärte, dass es eigentlich gar keine Verabredung im engeren Sinn war, baute ein Livrierter zwei

Teller mit Shrimps und Salat vor uns auf und goss uns Wein ein.

„Wir haben nichts bestellt!“, wehrte Marek ab.

„Der Herr im hellen Anzug hat alles im Voraus bezahlt“, informierte uns der Kellner. „Guten Appetit!“

Das war nun wieder nobel von Anatol. Im Stillen tat ich ihm Abbitte und hoffte, dass der Bodenbelag in seinem Badezimmer noch zu retten gewesen war.

*

„Na bravo! Hab ich's ned gleich g'sagt?“, freute sich der Hofrat, als er die Neuigkeiten erfuhr. Auch die Soran-Dofinsky'sche Großfamilie war erfreut und entzückt.

„Sollten wir nicht so was wie eine ... Verlobungsfeier machen?“, sinnierte Marek.

„Ich halte nichts von langen Verlobungen“, stellte ich fest. „Das hatte ich schon. Hat sich nicht bewährt.“

„Wer hat was von lang gesagt?“, fragte Marek. „Feiern können wir doch auf jeden Fall!“

„Wenn die Didi zurück ist“, schlug Onkel Leo vor. „Wir möchten ja alle gern deine Familie kennen lernen.“

Ich schlug mir erschrocken die Hand vor den Mund. „Oh mein Gott – meine Mutter!“

*

Wir setzten ein Datum Ende November für die Hochzeit fest. Ursprünglich hatte ich ja im Frühling heiraten wollen, aber warum sollten wir so lange warten? Wir wussten, dass wir zusammengehörten, weil Gott uns (wenn auch auf manchmal recht verschlungenen Wegen) zusammengeführt hatte. Mein Brautkleid hing so gut wie fertig bei meiner Schneiderin in Moosheim – ich brauchte nur noch einen Blazer oder eine Jacke, weil es im November wohl eher kalt sein würde.

Das Einzige, was uns noch fehlte, war eine Wohnung in

der passenden Größe. Aber da der Hofrat angekündigt hatte, sich darum zu kümmern, konnte es höchstens ein, zwei Wochen dauern, bis auch das erledigt war.

Das letzte Problem war meine Mutter. Wenn ich Marek heiratete, würde es ihrer Aufmerksamkeit zweifellos nicht entgehen, dass ich auch einen Schwiegervater hatte – der zugleich mein Vater war ... Ich hatte es noch immer nicht über mich gebracht, ihr von Vater zu erzählen. Immer hatte ich gehofft, dass sich die Gelegenheit für einen tollen Knalleffekt ergeben würde. An einen Skandal bei meiner eigenen Hochzeit hatte ich dabei eigentlich nicht gedacht ...! Aber was half's? Ich wusste einfach nicht, wie ich es ihr beibringen sollte.

Seit ich in Wien war, hatte ich mich so sehr von ihr entfremdet, dass wir uns selbst bei unseren seltenen Telefonaten kaum noch etwas zu sagen hatten. Wie konnte ich jetzt noch mit ihr ins Gespräch kommen – noch dazu über ein so heikles Thema? Und was würde erst meine Großmutter sagen, wenn sie die ganze Sache erfuhr (falls sie nicht sofort tot umfiel)?

Meine einzige Hoffnung waren Dorit oder Johanna. Meine Freundinnen wussten natürlich Bescheid. Zwar hatte ich ihnen eingeschärft, meiner Mutter kein Wort zu sagen, aber insgeheim hoffte ich, dass doch was durchsickern würde ...

*

Anfang September, als die Schule wieder anfing und auch Didi wieder im Lande war, wollten wir den ganzen erweiterten Soran-Dofinsky-Clan in einem netten Lokal an der alten Donau versammeln und uns ganz formlos verloben. Es sollte nichts Pompöses werden – einfach nur an einem schönen Spätsommerabend gemeinsam im Gastgarten am Wasser sitzen und gemütlich sein. Ich glaube, „gemütlich“ war das Wort aus dem wienerischen Sprachgebrauch, das mir am besten gefiel!

Am Vortag dieses Ereignisses kam Marek mich besuchen. „Na?", zwinkerte er mir zu. „Alles klar für morgen, mein Fräulein Braut?"

„Sicher – was sollte denn nicht klar sein? Wir haben genügend Plätze reserviert. Sitzordnung gibt's keine, jeder soll sitzen, wo er mag. Es gibt einen Spielplatz und einen Bootssteg. Wenn die Kinder Lust haben, können sie Boot fahren, damit ihnen nicht langweilig wird. Wir müssen nur aufpassen, dass Tommi nicht ins Wasser fällt."

„Erhoffst du dir, dass ich dort vor allen Leuten auf die Knie falle und dir einen Antrag mache?"

„Hey, coole Idee! Und du könntest endlich auch mal bei meinem Vater um meine Hand anhalten!"

„Ach, ich weiß nicht ... ob er mich als Schwiegersohn akzeptiert?", tat Marek besorgt. „Na ja ... er hat mich als Sohn akzeptiert, da kommt's auf das auch nicht mehr an ..." Er grinste. „Aber Spaß beiseite: Einen Ring kriegst du erst zur Hochzeit, ja? Nicht dass du morgen enttäuscht bist!"

„Schon gut. Ich sagte doch, ich brauche keine Verlobung mit allem Drum und Dran. Das hatte ich schon, und das nahm kein gutes Ende. Lass uns morgen einfach nett essen und miteinander lustig sein, das genügt schon."

„Gut, fein! Aber jetzt sollten wir aufbrechen."

„Aufbrechen? Wohin denn?"

Marek sah auf die Uhr. „Zum Bahnhof."

„Zum Bahnhof?" Mir schwante Übles. „Wieso denn das?"

„Deine Mutter kommt in einer knappen Stunde an."

44. Kapitel

„*Nein*!“ Ich schrie entsetzt auf.

„Doch!“, grinste er. „Komm schon, sonst kommen wir zu spät. Du willst sie doch nicht warten lassen, oder?“

„Nein! Nein! Sag, dass das nicht wahr ist! Wer hat sie eingeladen? Warum hast du mir das nicht früher gesagt?“

„Weil du sowieso dagegen gewesen wärst“, stellte er fest und schob mich zur Tür hinaus.

„Aber wieso?“, zeterte ich. „Wieso hast du sie angerufen? Wieso hast du denn schon wieder Heimlichkeiten vor mir? Ich dachte, ich kann dir endlich vertrauen!“

„Ich bin so unschuldig wie ein neugeborenes Lamm“, beteuerte er. „Das hat, glaube ich, der Hofrat eingefädelt.“

„Der Hofrat?“, wiederholte ich erstaunt. „Was geht denn das *den* an?“

„Hast du’s noch nicht bemerkt? Der zieht gern die Fäden im Hintergrund“, bemerkte Marek und stopfte mich in Vaters Auto.

„Aber warum? Und wie viel weiß sie? Ich meine ... weiß sie schon von meinem Vater? Und von uns? Wer wird’s meiner Großmutter sagen? Oje, oje!“ Ich jammerte die ganze Fahrt bis zum Bahnhof. Marek schwieg vor sich hin, lächelte still und konzentrierte sich aufs Fahren.

Dann standen wir am Bahnsteig und der Zug fuhr ein. Wider alle Vernunft hoffte ich, dass meine Mutter die Station verschlafen und einen Abstecher nach Heggy-Sheggy machen würde – aber meiner klugen, organisierten Mutter passierte so was natürlich nicht.

Da kam sie auch schon, schlank, elegant, aufrechte Haltung, wie immer. Ihr Haar lag glatt und ordentlich um ihren Kopf, und an ihrem dunkelblauen Kostüm gab’s nichts auszusetzen. *Aaarghl!*

Zu meiner Erleichterung war ihr Dauerfreund, der Botschafter, auch mitgekommen, und dessen Tochter Johanna war auch dabei. Das erleichterte die Sache ein wenig. Zumindest musste ich nicht mit ihr allein sein!

„Victoria, meine liebe Tochter!“ Sie legte mir die Hand auf die Schulter. Für Marek, der aus einer Bussi-Umarmungs-Familie kam, musste das merkwürdig aussehen, aber für Mutter war es schon das Äußerste an Herzlichkeit.

„Hallo, Mutter“, murmelte ich so freudig wie möglich. „Grüß dich, Onkel Rudi, hi, Johanna! Schön, dass du auch da bist!“

„Ja, find’ ich auch toll. Mann, ich liebe Wien! Ah, ist er das, dein Marek? Hallo!“ Johanna schüttelte Marek die Hand. Ein allgemeines Vorstellen und Begrüßen machte die Runde, danach folgte peinliche Stille.

„Ich bringe Sie am besten erst einmal zu Ihrem Hotel“, sagte Marek zu den drei Ankömmlingen.

Gott sei Dank, ein Hotel! Ich fürchtete schon, die würden auch noch bei Sorans wohnen ...

Das Hotel lag in der Innenstadt (und somit leider gar nicht weit von mir). Sie hatten ein Einzel- und ein Doppelzimmer vorbestellt und ich war gespannt, wie sie sich wohl aufteilen würden. Die zwei Damen in ein Zimmer? Oder der Botschafter mit seiner Tochter? Oder gar ...?

Aber der Botschafter stellte Mutters Koffer in das Einzelzimmer und ging mit Johanna weiter. Ich wollte mich anschließen, aber Marek versetzte mir einen kräftigen Schubs, stieß mich in Mutters Zimmer und schloss die Tür von außen.

Da stand ich ihr nun allein gegenüber und wartete trotzig, was jetzt kommen würde. Mutter setzte sich aufs Bett und sah mich erwartungsvoll an.

„Das ist also dein Marek“, sagte sie schließlich. „Ein netter junger Mann, scheint mir.“

„Du weißt doch, wer er ist?“, stieß ich hervor.

Mutter senkte den Blick und betrachtete ihre tadellos geputzten Schuhe. „Ja“, sagte sie leise. Sie seufzte. „Warum hast du mir nicht gesagt, dass du deinen Vater getroffen hast? Ich hatte es sowieso erwartet.“

„Warum?“, wiederholte ich höhnisch. „*Warum?* Das fragst *du mich*? Nachdem du in ganz Moosheim das Gerücht verbreitet hattest, ich könnte überschnappen und mir einen toten Vater herbei fantasieren? Ja? Und warum sollte ich dir überhaupt noch irgendwas erzählen, nach dem, was du mir angetan hast?!“ Ich starrte sie hasserfüllt an.

Mutter strich den Rock über ihrem Knie glatt, obwohl er gar keine Falten hatte.

„Ich weiß, es war schwer für dich, ohne Vater aufzuwachsen“, sagte sie.

„Schwer? Vor allem war es eine Lüge!“, schnaubte ich wütend.

„Ja – aber was hätte es denn für einen Unterschied gemacht, wenn du's gewusst hättest? Er war in Wien, und du warst in Moosheim. Wie oft hättet ihr euch denn sehen können? Einmal im Jahr, vielleicht. Und du wärest ein zerrissenes Scheidungskind geworden, das nirgends richtig hingehört.“

„Trotzdem! Es war einfach nicht richtig, mir nichts zu sagen! Und ihm auch nicht! Vielleicht hätte er gern eine kleine Tochter gehabt, hä?“, fauchte ich.

Und dann sagte meine Mutter etwas Erstaunliches, etwas, was ich nie aus ihrem Munde zu hören erwartet hätte. Sie sagte: „Es tut mir Leid. Verzeih mir.“

Meine Kinnlade fiel herunter. Das nahm meinem gerechten Zorn den ganzen Wind aus den Segeln.

„Wa ... warum?“, stammelte ich nur noch.

„Ich tat es auch für dich“, erklärte sie. „Sieh mal – du weißt, wie deine Großmutter über Scheidung denkt. Natürlich war diese Ehe zwischen Walter und mir unüberlegt und voreilig, einfach eine Jugendtorheit, aber wenn ich den Großeltern gesagt hätte, dass ich geschieden bin, dann hätten sie mich wahrscheinlich enterbt. Und wovon hätten wir dann gelebt, du und ich? Ich wurde von klein auf dazu erzogen, diese Papierfabrik zu leiten. Ich konnte eigentlich nichts anderes. Oder vielleicht war ich auch nur zu feige.“

Feige, meine Mutter? Eine absurde Vorstellung.

„Ich habe es auch für dich getan", wiederholte Mutter eindringlich.

„Zu dem Zeitpunkt wusstest du doch noch nicht einmal, dass es mich gibt!", fuhr ich dazwischen.

„Doch", murmelte sie. „Ich wusste es, oder besser, ich ahnte es. Deswegen griff ich ja zu so drastischen Methoden. Ich wollte alles tun, damit du in Frieden und Sicherheit aufwachsen konntest."

„Du wusstest bereits von mir – und hast Vater nichts gesagt?", schrie ich.

Sie zog die Schultern hoch. „Ich sagte es ja schon – vielleicht war es falsch. Aber damals schien es mir das Beste. Ich habe doch auch meinen Preis dafür bezahlt. All die Jahre musste ich dieses Geheimnis hüten. Und natürlich konnte ich niemals wieder heiraten, sonst wäre alles herausgekommen. Dabei war ich nicht älter als du jetzt."

Ich starrte sie an. Wie fühlte es sich an zu wissen, dass man für immer allein bleiben musste? Dieses Gefühl kannte ich gut – bis vor ein paar Wochen war ich schließlich auf dem Schrullige-Tanten-Trip gewesen!

„Zumindest hattest du mich", brummte ich. „Du warst ja nicht ganz allein."

„Ja", sagte sie, und es klang für ihre Verhältnisse fast zärtlich. „Ich hatte dich! Du warst mein Ein und Alles, du hast mich für jeden anderen Mangel entschädigt! Für dich war es all die Mühe wert."

„Ehrlich?! Ich ... ich dachte immer, ich bin dir bloß peinlich!"

„Peinlich? Ach, Victoria!" Sie hielt inne, dachte nach. „Du warst ... du warst von Geburt an so ganz anders als ich. So ... kreativ, so spontan ..."

„Chaotisch", half ich aus. „Wie die Familie meines Vaters, übrigens."

Sie nickte. „Ja, genau. Ich hatte ständig das Gefühl, ich müsste dich beschützen, dein Leben irgendwie in geordnete Bahnen lenken ... falls du verstehst, was ich meine."

Ich dachte an Heggy-Sheggy, an zugefallene Wohnungstüren, an die Mülltonnen in Anatols Hof und an meinen Versuch als Cowboy.

„Ich glaube, ich habe eine vage Idee", gab ich zu.

„Na ja ... und dann hat sich das verselbstständigt: Je mehr ich dich kritisiert habe, desto unmöglicher wurdest du, und je unmöglicher du wurdest, desto mehr nörgelte ich an dir rum." Sie zupfte ein unsichtbares Fädchen von ihrem Rock. „Vielleicht war es gar nicht so schlecht, dass du weggingst", flüsterte sie. „So konnte diese Spirale durchbrochen werden."

Und dann, mit einem Mal, sah ich meine Mutter in einem ganz neuen Licht. Sie, die Unfehlbare, die Perfekte, die immer wusste, was zu tun war, und die nur voll Verachtung auf mich herunterblickte, war plötzlich ein Mensch. Einfach ein Mensch, der sich bemüht, alles richtig zu machen, und dem trotzdem manchmal Fehler passieren. Ein Mensch mit Wünschen, Nöten und Ängsten.

Genau wie ich.

Und sie war auch ein Mensch, der sich für seine Fehler entschuldigte! Das war neu. Es musste sie ungeheure Überwindung gekostet haben!

Jetzt saß sie da auf der Bettkante und wartete demütig auf ihre Absolution.

„Mutter", flüsterte ich. „Ich ... hab dich lieb!"

„Ich dich auch!", schluchzte sie. Und dann lagen wir uns in den Armen.

Da machte sich das monatelange Umarmungs-Trainingsprogramm endlich mal bezahlt ...

45. Kapitel

Der Abend unserer Quasi-Verlobung versprach warm und sonnig zu werden. Das Lokal lag mitten in einer Gartensiedlung, direkt am Ufer eines stehenden Donau-Altarmes. Es besaß eigene Ruderboote, die von den Gästen benutzt werden durften.

Didi, Julian und Tina stürzten sich gleich auf die Boote. Sebastian und seine Lisa waren schlau genug, erst ihre Essensbestellung aufzugeben, bevor sie sich auch aufs Wasser wagten.

Da fast alle sich kannten, kam schnell eine lebhafte Konversation in Gang. Sogar meine Mutter unterhielt sich angeregt, und zwar, man mochte es kaum glauben, mit meinem Vater und dessen Frau!

Ich pirschte mich an den Hofrat heran und raunte ihm zu: „Stimmt es, dass Sie es waren, der meine Mutter eingeladen hat?"

„Na ja ... ned so direkt ...", wich er verlegen aus, aber der Botschafter, der neben ihm saß, rief: „Das ist eine herrliche Geschichte! Hofrat, das musst du jetzt erzählen, das können wir dir nicht ersparen!"

Ich stutzte. Wieso duzte der deutsche Botschafter, der Freund meiner Mutter, den österreichischen Hofrat, den Freund meines Vaters? Aber bevor ich fragen konnte, erhob der Botschafter sein Glas, klopfte mit dem Löffel dagegen und rief übermütig:

„Achtung, der Herr Hofrat möchte eine Geschichte erzählen!"

Na gut, ich konnte später Johanna fragen, woher ihr Vater den Hofrat kannte.

Der Hofrat erhob sich widerwillig und begann: „Also, ich geb's ja zu, ich hab ein bisserl Schicksal spielen wollen. Weil's halt für unser Bupperl, die Vicki, gar so ein Broblem war, wie sie mit ihrer Mutter reden soll. Na, so hab halt ich in Moosheim angerufen."

Hallo, Gelächter und Applaus folgten diesen Worten.

„Und das war so", berichtete der Hofrat weiter. „Eine Dame hebt ab und sagt ‚Hallo?' Ich sag: ‚Sprech ich mit der Frau Dofinsky, bitte schön?' Sagt sie: ‚Meine Dochter is ned da.' Sag ich: ‚Das weiß ich, dass Ihnere Dochter ned da is, die is ja in Wien. Deswegen ruf ich ja an. Ich muss Ihnen nämlich was Wichtiges sagen.' Sagt sie erschrocken: ‚Is der Victoria was bassiert?' Sag ich: ‚Na, das ned, aber sie will sich verloben – und zwar mit ihrem Stiefbruder. Sie weiß nämlich schon lang, dass ihr Vater gar ned dot is. Na ja, aber jetzt is's halt recht bös, weil Sie sie diesbezüglich immer ang'logen haben, und weiß ned, wie sie's Ihnen sagen soll.' Sagt sie: ‚Das is aber sehr interessant!' Sag ich: ‚Ja, und vor allem hat's Angst, dass der Großmutter was bassiert, wenn die das erfahrt. Denn die Großmutter soll ja ein schwaches Herz haben, oder so. Aber vielleicht könnten Sie's der alten Dame schonend beibringen.' Da lacht sie und sagt: ‚Das kann ich sicher leicht – ich *bin* nämlich die Großmutter!'"

Allgemeines Gelächter kam auf, nur der Hofrat sah etwas verlegen aus. „Da ham' wir dann den Ballawatsch beinander g'habt!", murmelte er, wischte sich die Stirn mit einem großen Taschentuch und setzte sich wieder.

„Ist das nicht komisch?", freute sich der Botschafter. „Er erwischte die Falsche am Telefon und erzählte ihr gleich brühwarm die ganze Geschichte!"

„Und wie hat Großmutter reagiert?", fragte ich atemlos.

„Nun, die alte Dame fiel keineswegs tot um", setzte der Botschafter die Geschichte fort. „Als unsere Nora" – er deutete galant auf meine Mutter – „etwas später nach Hause kam, musste sie sich erst mal eine gewaltige Standpauke anhören. Aber eine Standpauke, die Jahrzehnte nach der Tat kommt, wirkt nicht mehr so richtig, habe ich Recht? Und dann sagte Frau Eckart, also die Großmutter, dass sie sehr befriedigt wäre, endlich die Wahrheit zu wissen – ihr war die Geschichte mit diesem Sprung ins Meer nämlich immer schon merkwürdig vorgekommen. Und dass Nora jedes

Jahr ihren Hochzeitstag feierte, obwohl sie doch schon so lange Witwe war, und dass dabei immer dieser Film gezeigt wurde – alle diese Dinge, die die alte Frau Eckart in Sicherheit wiegen sollten, erregten in Wirklichkeit ihren Verdacht."

„Ja, und dann?"

„Dann befahl sie uns, die Koffer zu packen und an eurer Verlobung teilzunehmen!"

„Großmutter hat euch hergeschickt?", vergewisserte ich mich erstaunt. „Euch beide?"

„Nicht nur das!", trumpfte Johanna auf. „Sie sagte sogar, dass diese beiden" – sie zeigte auf den Botschafter und meine Mutter – „gefälligst auch endlich heiraten sollen, weil sie keine wilde Ehe duldet!"

Jubel und Applaus. Mutter errötete.

„Obwohl beide geschieden sind?", murmelte ich fassungslos. „Das schluckt sie so einfach?"

„Tja, sie ist gar nicht so ein eiserner Besen, wie ihr alle immer tut", meinte Johanna. „Und manche werden ja auch im Alter milder. – Komm mit, ich muss dir noch was anderes erzählen!"

Wir gingen ein paar Schritte vom Tisch weg und setzten uns ans Ufer. Weiter draußen auf dem Wasser lieferte sich unsere Jugend ein Bootsrennen.

„Wenn unsere Eltern heiraten, dann werden wir Schwestern", stellte ich fest. „Das ist genial! Eine Schwester hab' ich noch nicht im Sortiment!"

„Stimmt!", stellte Johanna fest. „Kann ich dann auch deine Brüder mitbenutzen? Die finde ich nämlich süß!"

„Einer davon wird dann zugleich dein Schwager sein."

„Stimmt. Mensch, ist das kompliziert!"

„Aber du wolltest mir was erzählen", erinnerte ich sie.

„Ja – von Anja. Jetzt kann ich's dir ja sagen. Stell dir vor – die war gar nicht schwanger!"

„Was? Sie kriegt kein Baby?"

„Doch, jetzt schon. Aber bei der Hochzeit noch nicht! Deswegen hat man auch noch keinen Bauch gesehen!"

„Sie war ... sie hat ...", stotterte ich.

„Sie hat den guten Dirk voll reingelegt", vollendete Johanna meinen Satz. „Schlief mit ihm, erzählte ihm was von einem Baby – und dann, als sie ihn sicher hatte, wupps, wurde sie wirklich schwanger. Schlau, nicht?"

Ich klappte den Mund auf und wieder zu und wusste nicht, was ich sagen sollte.

„Dann ... war die ganze Aufregung eigentlich wegen nichts?"

Johanna zuckte gleichmütig die Achseln. „Ich wollte dir nur zeigen, dass du in dieser ganzen Sache nicht die Einzige warst, die hintergangen wurde. Und wenn ich mir deinen Marek so anschaue, muss ich sagen – du hast bei der Geschichte eindeutig am besten abgeschnitten."

Ich nickte glücklich und schaute auf das Wasser hinaus, über dem der Himmel langsam dunkler wurde.

„Dorit hatte Recht", flüsterte ich. „Gott hatte die ganze Zeit alles unter Kontrolle! Auf einmal fügt sich alles zusammen. Ich hab meinen Vater kennen gelernt und mich mit meiner Mutter ausgesprochen – und sie sich mit ihrer. Meine Mutter und dein Vater werden endlich heiraten. Und ich bekomme einen Mann, der viel besser zu mir passt als Dirk. Gott hatte wirklich einen Plan für mich! Ich hätte viel erwarten können, und er gibt mit etwas Besseres als das, was ich mir wünschte. Es ist alles wahr! Ich hab' es nur nicht gleich gesehen. Ich muss unbedingt morgen mit Dorit telefonieren, lass mich das nicht vergessen!"

„Klar", sagte Johanna, die nicht alles verstanden hatte.

„Ach ja, übrigens", fiel mir ein. „Wieso duzt dein Vater den Hofrat? Kennen sich die?"

„Sicher! Aus der Zeit, in der mein Vater als Botschafter in Wien stationiert war. Die arbeiteten im Ministerium miteinander, wusstest du das nicht?"

„Nein."

„Ich glaube, ich verstehe jetzt endlich, wieso mein Vater mich so gedrängt hat", sinnierte sie.

„Wozu gedrängt?"

„Damals, in Moosheim, als du krank warst ... als deine Verlobung mit Dirk geplatzt war ... da drängte er mich, dir von deiner Tante in Wien zu erzählen, weißt du noch?“

„Natürlich, das war ja der Grund, weshalb ich überhaupt nach Wien kam!“

„Eben! ... Ich glaube, mein Vater und der Hofrat, die wussten alles – von Anfang an.“

Bevor ich über die Ungeheuerlichkeit dieser Aussage weiter nachdenken konnte, ertönte von unserem Tisch her Geschrei, Gelächter und Applaus.

„Was ist denn jetzt wieder los?“, fragte ich. Schnell liefen wir hin, um den Grund für diesen Jubel zu erfahren.

„Die Dorota hat uns grad g'sagt, dass der Herr Hofrat sich für ihre Cousine, die Renata, interessiert!“, berichtete mein Vater. Tatsächlich saß der arme Hofrat mit rotem Kopf auf seinem Platz und grinste verschämt in sein Weinglas. „Und wir haben ihm auferlegt, dass er ihr einen Antrag macht, wenn sie das nächste Mal nach Wien kommt!“

„Keinen Antrag!“, rief ich. „Ein Gedicht! Das wirkt Wunder, glaubt mir!“ Und von der milden Abendluft und der lustigen Gesellschaft inspiriert dichteten wir auch gleich einen Vierzeiler:

Liebe Frau Renata,
ich bin nicht Ihr Berater,
doch möchte ich empfehlen,
zum Manne mich zu wählen!

„Das schreiben Sie ihr, und wenn sie rausfindet, von wem es ist, dann hat sie gewonnen!“, kicherte ich.

„Lausebande!“, schimpfte der Hofrat spaßhaft. „Macht's euch nur lustig über einen alten Mann! Ihr werd's schon sehen, was dabei herauskommt!“

„Eine Dreifach-Hochzeit?“, schlug ich vor.

„Jetzt schaut's aber, dass weiterkommt's! Wollt's ned ein bisserl Boot fahren, bevor's zu finster wird? Ich ruf' euch, wenn das Essen kommt!“

Das war eine gute Idee. Marek und ich nahmen Johanna ins Boot, der Botschafter und Onkel Leo ruderten meine Mutter, nur Dorota und mein Vater mussten allein fahren. Tante Gabi blieb mit Tommi und Filou am Ufer und leistete dem Hofrat Gesellschaft.

Um es kurz zu machen – das Ganze endete natürlich damit, dass Doofi Katastrophi, äh, nein, das verrückte Huhn ins Wasser fiel und tropfnass (und vor Lachen nach Luft ringend) ans Ufer kroch. Mein galanter Bräutigam ruderte mir hinterher und bot mir sein trockenes Hemd an. (Wieder keine Reserveklamotten dabei ...!)

„Macht nichts“, fand Sebastian, „solange nur die Braut ins Wasser fällt, und nicht die Hochzeit, ist es ja halb so schlimm!“

„Und wenn schon!“, meinte Marek und zog mich zärtlich an sich, obwohl ich nass und kalt war. „Wenn es sein muss, heirate ich dich auch im Taucheranzug!“

Und dann küsste er mich.

MIT DEN JUGENDTRÄUMEN KONFRONTIERT

Eva Breunig:

VERGESSENE TRÄUME

Roman.

Als 15-Jährige haben Xenia, Judith, Claudia und Veronika ihre Träume und Zukunftspläne aufgeschrieben. Fast 30 Jahre später tauchen diese Aufzeichnungen wieder auf. Anlass genug, nach so langer Zeit wieder zusammenzukommen.

Doch was als geselliger Spaß gedacht war, entwickelt schnell eine Eigendynamik. Mit ihren Jugendträumen konfrontiert, sehen sich die Frauen auf einmal gezwungen, Bilanz zu ziehen. Hat sich für sie wirklich alles so entwickelt, wie sie es sich damals gewünscht haben?

Im Lauf der Gespräche dringen schmerzhafte Geheimnisse und Lebenslügen an die Oberfläche. Gibt es einen Weg, die vergessenen Jugendträume doch noch zu verwirklichen?

Taschenbuch, 224 Seiten, Nr. 815 932